KB208005

마구
魔球

히가시노 게이고 지음 · 이혁재 옮김

재인

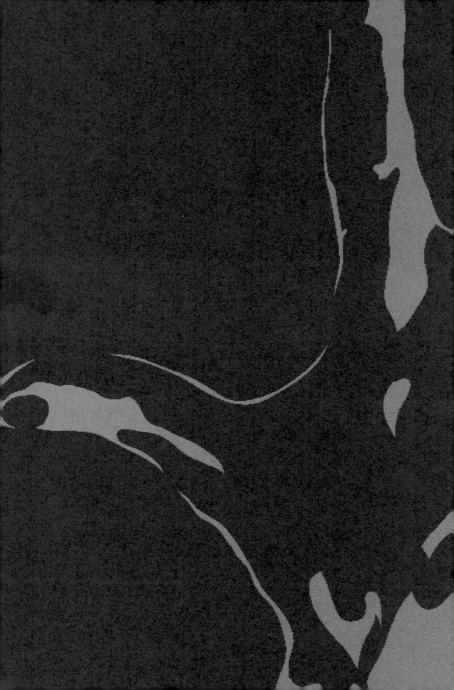

魔球

MAKYUU
© Keigo Higashino 1988
All rights reserved.
Original Japanese edition published by KODANSHA LTD.
Korean translation rights arranged with KODANSHA LTD.
through EntersKorea Co., Ltd.

이 책의 한국어판 저작권은 (주)엔터스코리아를 통해 저작권자와 독점 계약한
도서출판 재인에 있습니다.
신저작권법에 의하여 한국 내에서 보호를 받는 저작물이므로
무단 전재와 무단 복제를 금합니다.

마구

초판 펴낸 날 2011년 12월 1일 5쇄 펴낸 날 2020년 1월 17일
지은이 히가시노 게이고 **옮긴이** 이혁재 **펴낸이** 박설림 **펴낸곳** 도서출판 재인 **디자인** 오필민디자인
등록 2003. 7. 2 제300-2003-119 **주소** 서울시 강남구 도곡동 467-6 대림아크로텔 1812호
전화 02-571-6858 **팩스** 02-571-6857

ISBN 978-89-90982-45-2 03830 Copyright ⓒ 재인, 2011 Printed in Korea.

책값은 뒤표지에 표시되어 있습니다. 잘못된 책은 바꿔 드립니다.

차례

프롤로그

봄바람이 발끝을 스치고 지나간다.

1964년 3월 30일.

스다 다케시는 마운드 위에 서 있었다.

예사 마운드가 아니다. 이곳에 서기 위해서는 어느 정도의 실력과 상당한 운이 필요하다.

다케시는 스파이크 바닥으로 마운드의 흙을 두세 번 차 보았다. 그리고 '내 운은 여기까지인가.'라고 중얼거렸다.

원래 다케시는 위기에 몰리는 것을 싫어하지 않았다. 그것은 쾌감을 얻기 위한 투자 같은 것이라고 생각했다. 오싹오싹하는 긴장감도 나쁘지 않았다. 무엇보다 위기가 없는 인생은 성장 가능성도 없다.

그는 얼굴을 들었다. 그리고 숨을 한 번 크게 들이쉰 다음 주위를 둘러보았다.

상황은 정말이지 단순했다.

9회 말 2사 만루. 다케시가 소속된 가이요 고등학교가 상대인 아세아 학원을 겨우 1 대 0으로 리드하고 있어 끝내기 안타 한 방이면 역전패를 당할 수도 있었다. 중계하는 아나운서가 마음껏 역량을 발휘할 수 있는 장면이니 아마도 지금쯤 목이 쉬어라 열변을 토하고 있을 것이다.

다케시는 다시 한 번 주위를 둘러보았다. 베이스마다 적의 주자가 서 있다. 그리고 하나같이 수비수들보다 훨씬 어른처럼 보인다.

'흠⋯⋯.'

그는 양손을 허리에 얹고 한숨을 내쉬었다. 어디에도 빠져나갈 구멍이 없다.

다케시는 우승 후보인 오사카의 아세아 학원과 맞붙게 되었을 때 오히려 잘된 일이라고 생각했다. 자신의 실력을 세상에 널리 알리고 프로 구단 스카우터들의 이목을 집중시키기에 이보다 좋은 상대는 없기 때문이었다. 사물의 크기를 측정하기 위해서는 역시 그만한 크기의 잣대가 필요한 법이다.

그의 은밀한 목적은 조금 전까지만 해도 성공을 거두는 듯 보였다. 오늘 조간신문이 '이번 대회 최대의 관심사는 최강 투수 스다 다케시와 아세아 학원 강타선 간의 대결이다'라고 떠들어 댄 데다 시합 전에 얼핏 들은 이야기로는 스카우터 몇 명이 경기장에 와 있는 것 같다는 것이다. 이렇게 되면 이제 남은 일은 아세아의 타선을 철저히 봉쇄하는 것뿐이었다. 그것 역시 99%까지는 잘되어 가고 있었다.

상대 타자들은 다케시의 투구에 전혀 타이밍을 맞추지 못하고 연신 헛스윙만 날렸다. 8회까지 얻어맞은 안타래야 겨우 두 개. 그것도 두 번 모두 다음 타자를 내야 땅볼로 병살 처리했다. 이제 남은 건 9회 말뿐이었다.

그런데 다케시가 마운드에 서서 콧노래라도 부를까 생각하던 찰나, 시합의 흐름이 미묘하게 바뀌기 시작했다.

아세아 선두 타자가 친 아무것도 아닌 힘없는 내야 플라이를 3루수가 그만 뚝 떨어뜨려 버린 것이다. 늙은 개의 오줌마냥 힘도 기백도 없는, 도저히 놓치려야 놓칠 수 없는 타구였지만 실책을 범한 것은 엄연한 사실이었다.

다케시는 믿기지 않는 심정으로 3루수를 바라봤지만 3루수 역시 자기도 믿기지 않는다는 표정으로 마냥 자신의 글러브만 바라보고 있었다.

잠시 후 3루수가 천천히 다가오더니 공에 묻은 흙을 문질러 털어 내고 그것을 다케시에게 건네며 "관중석의 흰옷이 시선을 빼앗는 바람에……."라고 중얼거렸다.

다케시는 아무 말 없이 공을 받아 쥔 뒤 3루수에게서 시선을 거두고 모자를 고쳐 썼다. 3루수는 다케시가 무슨 말이라도 한마디 해 주길 기다리는 것 같았지만 그에게 그럴 생각이 없다는 것을 알자 방향을 홱 틀어 자기 자리로 뛰어갔다.

다른 수비수들까지 각자의 포지션으로 돌아가자 모든 것이 원래의 상태로 돌아간 것처럼 보였다. 다만 달라진 것이 있다면 주자가 1루에 진출한 것뿐이었다.

다음 타자는 번트를 댔다. 어떻게 해서든 주자를 2루로 보내려는 교과서적인 번트였다.

세 번째 타자의 짧은 땅볼을 유격수의 실책으로 놓치면서부터 가이요 고등학교의 진영에는 먹구름이 끼기 시작했다. 2루에 있던 주자는 그 자리에 머물렀지만, 문제는 역전 주자가 1루로 진출하게 된 것이었다.

포수이자 주장인 기타오카가 마운드로 다가와 내야수들을 불러 모았다.

"침착하자. 앞서고 있으니까 1점을 주더라도 지는 건 아니야."

내야수들의 얼굴은 공포로 굳어지다 못해 화가 난 것처럼 보이기까지 했다. 아마 그들도 자신과 같은 심정일 거라고 다케시는 생각했다. 여태까지 맛본 적 없는 긴장감과 관중이 계속 퍼부어 대는 엄청난 함성에 그 빈약한 정신이 쪼그라들 대로 쪼그라들었으리라.

야수들이 다시 흩어져 각자의 위치로 돌아갔다.

다음 타자는 삼진으로 아웃시켰다. 하지만 그것은 결과적으로 더 큰 위기를 불러오고 말았다. 투 아웃이 되자 수비수들의 긴장이 느슨해지는가 싶더니 곧바로 절묘한 기습 번트를 얻어맞은 것이다.

절묘하다고는 하나 결코 처리할 수 없는 타구는 아니었다. 그런데도 3루수는 밧줄로 몸을 묶이기라도 한 듯 그 자리에 선 채 3루 쪽 베이스 라인을 훑듯이 굴러 오는 공을 멍하니 눈으로만 좇고 있었다.

폭발하는 듯한 관중의 환호성이 경기장 한가운데에 선 다케시를 덮쳤다. 상대 팀 홈그라운드인 관계로 1루 쪽, 3루 쪽 할 것 없이 죄다 상대편 관중이 들어차 있었다. 그들에게 다케시는 증오스러운 적일 뿐이었다.

9회 말 2사 만루. 안타 하나면 역전 굿바이가 될 수도 있는 장면은 이와 같은 상황 속에서 펼쳐졌다.

다케시는 3루 쪽 관중석으로 눈을 돌렸다. 현지 팀의 응원단 일색인 관중석 중간에 마치 얼룩처럼 작고 초라한 한 점에 불과한 집단이 보였다. 지바의 시골구석에서 올라온 가이요 고등학교 응원단이었다. 그들이 앞에 두른 현수막에 '필승 가이요 고교'라는 글자가 적혀 있다는 것을 다케시는 알고 있다. 하지만 그 현수막이 말려 올라가 지금은 글자들이 거의 보이지 않는다.

교장인 '콧수염 뺀질이'가 가이요 응원석 맨 앞에 앉아 있었다. 이번 대회에 대비해 새로 맞췄다는 회색 양복이 눈에 익었다. 출전을 앞두고 격려 행사가 열렸을 때도 그 양복을 입었던 것 같다. 머리가 벗어진 대신 콧수염을 기르고 있어서 그런 별명이 붙었지만, 이런 상황에서는 그가 그토록 자랑스러워하는 콧수염도 비참하게 떨리고 있을 것이라고 다케시는 상상했다.

관중의 함성이 한층 커졌다.

고개를 돌려 보니 4번 타자 쓰야마가 타석에 들어서고 있었다. 손에 든 방망이가 조그맣게 보일 정도로 몸집이 큰 선수다. 사나운 동물 같아 보이는 그의 눈이 다케시에 대한 증오로 불타고 있었다.

포수 기타오카가 타임을 부르고 달려왔다.

"골치 아픈 놈이 나왔어. 어떡하지?"

그는 마스크를 벗고 다케시를 올려다봤다. 키가 177센티미터인 다케시보다 기타오카는 몇 센티미터 작았다. 대신 그는 덩치가 좋았다.

다케시가 말했다.

"걸러 보낼까? 다루기 힘든 상대인데."

"걸러 보내면 밀어내기로 1점을 주게 되는데?"

"그럼 승산이 없겠네, 뭐."

그러자 기타오카는 양 허리에 손을 얹고 다케시를 노려봤다.

"야, 농담 그만 해! 흠……, 맞혀서 잡을까, 삼진을 노릴까?"

다케시는 수비수들을 힐끔 바라봤다. 그러다 아까 실책을 범한 유격수와 눈이 마주쳤다. 유격수는 얼른 눈길을 피하고는 오른손 주먹으로 퍽퍽 글러브를 쳐 댔다.

"역시 삼진을 노려야겠지?"

기타오카가 다케시의 뜻을 헤아린 듯했다. 다케시는 대답 대신 살짝 고개만 끄덕했다.

"오케이!"

기타오카는 마스크를 쓰면서 홈 베이스 쪽으로 돌아갔다. 그리고 포수 미트를 끼기 전에 오른손 검지와 새끼손가락을 세우더니 "투 아웃!"이라고 크게 외쳤다.

경기가 재개됐다.

다케시는 타석에 들어선 4번 타자를 봤다. 프로 스카우터들에게 스카우트 1순위 대상이라고 하더니 아닌 게 아니라 엄청난 체격과 정확한 타격에 고개가 끄덕여졌다. 다케시가 오늘 얻어맞은 안타 두 개도 모두 이 친구가 친 것이다. 가볍게 때린 볼이 야수들 사이를 빠져나갔을 뿐이라고는 하지만 아무에게서나 나올 수 있는 안타는 아니었다.

다케시는 기타오카의 사인에 고개를 끄덕인 뒤 일단 3루 주자를 눈으로 견제했다. 그리고 약간 빠른 모션으로 제1구를 던졌다. 바깥쪽으로 낮게 들어간 공을 타자는 그대로 보냈고, 심판은 쓸데없이 힘이 잔뜩 들어간 목소리로 "스트라이크"를 외쳤다. 선수나 관중만 긴장한 것은 아닌 듯싶었다.

제2구도, 제3구도 같은 곳을 노렸지만 밖으로 약간 빠졌는지 볼 판정을 받았다.

네 번째 공은 작심하고 가슴 쪽으로 붙여서 던졌다. 쓰야마는 기다렸다는 듯 엄청난 기세로 배트를 휘둘렀다. 타구는 뒤편으로 날아가 네트에 꽂히듯이 부딪혔다. 타이밍이 자로 잰 듯 정확했다. 다만 정확한 지점을 맞히는 데 실패했을 뿐이다. 쓰야마는 배트로 자신의 헬멧을 두드리며 분을 감추지 못했다.

이 녀석에게 얻어맞을 것이다, 다케시는 그렇게 생각했다.

쓰야마의 실력이 우세해서가 아니었다. 다음에 맞붙는다면 어떻게 될지 알 수 없지만, 일단 오늘은 얻어맞을 것이다. 그렇게 인간의 능력을 뛰어넘는 무언가가 투수와 타자 사이에는 존재한다고 다케시는 생각했다.

'이대로라면 얻어맞는다.'

다음 공은 안쪽으로 흐르는 볼이었다. 기타오카가 고개를 끄덕이며 공을 다시 투수에게 던졌다. 의도했던 것과 반대로 공이 빠졌지만 포수는 마치 계산한 대로였다는 표정을 지었다.

3루에 견제구를 두 개 정도 던지고 나서 타석을 봤지만 쓰야마의 기세에는 변함이 없었다. 여전히 매서운 눈길로 다케시를 노려보고 있다. 다케시는 한숨을 쉬며 포수의 사인을 곁눈으로 보았다.

그는 바깥쪽 낮은 직구를 요구했다.

다케시는 고개를 끄덕이고 다시 투구 동작에 들어갔다. 오늘뿐 아니라 지금까지 내내 그가 기타오카의 지시를 어긴 적은 한 번도 없었다. 그것은 기타오카의 지시가 대체로 옳았기 때문이었다. 설사 좀 잘못된 판단이었다 해도 얻어맞은 적은 없었다.

하지만 이번에는 달랐다.

다케시가 온 신경을 집중해 던진 공에 쓰야마의 두꺼운 팔뚝과 배트가 무서운 기세로 달려들었다. 타이밍도 거의 정확했다. 눈 깜짝할 새 공은 다케시의 시야에서 사라졌다.

다케시는 공이 날아갔을 거라고 짐작되는 1루 쪽으로 눈을 돌렸다. 베이스로부터 2~3미터 뒤쪽에 1루수가 납작 엎어져 있고, 그보다 더 뒤에서 우익수가 파울 그라운드를 굴러가는 공을 망연히 바라보고 있었다.

우익수 옆쪽에 서 있던 선심이 양손을 들어 파울을 선언했다.

구장 전체가 한숨을 내쉬었다. 뜨뜻한 공기가 마운드를 훑고 지나가는 느낌이었다.

기타오카가 또다시 타임을 부르고 다케시에게 달려왔다. 몇 미터 떨어진 곳에서 봐도 얼굴이 창백하다는 것이 느껴졌다. 벤치에서도 선수 하나가 뛰어나왔다.

"감독이 정면 승부하라는데."

대기 투수이기도 한 그의 얼굴이 가볍게 경련을 일으키고 있었다.

다케시는 기타오카와 얼굴을 마주 보았다. 그리고 천천히 눈을 감았다 뜨며 "알았다고 전해."라고 말했다. 고시엔 대회 본선에 진출하리라고는 예상도 못했던 모리카와 감독은 더그 아웃에서 곰처럼 어슬렁대고 있었다.

"정면 승부해도 되겠어?"

기타오카가 묻자 글러브 속에서 공을 만지작거리며 다케시가 고개를 들어 기타오카의 얼굴을 바라보았다.

"감독 입장에서야 그러라고 할 수밖에 없잖아."

기타오카는 곤혹스러운 듯 양쪽 눈썹 끝을 내려뜨렸다.

"막을 자신, 없는 거야?"

"정통으로 얻어맞지 않을 자신은 있어. 하지만 저 고릴라 같은 스윙하며 타구 봤지? 내야에 떨어지면 끝장이야. 수비수들을 믿는다고 하고 싶지만, 다들 제발 자기 쪽에는 떨어지지 않았으면 하는 얼굴이라고."

"큰일이네……."

"큰일은 이미 벌어졌어."

"넌 어떻게 했으면 좋겠어?"

"글쎄……."

다케시는 자신의 손끝을 한 번 내려다보고는 다시 눈을 들어 기타오카의 얼굴을 바라봤다.

"나 하고 싶은 대로 해도 돼?"

"그렇게 해."

그러자 다케시는 공을 몇 번 주물럭거리더니 글러브로 입을 가리며 기타오카의 귀에 대고 뭐라고 속삭였다. 기타오카는 제 귀가 의심스럽다는 듯이 눈썹을 치켜세웠다.

"뭐라고?"

"괜찮으니까 내 말대로 한번 해 보자."

"하지만……."

그때 심판이 다가와 경기를 속개하라고 재촉했다. 기타오카는 결심했다는 듯 고개를 깊이 끄덕했다.

"알았어. 한번 해 보자고."

기타오카가 홈으로 돌아가자 주심이 플레이 볼을 외쳤다.

다케시는 심호흡을 했다.

9회 말 2사 만루. 아무리 시간을 끌어도 상황은 변하지 않는다.

다케시는 세트 포지션을 취하고 베이스에 있는 주자들의 움직임을 살폈다. 투구와 동시에 그들은 뛰기 시작할 것이다. 견제구를 던져 잡는 것도 생각해 볼 수 있지만, 그러기에는 주자들의 리드가 별로 길지 않았다. 타석에 쓰야마가 있기 때문이기도 하지만 다케시가 견제구를 얼마나 잘 던지는지 그들은 알고 있는 것이다.

다케시는 타자에게 집중했다.

상대편 응원단의 으르렁거리는 환성이 귓속을 울렸다.

날려라— 쓰야마! 끝장이다 스다! 와—.

'맘껏 떠들어 보시지.'

다케시는 온 신경을 집중하고 공을 던졌다.

그것은 마치 아주 느린 직구처럼 보였다.

쓰야마의 얼굴이 일그러지며 배트가 무서운 속도로 돌아갔다.

'이겼다.'

틀림없이 쓰야마는 그렇게 생각했을 것이다. 그러나 다음 순간 그의 몸은 균형을 잃었다. 혼신의 힘을 다해 휘두른 배트는 공을 건드리지도 못한 채 그 엄청난 기세에 쓰야마 자신만 중심을 잃고 쓰러지고 말았다.

허둥지둥 일어선 그는 허공을 가른 자신의 배트를 믿기지 않는다는 표정으로 바라보았다.

하지만 그보다 더 믿기지 않는 일이 다음 순간 벌어졌다.

기타오카의 미트 바로 앞에서 흙먼지를 일으킨 공이 순식간에 뒷그물까지 굴러간 것이다.

다케시가 마운드를 내려와 달리기 시작했다. 기타오카도 마스크를 벗어 던지고 있는 힘을 다해 공을 쫓아갔다.

다음 순간, 주자 한 명이 홈으로 들어왔다.

환성이 터져 나오는 가운데 기타오카는 가까스로 공을 잡아 다케시가 있는 쪽으로 몸을 틀었다. 하지만 다케시는 이미 글러브를 내린 상태였다.

기타오카도 공을 던지지 않았다.

두 번째 주자가 홈으로 슬라이딩해 들어왔다.

아세아 학원 팀 선수들과 관중석은 그야말로 광란의 도가니였다. 색종이 조각 하나가 망연하게 서 있는 다케시와 기타오카의 사이를 가로질러 날아갔다.

기타오카가 뭐라고 소리를 지르는 것 같았지만 다케시의 귀에는 와 닿지 않았다.

다케시는 허리에 손을 얹고 하늘을 올려다봤다. 하늘이 온

통 회색빛이었다.

　'내일은 비가 오겠군.'

　그는 모자를 벗었다.

에피소드

봄 고시엔을 닷새 앞둔 3월 23일, 월요일.

도자이 전기 자재부의 우스이 이치로는 아침부터 속이 좋지 않았다. 책상에 앉아 있으려니 아랫배가 주기적으로 아파와서 도저히 일을 할 수 없었다. 하지만 업무 시작종이 울리자마자 화장실을 가기에는 눈치가 보여 10분 정도 참았다가 자리에서 일어났다.

화장실은 자재부 바로 왼쪽에 있었다. 나무로 된 출입문 윗부분에 반투명 유리창이 나 있고 거기에 페인트로 '남성용'이라고 적혀 있다. 우스이는 허둥지둥 문을 열고 들어갔다.

화장실 안에는 별도의 칸막이가 두 개 있는데, 한쪽 문에는 '고장'이라고 적힌 종이가 붙어 있었다. 우스이는 혀를 차며 다른 쪽 문을 밀었다.

'이 회사 화장실은 고장도 잘 나.'

그리고 우스이는 또 한 번 혀를 차야 했다. 그쪽 칸에는 휴지가 떨어져서 없었기 때문이다. 그는 '고장' 쪽 칸에서 휴지를 가져와야겠다고 생각했다.

옆 칸막이의 문을 연 그의 눈에 구석에 놓인 검은 가방이 들어왔다.

'뭐지?'

수리공의 가방 같지는 않다고 생각했다. 하지만 더는 신경 쓰지 않았다. 그럴 여유가 없었다.

점심시간이 지난 뒤 우스이는 다시 화장실에 갔다. 여전히 '고장'이라는 종이가 붙어 있었다. 그는 아까 그 가방이 마음에 걸려 문을 열어 봤다. 가방이 그 자리에 그대로 놓여 있었다.

검고 낡은 가방이었다.

이번에도 그는 머리만 갸웃거렸을 뿐 가방에는 손대지 않았다.

정말 이상하다고 생각한 것은 세 번째로 화장실에 갔을 때였다. 화장실이 이렇게 오랫동안 고장인 채 방치된 적은 지금까지 한 번도 없었다. 그리고 그 빛바랜 가방 역시 누가 만진 흔적조차 없이 아침과 똑같은 상태로 있었다.

'누가 깜박 잊고 간 건가?'

가방을 눈으로 이리저리 살폈지만 아무런 표시가 없었다.

그는 가방을 열어 보자고 마음먹었다. 아침부터 방치되어 있었으니 열어 본들 누가 뭐라고 하지는 못할 것이다.

가방에 손을 대는 순간 왠지 불길한 예감이 스쳤지만 무시하고 천천히 지퍼를 열었다.

도자이 전기 주식회사 본사 건물에 폭탄이 설치되어 있다는 신고가 시마즈 경찰서에 접수된 것은 그날 오후 4시 30분쯤이다. 설치된 장소는 5층짜리 본관 건물 3층에 있는 남성용 화장실. 발견한 사람은 자재부 자재 1과장 우스이 이치로라는 남자였다.

현장에서 조금 떨어진 회의실에서 우스이에 대한 조사가 시작됐다. 담당자는 지바 현경 수사 1과의 우에하라와 시노다, 두 사람. 우에하라는 다부진 체구에 표정이 날카로운 서른 전후의 남자다. 시노다는 그보다 약간 젊어 보이고, 살이 좀 쪄서 그런지 너그러워 보이는 인상이다.

조사는 우에하라가 질문하고 우스이의 대답을 시노다가 메모하는 식으로 진행됐다. 우스이는 자신이 처음 가방을 발견한 것은 오전 8시 50분경이라고 했다.

"화장실 주변은 사람들의 왕래가 많은 편인가요?"

우에하라가 물었다.

"많지요."라며 우스이는 땀도 나지 않는 이마를 손수건으로 닦았다.

"화장실이 자재부 출입문 바로 옆에 있고 계단도 가까이 있으니까요. 출근 때는 특히 혼잡합니다."

"출근 때라면?"

"8시 40분에 업무가 시작되니까 그 직전까지 많이들 왔다

갔다 합니다."

"업무 시작 직전에는 화장실을 이용하는 사람도 많겠죠?"

"예, 많습니다."

"그럼 그런 때에 한쪽 칸이 고장 나 있어서 한층 더 붐볐겠네요."

"그렇죠. 그런데…… 사실 좀 전에 직원 하나가 그러는데 오늘 그 시각에는 종이가 붙어 있지 않았던 것 같다더군요."

"그래요……."

우에하라는 고개를 끄덕였다.

"그렇다면 범인은 8시 40분에서 8시 50분 사이에 폭탄을 설치하고 쪽지를 붙였다는 얘기군요."

"음, 아마 그럴 겁니다."

우스이는 확신하는 투로 말했다.

"그때쯤이라면 사건 현장 부근을 지나다니는 사람이 별로 없었겠네요?"

"그럼요. 가장 적은 때지요. 업무가 시작되자마자 화장실을 가거나 하면 상사의 눈총을 받으니까요. 그리고 오늘은 월요일이어서 부서마다 5분에서 10분 정도 조례가 있었어요."

"그렇군요."

우스이의 이야기를 들은 우에하라는 생각에 잠겼다.

그의 진술대로라면 범인은 폭탄을 설치하기에 절호의 시간대를 골랐다는 얘기다. 그것이 애초에 계획된 행동이라면 범인은 내부 사정에 어느 정도 밝은 사람일 가능성이 컸다.

"그런데 그거, 유니폼입니까?"

우에하라가 우스이의 웃옷을 손으로 가리키며 물었다. 흰 바탕에 가슴에 'TOZAI'라는 글자가 붉은색 실로 수놓인 옷이었다. 다른 사원들도 대부분 같은 옷을 입고 있었다.

"아, 이거 말입니까? 그렇습니다. 업무복이라고 부르죠."

우스이는 글자가 수놓인 부분을 손가락으로 집으며 말했다.

"언제 그걸로 갈아입습니까?"

"출근해서 바로요."

"그럼 업무가 시작될 무렵에는 다들 갈아입고 있겠군요?"

"그렇겠지요."

"입지 않으면 눈에 띌까요?"

"눈에 띌 정도는 아닐 겁니다. 아는 얼굴이라면 마음에 두지 않을 거예요. 모르는 사람이라면 어, 싶을지도 모르지만."

우에하라는 말없이 두세 번 고개를 끄덕거렸다. 만일 내부 사정에 밝은 사람이라면 이런 점을 간과할 리 없다.

"저⋯⋯,"

우에하라가 잠자코 있자 우스이가 매우 조심스러워하며 입을 열었다.

"그건 어떻게 됐습니까, 잘 처리됐나요?"

"네? 아, 폭탄 말이군요."

우에하라는 손가락으로 콧잔등을 문질렀다. 가방의 내용물이 폭탄인 것 같다고 알려지자 직원 전원이 건물 밖으로 대피하고 소방차가 출동하는 등 큰 혼란이 빚어졌다. 그 후 폭발물 처리반이 와서 폭탄을 조사했다.

"아직 조사 중입니다만, 결론부터 말씀드리자면 폭발의 위험은 없었던 것 같습니다. 물론 다이너마이트가 몇 개 연결되어 있으니 안전하다고 말할 수도 없지만요."

"저……, 폭발의 위험이 없다는 게 무슨……."

"그건 저희들도 아직 자세히는 모릅니다."

우스이의 질문 공세를 차단하려는 듯 우에하라가 딱 잘라 말했다.

협조해 주어서 감사하다는 말을 끝으로 우스이에 대한 조사를 마친 우에하라와 시노다는 건물을 나와 회사 정문으로 향했다. 정문 옆 수위실에서는 수위 두 명이 자리를 지키고 있었다. 우에하라와 시노다가 들어가서 신분을 밝히자 둘 중 나이 많은 수위가 그들을 응대했다. 머리는 하얗게 셌지만 몸집이 크고 다부져 보이는 남자였다. 우에하라는 도자이 전기의 수위들이 모두 육군 용사 출신이라는 소문을 떠올렸다.

"외부인의 출입을 어떤 식으로 체크하십니까?"

"여기서 출입증을 내주는데, 그때 의무적으로 신분증을 제시하고 방문객 명부에도 기입하도록 하고 있습니다. 출입증은 돌아갈 때 돌려받습니다."

"외부인인 걸 어떻게 구별하시죠?"

"기본적으로는 업무복을 입지 않은 사람들의 신분을 확인합니다."

"퇴근 시간에는 어떻게 합니까? 사원들도 업무복을 입고 있지 않을 텐데."

"퇴근 시간에는 체크한다는 게 무리죠. 모두에게 신분증 제시를 요구했다가는 엄청나게 혼잡해질 겁니다."

"그렇다면 업무가 시작된 후에 업무복을 입지 않은 사람이 정문을 드나들 경우 여기서 모두 체크되겠군요?"

"물론입니다."

수위는 가슴을 쫙 펴며 말했다.

"근무 시간 중에 업무복을 입은 사람, 그러니까 회사 내부인이 정문을 드나드는 경우도 많습니까?"

"그럼요, 많지요. 각지에 있는 공장으로 가는 사람 등등이 모두 이곳을 통과해야 하니까요."

"그 사람들을 불러 세우거나 하지는 않습니까?"

"그렇다니까요."

경비가 약간 짜증 섞인 말투로 대답했다.

"그렇게까지 하기 시작하면 끝이 없어요."

"오늘 업무 시작 직후에 이곳을 빠져나간 사람들의 얼굴은 혹시 기억하고 계십니까?"

우에하라가 그렇게 묻자 수위는 지겹다는 듯한 표정을 지으며 옆에 있는 젊은 수위에게 얼굴을 돌렸다. 젊은 수위는 관여하고 싶지 않다는 듯 모른 체하고 손에 든 노트만 들여다보았다.

"아, 바쁘신데 감사합니다."

수위들의 대답을 듣기도 전에 우에하라는 돌아서서 밖으로 나왔다.

경찰서에 돌아온 우에하라는 구와나 반장에게 탐문 수사 결과를 보고했다. 반장도 폭탄 감식 결과가 어느 정도 정리됐다며 우에하라에게 그 내용을 설명해 주었다.

"장난치고는 지나치게 정교하다는 소견이야."

보고서를 보면서 구와나는 그렇게 운을 뗐다.

"장난……이라니요?"

"범인에게 폭탄을 터뜨릴 의사가 없었거든."

구와나는 칠판을 끌어당기고서 분필을 들었다.

"폭탄의 구조를 크게 폭약과 점화 장치로 나눌 수 있는데, 점화 장치에 달린 스위치는 이런 구조로 되어 있대."

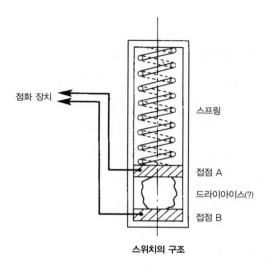

점화 장치

스프링

접점 A

드라이아이스(?)

접점 B

스위치의 구조

그러면서 구와나는 칠판에 그림을 그렸다.

"여기서 접점 A와 B가 맞닿으면 점화되는 거지."

"이상한 구조로군요."

젊은 시노다가 조심스럽게 말했다.

"감식반에서는 단순한 시한장치 같다더군."

그리고 구와나는 그림의 접점 A와 B 사이에 있는 둥근 덩어리 같은 물체를 가리켰다.

"여기에 드라이아이스를 끼워 두면 시간이 흘러 드라이아이스가 녹으면서 A와 B가 맞닿게 되는 거지."

"그럼 드라이아이스의 양으로 폭발 시간을 조정할 수도 있겠네요."

우에하라는 팔짱을 낀 채 그림을 보며 신기한 듯 말했다.

"그런데, 폭탄을 터뜨릴 의사가 없었다는 건 무슨 얘기예
요?"

"그게, 접점 A와 B 사이에 실제로 끼워져 있던 물체는 드라
이아이스가 아니었어. 누더기 천 같은 게 끼워져 있었지."

"천이요?"

우에하라와 시노다가 동시에 외쳤다.

"응. 그러니까 절대 폭발하지 않는 거지. 지나치게 정교한
장난이라고 한 건 바로 그 점 때문이야."

"이상하군요."

우에하라가 갸우뚱거렸다. 범인의 의도가 무엇인지 궁금했
다. 장난삼아 하기에는 상당히 위험한 일이었다.

"폭약에 관해서는 밝혀진 게 있나요?"

우에하라가 질문의 방향을 바꿨다.

"자세한 출처는 아직 모르지만, 폭탄은 암모니아 젤라틴계
다이너마이트로 총 여섯 개였어. 뇌관도 붙어 있었고. 좀 더
자세히 말하자면……."

그러면서 구와나는 보고서를 들여다보았다.

"A사의 암모니아 젤라틴계 다이너마이트와 6호 혼성 뇌관
이야. 도화선은 속연 도화선으로 N사 제품이고, 점화 장치는

기폭제로 둘러싸인 백금 선과 저압 전원으로 되어 있어."

시노다가 내용을 재빨리 메모했다. 그 모습을 곁에서 지켜
보던 우에하라는 "아닌 게 아니라 장난이라고 하기엔 지나치
군."이라고 한숨 섞인 목소리로 말했다.

"내 생각도 그래."

입술을 일그러뜨리며 구와나가 고개를 끄덕였다.

"하지만 왜 그랬는지보다 그런 부속들을 어디서 구했는지
조사하는 게 우선이야."

"가방에 관해서는 알아보셨어요?"

"어느 회사 제품인지는 알아냈는데, 전국 각지로 상당히 많
이 팔려 나간 물건이라서 이걸로는 알 수 있는 게 거의 없대.
지문은 가방을 발견한 사람 것만 나왔고."

"흠……."

우에하라는 고개를 좌우로 꺾어 댔다. 어깨 부근에서 뚝뚝,
소리가 났다.

"제 생각에는 도자이 사와 관련이 있는 자의 범행일 것 같
은데요."

"내부 사정에 밝다는 점 때문에?"

"네. 게다가 범인은 도자이의 업무복을 입고 있었던 것 같
거든요. 말씀드렸다시피 업무복을 입지 않았다면 외부인으로
의심받았을 것이고 수위의 눈에도 띄었을 겁니다."

"전직 사원일까? 아니면 현직?"

"전·현직 사원의 지인일 수도 있습니다."

"그런데 도대체 왜 그런 짓을 했을까요?"

시노다가 느닷없이 그렇게 물었다. 우에하라는 구와나를
바라봤다.

두 사람 다 대답할 말이 없었다.

폭탄 소동이 있은 지 일주일 후. 도자이 전기의 업무복을 입
은 노숙자를 발견했다는 보고가 시마즈 역 파출소에서 들어
왔다. 시마즈 역은 도자이 전기에서 가장 가까운 역이다. 우
에하라는 시노다와 함께 시마즈 역 파출소로 향했다.

그곳에는 아마노라는 이름의 젊은 순경이 대기하고 있었
다. 눈이 가늘고 사람 좋아 보이는 인상이었다.

"그 노숙자의 얘기로는 일주일 전에 주웠다고 합니다. 폭탄
사건이 생각나서 연락드린 겁니다."

아마노는 등을 곧추세우고 다소 경직된 투로 말했다.

"그 옷 좀 볼 수 있을까요?"

"예. 잠시 기다리십시오."

아마노가 구석방으로 들어가자 우에하라는 옆에 놓인 의자
에 앉았다. 책상 위에서 라디오 소리가 들렸다. 고교 야구 중
계인 것 같았다.

"가이요의 경기인데요."

시노다가 라디오 볼륨을 약간 높이며 말했다. 가이요 고등학교라면 이 지역 학교다.

"오늘이 본선 1차전인데 재수 없게 우승 후보인 아세아 학원과 붙었어요. 뽑기 운도 참 안 따르네. 그런데도 이기고 있어요. 1 대 0으로."

그때 아마노가 구석방에서 보따리를 들고 나오면서 말했다.

"스다가 놀라운 투구를 하고 있어서 아세아 타자들도 어떻게 해 보질 못하고 있어요."

"그래? 대단하네."

그렇게 말하고 우에하라는 라디오 볼륨을 조금 줄였다. 그역시 가이요 고등학교의 스다라는 이름 정도는 알고 있었다.

"맞습니다. 대단한 투수예요. 그건 그렇고, 이게 그 업무복입니다."

아마노는 우에하라 앞에 보따리를 놓고 풀었다. 안에서 나온 것은 거무죽죽하게 변색된 웃옷 한 벌이었다. 가슴 부근에 'TOZAI'라는 글자가 수놓여 있었다. 그게 없었다면 도자이 전기의 업무복인 줄 몰라봤을 것이다.

"이거, 어디서 주웠다고 했죠?"

"역 안 쓰레기통에서 주웠답니다. 지난주 월요일이라고 했으니 폭탄 소동이 일어났던 날일 겁니다."

"그 노숙자, 잘도 기억하고 있네."

시노다가 말했다.

"노숙자들은 그런 걸 상당히 잘 기억합니다. 무슨 요일에 어느 가게의 쓰레기통에 어떤 물건이 버려지는지까지 알고 있어요. 놀라울 정돕니다."

아마노는 감탄스럽다는 듯 말했다.

"그렇다면 업무복이 버려진 건 그 전이라는 얘긴데⋯⋯."

"일요일이나 토요일일지도 모르죠."

시노다의 의견에 아마노가 고개를 저었다.

"아닙니다. 아마 월요일에 버렸을 겁니다."

그는 상당히 자신 있게 말했다.

"그 사람들, 하루도 빼놓지 않고 쓰레기통을 뒤집니다. 이렇게 좋은 물건이 버려져 있으면 반드시 그날 안으로 사라집니다."

"그렇군."

납득이 가는 설명이었다. 아마도 그의 말이 맞을 것이다. 그리고 만약 이 업무복이 월요일에 버려졌다면 범인이 버렸을 가능성이 높다.

"그 노숙자, 지금 어디 있습니까?"

"여기서 그리 멀지 않은 곳에 있습니다. 지정석이라고 해서 그들에겐 정해진 구역이 있거든요. 데려올까요?"

"네, 좀 부탁합니다."

아마노가 나간 뒤 우에하라는 낡은 걸레처럼 보이는 업무복을 다시 한 번 살펴보았다. 명찰 같은 건 붙어 있지 않았다. 그리고 지독한 악취가 풍겼다. 노숙자가 걸쳤었기 때문이리라.

"눈앞에 보이는 것 같아."

우에하라가 중얼거리듯 내뱉었다.

"네?"

"범인의 모습 말이야. 이 업무복을 입고 당당히 정문을 빠져나가는 모습."

그리고 우에하라는 다시 라디오의 볼륨을 높였다. 그와 동시에 아나운서의 비명에 가까운 소리가 튀어나왔다.

"역전, 역전! 굿바이 안탑니다. 호투하던 스다, 통한의 라스트 볼이 되고 말았습니다!"

포수

1

금방이라도 후드득, 빗방울을 떨어뜨릴 것 같은 구름이 흘러가고 있다. 대부분의 학생이 우산을 들고 나왔을 만한 날씨인 오늘, 스다 유키의 자전거 짐받이에도 가방과 함께 우산이 실려 있었다.

유키는 자전거에 올라앉아 있긴 했지만 한쪽 발을 페달에서 떼고 땅에 붙인 채 우두커니 앞을 바라보고 있었다. 유키뿐 아니라 주위의 다른 학생들도 마찬가지였다.

그들은 제방길에 그렇게 멈춰 서 있었다. 길옆으로는 아이자와라는 조그만 강이 흘렀다.

이 길로 똑바로 가면 가이요 고등학교 정문이 나오는데, 학교로 향하던 학생들이 다들 지금 이곳에 발이 묶여 있는 것이다.

뭔가 심각한 일이 벌어진 게 분명했다. 경찰차가 몇 대 서 있고 그 주변에서 경찰 여러 명이 험악한 얼굴로 이리저리 움직이고 있었다. 가뜩이나 좁은 길이 그들이 쳐 놓은 로프 때문에 한결 더 좁아져서 등굣길 학생들로 심한 정체를 빚고 있었다.

"무슨 일이지?"

유키의 친구가 자전거에서 내려 몇 번 깡충깡충 뛰어오르더니 경찰이 왔다 갔다 하는 것밖에 안 보인다고 했다.

잠시 후 경찰이 나서서 길을 정리한 덕분에 흐름이 다소 나아졌다. 유키는 사건 현장 부근을 지날 때 까치발을 하고 뭐가 있나 보려고 했지만 역시 별다른 건 보이지 않았다. 눈매가 날카로운 남자들이 심각한 표정으로 얼굴을 맞대고 있을 뿐이었다.

혼란이 어느 정도 진정되었을 때 옆에서 지나가는 학생들이 이야기하는 소리가 들렸다.

"살인 사건이래."

스포츠머리를 한 학생 하나가 낮은 소리로 말했다.

"살인 사건? 정말이야?"

상대 학생도 소리를 죽여 가며 되물었다. 그러고서 두 학생은 빠른 속도로 달려가 버렸고 더는 이야기를 들을 수 없었다.

'살인 사건?'

자전거 페달을 밟으며 유키는 그 말을 입 속에서 되뇌어 봤다. 실감 나지 않는 단어였다. 그 단어에서 그가 모르는 어른의 냄새가 풍겼다.

유키가 2학년 A반 교실에 들어서니 급우들 역시 그 일을 가지고 시끌벅적하게 떠들어 대고 있었다. 유키의 자리 근처에서도 곤도라는 친구가 중심이 되어 그 얘기에 열을 올렸다. 곤도는 평소에는 거의 눈에 띄지 않는 친구인데 오늘 아침 그는 눈을 빛내고 있었다.

아이들 말로는 곤도가 다른 학생들보다 훨씬 이른 시간에 등굣길에 나섰기 때문에 길이 복잡해지기 전에 사건 현장을 지나쳤고, 덕분에 상황을 비교적 자세히 파악할 수 있었다고 한다.

곤도는 자신이 사건 현장을 지날 때는 엄청난 핏자국이 남아 있었다고 했다. 그는 "양동이로 물을 뿌린 것처럼 사방으로 흩뿌려진 피가 검붉은 색으로 말라붙어 있어 끔찍했어."라고 상황을 전했다. 학생들은 마른침을 꼴깍 삼켰다. 하지만 모두를 한층 더 긴장시킨 것은 곤도의 다음 얘기였다. 그는 살해당한 사람이 아무래도 우리 학교 학생인 것 같다고 했다.

"정말이야?"

누군가 놀란 목소리로 외쳤다.

"그럴 리가……."

"틀림없어. 현장을 지나면서 경찰들이 하는 얘기를 얼핏 들었거든."

"여학생이래?"

"글쎄, 그건 잘 모르겠어. 거기까지는 못 들었어."

아이들은 여학생이 난폭하게 살해당하는 장면을 상상하는 것 같았다. 그러고 보니 최근 들어 신문에 '괴한'이라는 단어가 자주 등장한 것도 같다.

"피를 흘렸다면 흉기는 칼 아니겠어?"

한 학생이 말했다.

"꼭 그렇다고 단정 지을 수는 없지. 총으로 쏴도 피가 나오잖아. 서부 영화 본 적 없어?"

다른 학생의 말에 곁에 있던 두세 명이 고개를 끄덕였다.

"그래도 말이지, 총이었다면 피가 그렇게 사방으로 튀지는 않았을걸."

"왜?"

"잘은 모르지만 왠지 그럴 것 같아."

흉기나 출혈 정도에 대한 지식이 너 나 할 것 없이 비슷해서 그 문제에 대해서는 대화가 그 이상 진전되지 않았다. 그러다가 누군가 "그 제방은 말이지, 이른 아침에는 지나다니는 사람이 적어서 좀 위험해."라고 말했다. 그러자 이번 사건이 남의 일이 아니라는 생각이 들었는지 모두들 복잡한 표정을 지으며 입을 다물었다.

대화가 일단락되자 유키는 가방에서 영어 단어장을 꺼냈

다. 자신이 이런 일에 시간을 낭비할 정도로 한가하지 않다는 생각이 들었다.

하지만 그런 열의도 잠시 후 교실에 들어온 어느 학생의 한 마디에 중단되고 말았다.

"형사가 모리카와 선생을 찾아왔다는데?"

큰 소리로 그렇게 말한 학생은 '온천'이라는 별명이 붙은 몸집이 작은 학생이었다. 목욕탕 집 아들이라서 붙은 별명이다.

"모리카와 선생을 왜?"

곤도가 그렇게 묻자 온천은 "그걸 내가 어떻게 아냐?"라며 입을 비죽이 내밀었다.

모리카와는 유키네 반 물리 담당 교사다. 나이는 서른을 넘겼지만 전에 럭비를 한 덕분인지 체격이 다부졌다. 그리고 학생들 사이에서 인기도 높았다. 하지만 이때 유키가 온천의 말에 신경이 쓰인 것은 그보다는 모리카와 선생이 야구부 감독이었기 때문이다.

"모리카와가 야구부 감독이지?"

유키가 동요하는 걸 눈치채기라도 한 듯, 키 큰 학생 하나가 유키를 돌아보며 말했다. 농구부의 사사이라는 녀석이었다. 그는 고교 2학년생답지 않게 짙은 수염에 나이가 들어 보이는 얼굴이었다.

"혹시 살해된 학생이 야구부원인 거 아니야?"

논리적이지 못한 의견이었지만 주위에 있던 학생들은 고개를 끄덕였다. 사사이는 그런 반응에 만족한 듯 히죽 웃고서 유키에게 말했다.

"이봐, 스다. 네 형은 뭐 좀 아는 게 있을지도 몰라."

유키는 입을 다문 채 영어 단어장을 정리하는 체했다. 대답하고 싶은 생각이 없었다. 사사이가 뭘 원하는지 알기 때문이다.

"야, 스다!"

사사이가 그를 다시 불렀을 때 갑자기 학생들이 허둥지둥 제자리로 돌아가기 시작했다. 교실 입구로 담임인 사노가 들어오고 있었다.

"공붓벌레 같은 게 잘난 체하기는……."

악의에 찬 말을 남기고 사사이도 제자리로 돌아갔다.

담임 사노는 역사 선생이다. 평소에는 온화한 표정의 중년 남자인데 오늘은 웬지 눈초리가 매섭다. 평소에는 출석 체크를 하면서 농담을 던지곤 했는데 오늘은 그런 것도 없었다.

출석을 다 부른 사노는 "1교시는 자습이다."라고 말했다. 그리고 긴급 교직원 회의 때문이라고 덧붙였다. 자습이라는 말이 나오면 언제나 노골적으로 기뻐하던 학생들도 오늘은 기특하게 조용히 듣고만 있었다.

사노가 교실에서 나가려 했을 때 앞쪽에서 누군가 담임을 불렀다. 앞에서 세 번째 줄에 앉은 곤도였다.

"누가 살해됐어요?"

그 말을 들은 사노는 한동안 곤도의 얼굴을 물끄러미 봤다. 그리고 모두가 숨죽이며 쳐다보는 가운데 곤도가 있는 쪽으로 성큼성큼 걸어갔다. 곤도는 잔뜩 움츠리며 고개를 숙였다. 아마도 얻어맞을 거라고 생각했을 것이다. 하지만 사노는 곤도 옆에 서서 아무 말 없이 교실 안을 죽 둘러보더니 "조용히. 떠들지 말고."라고 주의를 주고는 곧바로 교실을 나갔다.

사노의 발소리가 멀어지자 모두가 '후' 하고 숨을 내쉬었다. 그중에서도 특히 마음을 놓은 사람은 곤도로, 뺨 주위에 아직도 긴장의 흔적이 남아 있는데도 친구들에게 허세를 부리며 떠들어 댔다.

유키는 가방 속에서 에드거 앨런 포의 영어 소설책을 꺼냈다. 그는 자습 시간이면 언제나 이 책을 읽는다. 장차 영어를 활용할 수 있는 직업을 구하는 게 그의 막연한 꿈이었다. 그리고 그 꿈을 이루기 위한 첫걸음으로 도쿄 대학에 들어가는 것을 최대의 목표로 삼았다. 유키는 대학마다 어떤 차이가 있는지는 잘 몰랐지만, 어쨌든 일본에서 가장 우수한 학생들이 모이는 대학에 들어가면 틀림없을 거라고 믿었다.

그는 자신의 꿈을 이룰 때까지 쓸데없는 잡음에 신경 쓰지 않기로 마음먹었지만, 오늘은 그 잠음이 너무 심했다.

그가 「황금 벌레」라는 소설을 채 한 페이지도 읽지 못했을 때 책 위에 그림자가 드리웠다. 고개를 들어 보니 사사이가 옅게 미소 띤 얼굴로 그를 내려다보고 있었다. 유키는 들으라는 듯 일부러 숨을 크게 내쉬며 책으로 다시 눈길을 떨어뜨렸다. 그러자 사사이는 유키가 읽고 있는 페이지 위에 턱하니 손을 얹었다. 유키가 얼굴을 들고 사사이를 노려봤다.

"잠깐 갔다 오지그래? 모리카와가 불려 갔다는 건 야구부와 관련이 있다는 얘기라고. 모리카와는 담임도 맡지 않았잖아. 네 형한테 가서 사건에 대해 좀 물어봐. 어차피 3학년들도 지금은 자습하고 있을 거 아냐."

그 말을 들은 몇 사람이 유키 주위로 모여들었다.

"그렇게 궁금하면 네가 가면 되잖아."

유키가 목소리에 분노를 실어 말했다.

"내가 가면 네 형이 상대해 주겠냐? 손해 볼 일도 아닌데 뭘 그래."

"그래, 잠깐 갔다 오면 되잖아."

다른 학생 하나가 거들고 나섰다.

"네 형도 경찰한테 불려 갔었는지 모르는 일이고."

"우리 형이 왜?"

유키가 강한 어조로 따져 묻자 그 학생은 우물거리며 입을 닫았다. 진절머리가 난 유키는 결국 의자에서 일어섰다.

"가는 거냐?"

사사이가 유키를 쏘아보며 물었다.

"이따위 말씨름으로 시간을 허비하고 싶지 않으니까."

그러고서 유키는 복도로 나와 교실 문을 쾅 닫았다.

가이요 고등학교 내에서는 물론이고 이 지역 주민들 중에서도 유키의 형 스다 다케시의 이름을 모르는 사람은 거의 없었다. 여름 고시엔 대회에서 지역 예선 3차전에조차 오른 적 없는 가이요 야구부를 지난해 가을 대회에서 준우승으로까지 이끈 투수이기 때문이다. 10여 일 전에 있었던 봄 고시엔 본선에서는 아쉽게 1차전에서 탈락했지만, 막강 타선으로 유명한 아세아 학원을 거의 완벽히 제압해 프로 야구팀 스카우터들의 이목을 집중시켰다. 그의 회전이 빠른 강속구와 정확한 컨트롤은 지금 그대로 프로 야구에서도 통할 것이라는 평가도 받았다.

그런 천재를 형으로 두었다는 사실이 유키는 자랑스러웠다. 봄 고시엔 대회 이후로는 자신이 스다 다케시의 동생이라는 사실을 종이에 써 붙이고 다니고 싶은 심정이었다.

하지만 사람들이 형을 칭찬할 때면 기쁘면서도 동시에 초조함을 느꼈던 것도 사실이다. 우수한 형과 비교되는 것이 불편했던 건 아니다. 아무도 형과 자신을 비교하지 않는다는 사

실을 유키도 잘 알고 있었다. 그가 초조함을 느끼는 건 형 다
케시에 비해 자신은 아직 제 역할을 소화해 내지 못하고 있다
는 자책 때문이었다. 그에 반해 형은 둘이 나눈 역할 중 자신
의 부분을 순조롭게 소화해 내고 있었다.

유키는 발소리를 죽이며 2층에서 3층으로 올라갔다. 다케
시의 3학년 B반 교실은 3층에 있었다.

자습으로 소란스러운 2층에 비해 3층은 아무도 없는 게 아
닌가 생각될 정도로 조용했다. 그런 데다 복도 바닥이 나무로
되어 있어 아무리 조심스럽게 걸어도 걸음을 내디딜 때마다
삐걱거리는 소리가 났다.

살금살금 복도를 걸어가던 유키는 3학년 B반 교실 근처에
이르렀을 때 가슴이 철렁하는 느낌과 함께 저도 모르게 걸음
을 멈췄다. 교실 안에서 이상한 소리가 들려왔던 것이다. 가
만히 서서 들어 보니 나지막이 흐느끼는 소리와 코를 훌쩍거
리는 소리 같은 것들이었다. 유키는 좀 더 가까이 다가가 엉
거주춤한 자세로 창문 너머 교실 안을 들여다봤다. 학급의 절
반 가까이가 여학생이었는데, 그들 대부분이 손수건을 눈에
대고 있거나 책상에 엎드려 있었다. 남학생들도 팔짱을 낀 사
람, 턱을 괸 사람, 눈을 감은 사람 등 자세는 제각각이었지만
하나같이 침통한 표정들이었다.

형 다케시는 복도에서 제일 가까운 쪽 줄의 맨 뒷자리에 앉아 있었다. 양손을 바지 주머니에 찔러 넣고 그 긴 다리를 꼬고 앉아 허공을 쏘아보고 있었다.

이 반 학생이 살해됐구나, 유키는 직감했다. 그럴 정도로 다케시네 교실은 깊은 슬픔에 빠진 채 무겁게 가라앉아 있었다.

유키는 자신이 여기까지 온 걸 후회했다. 그리고 이런 식으로 들여다보고 있는 자기 자신에게 구역질이 날 정도로 혐오감이 느껴졌다.

그는 창문에서 조용히 물러나 발소리를 죽여 가며 방금 지나온 복도 쪽으로 걸음을 옮겼다. 바로 그때였다. 뒤에서 갑자기 교실 문 열리는 소리가 났다. 문짝이 잘 맞지 않는지 요란한 소리가 나는 바람에 유키는 깜짝 놀라 하마터면 소리를 지를 뻔 했다.

"무슨 일로 왔어?"

형 다케시였다.

"그게……."

유키는 고개를 숙인 채 우물거렸다. 그럴듯한 변명이 생각나지 않았다.

"나한테 볼일이 있는 거야?"

"응."

유키는 고개를 끄덕였다.

그 모습을 가만히 보던 다케시는 유키의 팔을 잡고 "이리 와."라고 말하더니 계단 쪽으로 걷기 시작했다. 대단한 힘이 었다. 유키는 그런 상태로 아래층으로 내려가는 계단의 층계 참까지 끌려갔다.

"뭔데, 할 말이?"

다케시가 유키의 옆모습을 보며 물었다. 적당한 거짓말이 생각나지 않았다. 하는 수 없이 유키는 사사이 등 반 아이들 얘기를 형에게 실토했다.

"형편없는 놈들."

다케시가 지겹다는 듯 내뱉었다. 하지만 왠지 그 말투에 평 소 같은 박력이 없었다.

"아냐, 됐어. 미안해, 형."

유키가 그렇게 말하고 계단을 내려가는데 등 뒤에서 "잠 깐." 하는 다케시의 목소리가 들렸다. 유키는 멈춰 서서 뒤를 돌아봤다.

"기타오카야."

다케시가 내던지듯 말했다.

유키는 형의 얼굴을 한동안 멍하니 바라봤다. 형이 한 말의 의미가 머리에 잘 들어오지 않았다.

"기타오카…… 선배?"

유키가 그렇게 되물었다.

"그래."

다케시는 딱 잘라 말했다.

"살해됐어."

"설마……."

"사실이야."

그리고 다케시는 계단 위에 발을 걸친 채로 동생을 돌아보며 이렇게 말했다.

"알았으면 교실로 돌아가. 쓸데없는 일에 신경 쓰지 말고. 너는 그것 말고도 해야 할 일이 많잖아."

"하지만……."

"너하곤 상관없는 일이야."

다케시는 계단을 올라갔다. 유키는 형의 뒷모습을 눈으로 좇으며 가슴이 답답해 옴을 느꼈다. 하지만 유키도 곧 뒤돌아서 계단을 내려가기 시작했다.

2

기타오카 아키라의 사체가 발견된 것은 4월 10일 금요일, 새벽 5시경이었다. 매일 아침 제방길을 지나는 중학교 2학년 신문 배달 소년이 처음 발견했다. 언제나처럼 아이자와 강 상류에서 하류 쪽으로 달리다가 길가에 쓰러져 있는 사체를 보았다고 한다.

경찰이 현장에 도착한 것은 그로부터 약 20분 뒤. 현장에서는 신문 배달 소년과 가이요 고등학교 직원이 사체에서 100미터 이상 떨어져 경찰을 기다리고 있었다. 소년은 시체를 발견한 즉시 가이요 고등학교로 달려갔고, 소년의 이야기를 들은 교직원이 경찰에 신고한 것이다.

사체의 신원은 즉시 밝혀졌다. 교직원이 야구부의 기타오카라고 증언했기 때문이다. 그는 최근 가이요 고등학교의 간판이 된 야구부원들의 얼굴을 알고 있었다.

기타오카 아키라는 회색 스웨터에 교복 바지 차림으로 수풀에 엎드려 있었다. 흉기로 찔린 배에서 많은 양의 피가 흘러나와 있었다. 수사관은 기타오카 외에 또 한 구의 사체를 발견했다. 기타오카 바로 옆에 몸길이 70센티미터 정도의 잡종견 한 마리가 죽어 있었다. 목 아랫부분이 예리하게 절단됐고, 거기서도 피가 꽤 많이 흘러나와 있었다. 발견될 당시 개는 온몸의 털에 피가 말라붙은 상태였다.

"상황이 좀 묘하군."

담배에 불을 붙여 그날의 첫 모금을 맛보면서 현경 본부 수사 1과의 다카마는 중얼거렸다. 자다가 불려 나온 탓에 아직도 머리가 무겁고 눈이 뻑뻑했다. 게다가 서른이 넘었지만 독

신인 까닭에 이렇게 이른 시각에 사건이 발생하면 아침을 거를 수밖에 없었다.

"피해자의 개 아닐까요?"

옆에서 후배 오노가 개의 목줄을 가리키며 말했다.

"피해자가 개를 데리고 산책 중이었던 것 같은데요."

"그 밤에, 더구나 고등학생이?"

감식반원에 의하면 사후 경직이나 시반(屍斑. 사람이 죽은 후 생기는 반점─옮긴이)의 상태로 미루어 죽은 지 일고여덟 시간이 경과한 것으로 보인다고 한다. 해부 결과에 따라 바뀔 가능성도 있지만 현재까지 드러난 것을 토대로 하면 사망 추정 시간은 어젯밤 9시에서 10시 사이다.

"그렇게까지 이상한 일도 아니죠, 뭐. 그보다, 왜 개까지 함께 죽였을까요?"

"피해자를 찔렀는데 개가 자꾸 짖어 대니까 죽인 것 아닐까?"

"음……. 잔혹하기 짝이 없군요."

"사람도 죽이는 인간인데 개 정도 죽이는 거야 아무것도 아니지 뭘 그래."

"하긴 그러네요."

여기까지 대화를 나누었을 때 그들의 상관인 모토하시 반장이 다가와 "수고가 많군."이라고 인사를 건넸다. 백발의 모토하시는 형사라기보다 학자처럼 보이는 중년 남자다.

"일찍 오셨네요."

"방금 왔어."

그러면서 모토하시는 하품을 크게 했다.

그의 말에 따르면 사건 현장 주변에서 흉기는 발견되지 않았다고 한다. 흉기는 얇은 나이프 같은 물건으로 추정되는데, 범인이 도로 가져간 것으로 보인다는 것이다.

기타오카 아키라의 부모도 이미 현장에 와 있었다. 그러나 어머니 사토코는 정신 나간 사람처럼 울부짖기만 할 뿐이어서 얘기를 들을 수 있는 상태가 아니었다. 그나마 아버지 히사오를 통해 파악한 바로는, 기타오카는 어젯밤 9시경 모리카와 선생의 아파트에 간다며 나간 뒤 돌아오지 않았다고 한다.

"모리카와 선생이라면 야구부 감독 아닌가요?"

다카마가 그렇게 묻자 모토하시는 깜짝 놀라며 "자네가 그걸 어떻게 알아?"라고 되물었다.

"저하고 고등학교 동기거든요. 사실 저도 가이요 고등학교를 나왔습니다."

"허어, 그것참 우연이군. 요즘도 만나고 그러나?"

"전에는 자주 만났죠. 요즘 들어 좀 뜸했지만요."

"잘됐군. 그럼 오노하고 가서 그 선생한테 얘기를 좀 들어보지."

알겠습니다, 라고 아무렇지도 않은 듯 대답했지만 다카마는 한편으로 기분이 착잡했다. 형사가 된 지 10년이 다 돼 가지만 아는 사람이 사건에 연루되기는 이번이 처음이었다. 더구나 모리카와는 그냥 아는 정도가 아니라 매우 친하게 지내던 사이다.

"그런데 혹시 피해자가 도둑맞은 물건은 없답니까?"

"없어. 부모가 확인해 봤는데 없어진 물건은 없대."

"배 이외에 다른 상처는 없습니까?"

"없어. 단, 지면에 남은 흔적을 보니 몸싸움을 한 것 같더군. 지금으로서는 범인의 윤곽이 전혀 잡히지 않아."

모토하시는 미간에 주름을 잡고 마치 학자 같은 표정을 지었다.

등교 시각이 가까워지면서 제방길은 학생들의 통행이 부쩍 많아졌다. 다카마와 오노, 두 사람은 학생들 틈에 섞여 가이요 고등학교로 향했다.

"가이요의 야구 감독이 선배의 절친인 줄은 몰랐는데요."

가는 도중 오노가 신기하다는 투로 그렇게 말했다.

"봄 고시엔 대회 기간에는 하도 바빠서 볼 수도 없었어."

"가이요를 고시엔 본선에 출전시키다니 대단한 일 아닙니까? 그런데 포수 기타오카가 저렇게 됐으니……. 스다의 공을 제대로 받아 줄 선수가 없어졌어요."

"천재 스다 말이지? 그 투수, 굉장한 모양이야. 나야 야구에 대해서는 잘 모르지만."

"굉장하고말고요. 강속구가 뭔지 보여 주는 선수예요."

"잘 아네?"

"좋아하거든요, 야구."

"맞아, 그러고 보니 자이언츠 팬이라고 했던가?"

"아, 뭐, 그렇죠."

오노는 생각만 해도 즐거운 듯 히죽 웃었다.

학교에 도착해 안내 데스크에서 용건을 말하자 잠시 기다리라고 하더니 여직원이 나와 두 사람을 응접실로 안내했다. 남쪽에 면해 있어 햇볕이 잘 드는 방이었다. 다카마는 창가에 서서 자신이 럭비부원이던 시절에 태클 연습을 수도 없이 반복하던 운동장을 바라봤다. 그의 기억 속 정경과 무엇 하나 변한 게 없는데도 오늘은 이상하리만치 그 운동장이 낯설게 보였다.

잠시 후 교장 이이즈카가 들어왔다. 머리는 거의 다 벗어졌지만 코 밑에 기른 수염은 꽤 볼만했다. 그의 뒤를 따라 체격이 듬직하고 피부가 보기 좋을 정도로 그을린 남자가 들어왔다. 다카마를 본 그는 "어!" 하며 놀라는 표정을 지었다. 그가 바로 모리카와였다.

몇 마디 인사말을 주고받은 후 이이즈카 교장은 자신도 옆에서 이야기를 들으면 안 되겠냐고 했지만 다카마는 그의 청을 완곡하게 거절했다.

"가급적이면 안 계신 곳에서 이야기를 듣는 게 좋을 것 같습니다. 모리카와 선생의 진술에 영향을 미칠 가능성도 있고 해서."

"그렇습니까? 걱정 안 하셔도 될 텐데……."

이이즈카는 미련이 남는 듯했지만 고집을 부리지는 않았다. 잘 부탁한다고 인사하고 응접실을 나갔다.

교장이 나가자 다카마는 자세를 고쳐 앉으며 모리카와에게 "오랜만이다."라고 새삼스레 인사를 건넸다.

"거의 1년 만이지?"라고 대답하는 모리카와의 목소리는 낮지만 울림이 있었다.

"그래."

그러면서 다카마는 느린 동작으로 양복 주머니에서 수첩을 꺼냈다.

"이런 일이 일어나서 많이 놀랐겠어."

"아직도 믿기지 않아."

모리카와는 고개를 저었다.

"뭐, 짚이는 거 없어?"

"응. 전혀."

"기타오카 아버지 얘기로는 기타오카가 어젯밤 너희 아파트에 간다며 나갔다던데?"

"그랬다더군. 밤 11시가 다 돼서 기타오카 어머니한테 전화가 왔어. 여태 집에 안 들어왔다고."

"그 학생이 자네 집에 오기는 왔어?"

"아니. 온다는 얘기도 못 들었어."

"그럼 가족에게 거짓말을 한 건가?"

"그렇진 않을 거야. 기타오카가 가끔 우리 집에 오곤 했는데, 미리 연락하지 않는 경우도 많았어."

그렇다면 기타오카 아키라가 습격당한 것은 모리카와의 아파트로 가던 도중이었다는 얘기다.

"자네 아파트, 사쿠라이초에 있었지?"

"응."

모리카와는 고개를 끄덕였다.

기타오카 아키라의 집이 있는 쇼와초는 아이자와 강 상류 쪽에, 그리고 사쿠라이초는 하류 쪽에 있다. 그러니까 기타오카는 제방길을 따라 상류에서 하류로 걷고 있었던 것이다.

"기타오카가 자네 아파트에 가려고 한 이유는 뭘까?"

다카마의 물음에 모리카와는 잠시 생각하는 표정을 짓다가 이내 고개를 저었다.

"모르겠어. 연습 방법이라든가 시합에 출전할 멤버 문제로 상담하러 온 적이 있긴 했는데, 어제는 왜 오려고 했는지 짐작이 안 가."

"항상 9시나 10시쯤 왔었어?"

"아니야. 대개는 더 이른 시각에 왔어. 물론 아주 늦게 온적도 없는 건 아니지만."

"자네는 9시에서 10시 사이에 내내 집에 있었어?"

"응, 있었어. 저녁 내내."

"증명할 수 있을까?"

가벼운 말투였지만 모리카와의 얼굴에 긴장하는 빛이 스쳤다. 알리바이를 요구한다는 생각 때문일 것이다.

"아니. 나 혼자뿐이었는데……."

"그래? 됐어. 그냥 확인해 본 것뿐이니까 신경 쓰지 마."

다카마는 별일 아닌 것처럼 들리도록 말투에 신경 썼지만, 한편으로 뭔가 석연치 않은 느낌을 받았다.

"주변 사람들과의 인간관계는 어땠지? 기타오카에게 특별한 문제점은 없었어?"

"그 말은……,"

모리카와는 드러내 놓고 불쾌한 표정을 지었다.

"기타오카에게 원한을 가진 자가 있었냐는 거야?"

"그런 것도 포함해서."

그러자 모리카와는 크게 한숨을 한 번 쉬더니 하는 수 없다는 듯 입을 열었다.

"기타오카는 대단한 녀석이었어. 야구 센스도 그랬지만 통솔력과 지도력도 보통이 아니었다고. 상대를 파악한 후 그에 맞춰 대응할 줄도 알고. 고시엔 본선에 출전할 수 있었던 것도 사람들은 스다의 강속구 때문이라고 하지만 기타오카가 주장이 아니었다면 어려웠을 거야. 야구만이 아니야. 여러 면에서 기타오카는 사람을 끌어들이는 능력이 뛰어났어. 그런 녀석에게 원한을 품을 일이 뭐가 있겠어."

"오해 때문에 원한을 사는 경우도 있어. 원한을 사는 것과 인간성은 무관한 경우도 많다고."

그러자 모리카와는 당치도 않다는 듯 손을 내저었다. 하지만 다카마는 완벽한 인간이 오히려 깊은 증오의 대상이 되는 경우가 많다고 다시 한 번 속으로 생각했다.

"부원 중에 기타오카와 제일 친했던 학생은 누구지?"

"그야 역시 스다지."

모리카와는 조금의 망설임도 없이 대답했다.

"기타오카를 대등하게 상대할 수 있었던 유일한 학생이었거든. 같은 반이기도 했고."

"한번 만나 봐야겠군."

"글쎄, 교장이 뭐라고 할지."

그 말에 다카마는 옆에 있던 오노에게 눈짓을 했다. 무슨 뜻인지 금방 알아들은 오노는 교장의 허락을 구하러 응접실을 나갔다. 응접실에는 옛 럭비팀 동료 두 사람만 남게 됐다.

"자네가 야구팀 감독이라는 얘기를 듣고 좀 놀랐어."

"처음부터 열의가 있었던 건 아니야. 그런데 최근 들어서 엄청난 재미를 느끼게 됐지. 보람도 있고."

"봄 고시엔에 출전하게 돼서?"

"스다와 기타오카만 있으면 누가 감독이었대도 고시엔 대회에 나갈 수 있었을 거라고들 하더군. 다음에는 여름 대회에 출전하는 것이 가장 큰 꿈이었는데……."

그러다가 갑자기 현실의 사건이 떠올랐는지 모리카와는 이야기를 멈추고 입술을 깨물었다. 둘 사이에 잠시 침묵이 흘렀다.

"그녀는 잘 지내?"

다카마가 시선을 다른 곳으로 향한 채 그렇게 물었다. 가능한 한 아무렇지도 않게 이야기를 꺼내려고 한 듯했지만 아무래도 말투에서 표가 났다.

"응? 아……!"

모리카와도 잠시 머뭇거렸다.

"잘 지내."

"그렇군."

그러고서 다카마는 무슨 생각에 잠긴 듯 말없이 창밖 운동장을 바라봤다.

교장에게 얘기하러 간 오노는 15분 정도 있다가 돌아왔다. 그의 뒤를 따라 스다 다케시의 담임인 구보테라는 남자 선생이 들어와서는 만나는 것은 좋지만 학생을 자극하거나 상처받게 해서는 안 된다고 누누이 강조했다. 학생들에게 상당히 신경 쓰는 모습이었다.

다카마는 문제가 없도록 하겠다고 약속하면서 대신 학생과 이야기를 나눌 때 선생님들은 자리를 피해 달라고 부탁했다. 구보테라는 무척 망설이는 듯했으나 결국 허락하고 모리카와와 함께 방을 나갔다.

그들이 나가고 수십 초 뒤, 건조한 노크 소리가 울렸다.

"들어오세요."

다카마가 대답하자마자 문이 쓱 열리더니 키가 180센티미터 가까이 돼 보이는 학생이 들어왔다.

순간 다카마는 청년에게서 왠지 모를 병적인 느낌을 받았다. 야구 선수인데도 피부가 별로 그을려 있지 않았다. 옆으로 길게 찢어진 눈은 충혈되어 있고 인상이 그늘져 보였다. 또한 상상했던 것보다 훨씬 어른스러웠다.

그는 긴장된 몸짓으로 허리를 굽히며 "스다입니다."라고 인사했다. 그 모습이 이상하리만치 의욕이 없어 보였다.

다카마는 스다가 의자에 앉을 때까지 가만히 지켜보다가 온화한 표정을 지으며 "봄 고시엔 때는 아깝게 됐어."라고 말을 건넸다. 봄 고시엔 대회는 지난 5일에 도쿠시마카이난 고등학교가 우승하며 막을 내렸다.

"요즘 컨디션은 어때?"

"웬만했습니다. ……어제까지는요."

이 말에 다카마는 저도 모르게 옆에 있는 오노를 힐끗 본 뒤 다시 다케시에게 눈을 돌렸다. 그의 표정에는 여전히 변화가 없었다.

"기타오카 군의 일은 정말 안됐어."

"……"

다케시가 뭐라고 중얼거리는 듯했지만 다카마에게는 들리지 않았다. 다만 무릎 위에 놓인 주먹을 꽉 움켜쥐는 것만은 알 수 있었다.

"혹시 짐작 가는 거라도 있나?"

"……"

"최근 기타오카의 모습에서 전과 달라진 점이라든지, 눈에 띄는 점 같은 거 없었어?"

그 질문에 다케시는 다소 화가 난 듯한 표정으로 다카마를 외면하며 대답했다.

"제가 그 녀석 애인도 아니고. 그렇게 세세한 것까지 관찰하지는 않습니다."

의외의 반응이었다.

"하지만 기타오카와 자네는 배터리였잖나. 그러니 그가 리드하는 모습 같은 데서 그의 심리 상태를 느낄 수 있었을 것 같아 물은 거였는데."

형사의 말에 그는 살짝 한숨을 쉬었다.

"심리 상태대로 리드할 수는 없는 일이죠."

다카마는 대답할 말을 잃은 채 천재라고 불리는 젊은이의 눈을 바라봤다. 그 눈은 보통 사람들과는 다른 어떤 세계를 보고 있는 듯한 느낌이었다.

작전을 바꿔야 할 것 같았다.

"기타오카 군은 어젯밤 모리카와 선생님의 아파트로 가다가 습격을 받은 것 같아. 그런데 무슨 일로 선생님을 만나러 갔는지가 분명치 않단 말이야. 혹시 거기에 관해 아는 거 없어?"

다케시는 여전히 똑같은 표정으로 고개만 저었다.

"주장과 감독님이 무슨 얘기를 하는지는 저희들도 모릅니다. 연습 시합에 누가 출전할지에 관해서일 수도 있고, 야구부실 대청소 날짜에 관해서일 수도 있고요."

그저 사소한 일을 의논하러 갔을 것이다. 그의 말에서 그런 뉘앙스가 묻어났다.

"주장으로서의 기타오카는 어땠어?"

"잘해 왔던 거 아닐까요? 너무 진지한 구석도 없잖아 있긴 했지만."

"너무 진지하다는 건?"

"한 사람 한 사람의 의견을 지나치게 존중했어요. 일을 그런 식으로 하면 끝이 없는데."

"마찰이 일어난 적도 있었나?"

"없지야 않았겠죠. 저와 관련된 일은 별로 없었지만."

"최근엔 어떤 일이 있었지?"

그 물음에 다케시는 "글쎄요……."라며 시큰둥한 반응을 보였다.

"다른 부원들에게 물어보시는 편이 나을 것 같은데요."

다카마는 그렇게 말하는 다케시의 얼굴을 말없이 바라봤다. 다케시의 눈 역시 다카마 쪽을 향해 있었다. 하지만 그 시선은 다카마의 얼굴이 아닌 저 먼 곳 어딘가를 향해 있는 듯했다.

다카마는 그 외에도 기타오카에 대한 다른 부원들의 평판이라든가 학급에서의 모습 등에 대해 물었지만 다케시의 대답은 한결같이 그런 식이었다. 다케시 외에 또 누구와 친했냐고 묻자 자신도 그다지 친했던 것은 아니라고 대답했다.

마지막으로 다카마는 어젯밤 9시에서 10시 사이에 어디 있었느냐고 물었다. 지나가는 말투로 물으려고 애썼지만 예상대로 다케시의 얼굴이 굳어지고 말았다.

"관계자 모두에게 하는 질문이야. 모리카와 선생님께도 물었고. 선생님은 집에 계셨다고 하더군."

"저도 집에 있었어요."

"누구랑 함께 있었나?"

그러자 다케시는 별로 깊이 생각도 안 해 보고 "아니요."라고 대답했다. 다카마도 그 이상은 묻지 않았다.

인사하고 응접실을 나가는 다케시의 등을 바라보던 다카마는 뭔가 중요한 질문을 빠뜨렸다는 느낌을 지울 수 없었다.

3

다케시가 경찰의 조사를 받았다는 소문은 얼마 안 있어 유키의 귀에도 들어갔다. 입이 가벼운 친구 하나가 4교시 수학자습 시간에 굳이 그에게 알려 줬던 것이다. 하지만 다케시가 불려 가리라고 이미 예상하고 있던 유키는 별로 놀라지 않았다. 같은 야구부에다 한반이기도 했고, 더구나 투수와 포수의 배터리 사이였으니 그보다 더 적당한 참고인도 없을 것이다.

유키가 처음 기타오카의 이름을 안 것은 다케시가 가이요 고등학교에 들어간 지 일주일째 되던 날이었다. 유키가 중학교 3학년에 갓 올라갔을 때였다.

그날 학교에서 돌아온 형의 기분이 유난히 좋다는 걸 유키는 딱 알아차렸다. 평소에 감정을 잘 드러내지 않는 다케시가 그날은 웬일로 말이 많았던 것이다. 이유를 묻자 다케시는 들뜬 표정으로 "오늘 포수가 새로 들어왔어."라고 말했다. 그가 동생에게 야구 얘기를 하는 건 드문 일이다.

물론 포수가 들어왔다는 사실만으로 다케시가 그토록 들뜰 리 없었다. 그 포수가 실력이 뛰어나고 자신과 콤비를 이루기에 적격이라고 판단했기 때문일 것이다. 거기에는 그만한 사정이 있었다.

일주일 전 다케시가 들어가면서 가이요 야구부는 갑자기 활기를 띠기 시작했다. 고교 야구계에서도 이미 천재 스타는 명성이 자자했다. 하지만 마냥 기뻐할 일만은 아니라는 걸 다들 알고 있었다. 그의 공을 제대로 받아 낼 만한 사람이 없었던 것이다. 아니, 주전 포수였던 3학년생이 전학 가 버린 후 정식 포수라고는 아예 없는 상태였다. 야수 중에서 몇 명을 뽑아 연습시키고 있었지만 다케시가 제 실력을 발휘하기에는 역부족이었다.

그때 다케시의 모습을 유키는 생생히 기억하고 있다. 무거운 발걸음으로 학교에서 돌아와서는 말 한마디 없이 식사를 한 후 글러브와 공을 가지고 도로 나갔다. 그리고 집 근처 신사에 가서 홀로 투구 연습을 했다. 신사 입구의 돌기둥에 바구니를 걸어 놓고 거기에 공을 던져 넣는 단순한 훈련이었지만 다케시는 그게 훨씬 도움이 된다고 했다.

그런 상황이었기 때문에 야구 명문인 중학교에서 포수를 했다는 기타오카의 영입은 다케시에게 그 무엇보다 기쁜 일이었다.

그 이후 스다와 기타오카 배터리는 가이요 야구부의 날개가 되었다. 그해 여름 고시엔 대회 지역 예선에서는 만년 1차전 탈락의 가이요가 3차전까지 진출했고, 지난해에는 준결승까지 진출했다. 그리고 마침내 봄 고시엔의 예선 격인 가을 대회에서 지난 대회 지역 대표였던 학교를 물리침으로써 올해 봄 고시엔 본선 출전권을 따 냈다.

그랬는데 그만 그 날개의 한쪽이 떨어져 나간 것이다. 형이 지금 어떤 심정일지를 생각하면 유키는 가슴이 저렸다.

점심시간에 도시락을 먹고 난 유키는 서둘러 체육관 쪽으로 갔다. 다케시가 그 시간이면 언제나 체육관 옆 벚나무 아래에 누워 있다는 걸 알기 때문이다.

아니나 다를까, 형은 그곳에 있었다. 왼손을 베개 삼아 잔디에 누운 그는 오른손으로는 소프트 테니스공을 주물럭거리고 있었다. 손아귀 힘을 기르기 위해서 그러는 것이다.

유키가 다가가자 다케시는 힐끔 한 번 쳐다보고는 다시 하

늘로 눈을 돌렸다. 유키는 말없이 형의 곁에 앉았다. 아직 4월
인데 땀이 배어 나올 정도로 햇볕이 뜨거웠다.

"형사한테 불려 갔었다며?"

머무적거리며 형에게 물었다. 다케시는 테니스공만 쥐었다
놓았다를 반복하다가 "별일 아니야."라고 귀찮은 듯 내뱉었
다.

"범인, 밝혀낼 수 있을까?"

"쉽게 밝혀지기야 하겠어?"

"그렇겠지."

형사가 뭘 물어봤는지 알고 싶었지만, 어떻게 물어야 좋을
지 알 수 없었다. 정말로 별것 아니라면 말해 줄 필요가 없다
고 생각할 것이고, 심각한 일이라면 숨기려 할 것이다. 형의
그런 성격을 유키는 훤히 알았다.

"기타오카 선배, 왜 살해됐을까?"

큰맘 먹고 그렇게 물어보았다. 역시 다케시는 아무 대답도
하지 않았다.

"형은 뭐 짐작 가는 거라도……."

"없어."

그는 무뚝뚝하게 유키의 말을 잘랐다.

유키는 그래도 좀 더 물어볼까 망설이다가 이내 포기하고
다케시 옆에 벌렁 드러누웠다.

'될 대로 되라지.'

형은 애당초 꼬치꼬치 참견하는 것을 좋아하지 않았다. 그러니 그저 옆에 조용히 누워 있는 편이 나을 것이다. 이렇게 다케시와 함께 있으면 유키는 알 수 없는 안도감을 느꼈다.

"형사가 말이지."

뜻밖에 다케시가 먼저 말을 꺼냈다.

"알리바이를 묻더라고."

"알리바이?"

유키가 깜짝 놀라 되물었다. 추리 소설의 한 대목이 머리를 스치고 지나갔다. 알리바이를 물었다면, 형이 의심받고 있다는 얘긴가.

"관계자 모두에게 묻는 거래. 감독에게도 물었다는데."

"그래서, 뭐라고 했어?"

"어젯밤 9시에서 10시 사이에 어디 있었느냐고 하기에 집에 있었다고만 했어. 딱히 더 할 말도 없고."

"그랬겠네. 9시에서 10시 사이라……."

자신은 그 시간에 뭘 했었는지 생각해 봤다. 그 시간이라면 공중목욕탕에 있었던 것 같다. 경찰에게 그런 질문을 받으면 얼마나 성가실까 하는 생각이 들었다.

그건 그렇고, 도대체 무슨 이유로 관계자의 알리바이를 묻는 걸까. 생각해 보니 좀 화가 났다. 기타오카를 죽여서 이득을 보는 사람이나 그에게 원한을 품었던 사람 따위가 있을 리 없다.

"머리가 좀 어떻게 된 사람이 습격했을 거야. 그것 말고 다른 가능성은 있을 수도 없어."

유키는 그렇게 단언했다. 다케시는 말없이 계속 테니스공만 쥐었다 놓았다 했다.

유키가 교실로 돌아와 보니 오후부터는 수업이 정상적으로 진행되려는지 5교시 고전 담당 교사 데즈카 마이코가 벌써 들어와 있었다.

그녀는 평소처럼 검은 스커트에 하얀 블라우스 차림이었다. 서른이 다 되었다는데 아직 20대 초반으로 보일 만큼 피부가 탱탱하고 하얬다. 남학생뿐인 유키네 반에는 그녀가 수업에 들어오는 것을 낙으로 삼는 아이들이 있는가 하면 "떼로 한번 덮쳐 볼까." 따위의 과격한 농담을 날리는 녀석들도 있었다.

아이들이 그녀를 동그랗게 둘러싸고 있는 폼이 아무래도 사건에 관해 이야기하는 것 같았다. 곤도가 대화를 주도하고 있었는데, 그는 짝사랑하는 데즈카 선생님과 대화를 나누는 게 즐거워 어쩔 줄 모르겠다는 듯 뺨까지 발그레해서는 쉴 새 없이 지껄여 댔다.

"목격자는 없대?"

선생님의 말투에는 진지함이 깃들어 있었다.

"없지 않을까요. 목격했으면 곧바로 경찰에 신고했겠죠."

곤도가 대답했다.

"사건 현장은 아니더라도 근처에서 수상한 사람을 봤다든 가……"

"아마 그런 것도 경찰이 다 조사했을 거예요."

그리고 곤도가 응접실 앞에서 본 형사의 눈매가 무서웠다 고 하자 화제는 그쪽으로 흘러갔다.

방과 후가 되니 기자나 경찰들의 모습은 거의 보이지 않고 제방길도 아침처럼 어수선하지 않았다. 유키는 하굣길에 사 건 현장이 가까워 오자 자전거에서 내려 천천히 걸으면서 살 펴보았다. 곤도가 말했던 말라붙은 혈흔은 남아 있지 않았지 만 분필로 사람의 형태를 그려 놓은 것이 눈에 들어왔다. 엎 드린 건지 하늘을 보고 누운 건지는 모르겠지만 만세를 부르 는 자세였다. 여학생 두 명이 그 그림을 보고 뭐라고 소곤거 리면서 빠른 걸음으로 지나갔다.

사람 모양 그림 옆에 그보다 훨씬 작은 도형 하나가 더 있었 다. 무슨 모양인가 싶어 이리저리 살펴보고 있는데 제방 아래 쪽 수풀에서 부스럭 소리가 났다. 깜짝 놀라 내려다보니 양복

소매를 걷어 올린 남자가 제방 중턱 부근에서 일어서고 있었다. 어깨가 넓고 얼굴이 민첩하게 생긴 남자였다. 그는 한 손에는 수첩을 든 채 다른 한 손으로 자신의 상의와 바지 주머니를 더듬거리며 뭔가를 찾고 있었다.

그 모습을 바라보던 유키는 가방을 열어 필통에서 HB연필을 꺼냈다. 그리고 남자를 향해 "여기요."라고 큰 소리로 말했다. 남자는 깜짝 놀란 표정을 짓더니 곧 하얀 이를 드러내며 제방 위로 올라왔다.

"고맙다. 펜을 어디다 떨어뜨렸나 봐."

그리고 유키가 빌려 준 연필로 수첩에 뭔가를 열심히 적었다. 다 적고 나서 연필을 돌려주려던 그가 유키의 얼굴을 보더니 눈을 크게 떴다.

"학생, 이름이?"

"스다 유키예요. 다케시의 동생요."

그러자 남자는 '역시……', 하는 표정을 지었다.

"그렇구나. 많이 닮았네."

그 말에 유키는 기분이 좋아졌다. 스다와 닮았다는 말은 참 듣기 좋았다.

"형사님이세요?"

"그래."

형사는 담배를 입에 물더니 성냥을 두세 번 그어 불을 붙였다. 우윳빛 연기가 유키의 눈앞을 스쳐 지나갔다.

"근데, 저건 뭐예요?"

유키가 작은 도형을 가리키며 물었다.

"개. 기타오카의 애견인데, 이름이 맥스라지 아마. 그 개를 아주 예뻐해서 밖에 나갈 때는 늘 데리고 다녔대. 함께 살해됐어. 목이 잘려서."

그리고 형사는 오른손으로 자기 목을 긋는 시늉을 했다.

"왜 개까지……."

"모르겠어. 범인이 개를 싫어하는지도 모르지."

그 말에 유키는 형사의 얼굴을 자세히 봤다. 농담인가 싶어서였다. 하지만 그런 것 같지는 않았다.

"우발적으로 당한 걸까요?"

유키가 강물에 시선을 둔 채 물었다. 형사는 담배 연기를 맛있다는 듯 빨아들이고는 고개를 끄덕였다.

"그럴 가능성이 크지. 이 길은 밤이 되면 지나가는 사람도 거의 없으니 괴한에게 우연히 당한 거라고 보는 편이 맞을 것 같아. 그리고 계획적인 범행이라면 과연 그 시간에 기타오카가 집에서 나올 줄을 어떻게 알았을까 하는 의문도 남고. 하지만 또 그렇게만 생각하자니 없어진 물건도 없고……."

"정신병자가 그랬을 거예요."

유키가 말했다.

"아는 사람이 죽었다고는 생각할 수 없어요. 형을 통해서 좀 아는 정도긴 하지만, 그 선배가 얼마나 괜찮은 사람인지 잘 알거든요. 우리 형이 신뢰했을 정도니까요. 어설픈 사람은 형의 포수 역할을 감당할 수 없어요."

저도 모르게 목소리가 높아졌다. 형사가 그 모습을 흥미로운 시선으로 바라보고 있다는 걸 깨달은 유키는 그만 쑥스러워져 고개를 숙였다.

"학생은 야구 안 해?"

형사가 묻자 유키는 잠깐 머뭇거리다가 "저는 재능이 없어서……."라고 대답했다.

"재능? 누구나 열심히 하면 좋아지는 거야."

"그 정도론 안 돼요. 그럴 바에야 차라리 공부를 그만큼 열심히 해서 일류 대학에 가는 게 낫죠."

"그 정도론 안 되다니, 무슨 뜻이지? 물론 공부가 중요한 건 사실이지만……."

"즐기기 위해 야구를 할 만큼 여유로운 처지가 아니라는 거죠. 형이 야구를 하는 건 취미로서가 아니라 삶의 수단으로 하는 거예요. 형에게는 그럴 만한 재능이 있지만 제겐 없기 때문에 그보다는 열심히 공부해서 일류 대학, 일류 기업에 들어가는 편이 낫다고 했어요."

"누가?"

"형이요."

그때의 일을 유키는 분명히 기억하고 있다. 유키가 중학교에 들어갔을 때의 일이다. 당시 2학년이던 다케시는 이미 천재적인 소질이 엿보여 중학교 야구계에서 주목받기 시작한 상태였다. 유키도 거기에 자극받아 야구부에 들어가고 싶어 했다. 그러자 다케시가 심각한 표정으로 이렇게 말했다.

"너, 자신이 야구를 잘한다고 생각해?"

"그렇진 않지만 연습하면 좋아지겠지."

"아니, 그 정도로는 안 돼. 나는 장차 이걸로 먹고살려고 야구를 하고 있어. 너, 우리 집이 가난하다는 거 알지? 글러브만 해도 보통 비싼 게 아니야. 취미 삼아 야구를 할 정도로 우리 집이 부자는 아니라고. 있잖아 유키, 너 머리 좋잖아. 머리로 돈을 벌 수 있으면 그게 제일이야. 너는 공부를 해서 훌륭한 사람이 돼. 나는 프로 야구 선수가 될 테니까. 그래서 우리 둘이서 어머니를 호강시켜 드리자."

무슨 말인지 이해가 가지 않는 것은 아니었지만 유키는 선뜻 받아들이기가 힘들었다. 그래서 당분간 야구부 연습을 견학해 보기로 했다. 그리고 그 첫날, 유키는 형의 말이 맞다는 것을 깨달았다.

다케시의 연습량은 엄청났다. 사람이 어떻게 저렇게 계속 몸을 움직일 수 있을까 싶을 정도였다. 취미로 하는 게 아니라던 형의 말이 무슨 뜻인지 이해됐다.

'다케시는 야구, 유키는 공부'라는 역할 분담이 그때 결정됐다. 이후 유키는 남보다 몇 갑절 공부에 힘을 쏟았다. 야구에서의 형의 수준에 필적하려면 이만저만한 노력이 필요한 게 아니었다.

"우리 형제에게 야구와 공부는 모두 미래를 준비하는 수단이거든요. 그러니 즐기는 정도로는 안 돼요."

유키가 말을 마치고 난 후에도 한동안 형사는 담배를 손가락 사이에 끼운 채 말없이 유키의 얼굴을 바라봤다. 유키는 '내가 말이 너무 많았나?' 생각했다.

"저는 늦어서 이만 가야겠네요. 일하시는데 실례했습니다."

그러고서 유키는 다시 자전거에 올라 힘차게 페달을 밟았다. 형사에게 그런 얘기를 했다고 하면 형에게 혼날지도 모르겠다는 생각이 들었다.

4

유키가 학교에서 돌아왔을 때 시마코는 부업인 바느질을 하고 있었다. 평소 같으면 집 근처 공장에서 재봉질이나 편물기 작업을 하고 있을 시간이었지만, 오늘은 일이 일찍 끝난 듯했다.

"오늘 큰일이 있었다며?"

신발을 벗고 올라온 유키에게 시마코가 물었다. 이웃 아주머니에게 기타오카의 일에 대해 들었다고 한다.

"형이 무슨 말 안 해?"

건너편 방을 의식하며 유키가 조그만 소리로 물었다. 유키는 형의 운동화가 있는 것을 보고 형도 벌써 집에 돌아와 있다는 것을 알았다.

"아니, 아무 말도."

시마코는 고개를 저었다. 그리고 다케시는 집에 들어오자마자 아무 말 없이 자기 방으로 들어가 버렸다고 했다.

"학교에 형사가 왔는데 형도 불려 갔었대."

"형사에게?"

"응. 집에 오는 길에 그 형사랑 얘기했어. 내가 형의 동생이라는 사실을 금세 알아차리던데? 많이 닮았다고 하더라고."

"그랬구나."

고개를 끄덕거리던 시마코는 잠시 후 식사 준비를 위해 바느질거리를 치우기 시작했다.

시마코가 스다 마사키와 결혼한 것은 그녀가 열아홉 살 때였다. 마사키는 그녀보다 일곱 살 연상으로 조그마한 전기 공사 업체에서 일하고 있었다. 피차 일가친척 하나 없는 처지라 결혼식이고 뭐고 할 것 없이 곧바로 작은 셋집에서 둘만의 생활을 시작했다. 넉넉하진 않았지만 행복한 나날이 이어졌다.

그러던 어느 날, 집에서 남편을 기다리던 그녀에게 비보가 날아들었다. 결혼 7년째 되는 해 가을이었다. 사고 소식을 알리러 온 회사 사람은 매우 사무적인 태도로 불행을 선고했다. 감전 사고였다. 전기가 흐르는 콘덴서에 몸이 닿았는데 손을 써 볼 겨를조차 없었다고 그 남자는 말했다.

당시 다섯 살과 여섯 살이던 두 아들의 손을 잡고 시마코는 병원으로 달려갔다. 도중에 눈물이 넘쳐흘러 몇 번이나 오열했다.

병원에 도착했을 때 마사키의 얼굴은 이미 하얀 천에 덮여 있었다. 그녀는 남편의 이름을 부르며 매달려 울었다. 아무것도 모르는 유키마저 어머니의 우는 모습을 보고 울음을 터뜨리는 바람에 바라보던 간호사들도 눈시울을 적셨다. 하지만 다케시만은 울지 않고 주먹을 꽉 움켜쥔 채 서 있었다.

그 이후 시마코의 생활은 완전히 달라졌다. 두 아들을 위해서라도 죽을 각오로 일해야 했다. 아이들도 분에 넘치는 것은 바라지 않았다. 초등학교 때 그녀가 아이들에게 사 준 것이라고는 다케시의 야구 글러브와 공, 유키의 백과사전뿐이었다. 고등학교에 진학할 때도 다케시는 야구 명문고에, 유키는 대학 진학률이 높은 학교에 보내고 싶었지만 결국 둘 다 그 지방 고등학교에 들어갔다. 물론 아이들이 자진해서 그러겠다고 했다.

"형사라는 사람, 생각보다 평범하던데? 하긴, 눈은 날카롭더라. 일이 그렇게 만드는 거겠지만."

유키가 그렇게 말했을 때 건너편 방문이 슥 열렸다. 불 꺼진 컴컴한 방 안에 서서 다케시가 유키와 시마코를 내려다보고 있었다.

"형사가 뭘 물었지?"

낮게 가라앉은 소리로 다케시가 물었다.

"특별히 뭘 물은 건 아니야. 형사를 우연히 만난 것뿐이야."

유키는 형사가 펜이 없는 것 같아서 연필을 빌려 줬다고 설명했다.

"그래?"라고 중얼거리며 다케시가 방에서 나와 유키 쪽으로 다가왔다.

"그래도 재미있는 얘기를 몇 가지 듣긴 했어. 기타오카 선배의 시체 옆에 개 사체도 있었다는데 그 개가 어떻게 죽었는지, 그리고 범인이 기타오카 선배가 그 시간에 그 길을 지나갈 줄 어떻게 알았을까 하는 게 의문점이라는 것……, 뭐, 하여간 수수께끼가 많은 모양이야."

"그야 뻔한 거 아니야? 여기가 어떻게 된 놈이 범인인 거지."

그러면서 다케시는 자신의 관자놀이를 집게손가락으로 콕 찔렀다.

"바로 얼마 전에도 미국인이 칼에 찔린 적이 있었잖아. 그거랑 비슷한 사건이야."

지난달 일본에서 미국 대사가 칼에 찔리는 사건이 있었다. 범인은 열아홉 살 소년으로, 자신의 생활이 힘든 것이 미국의 점령 정책 탓이라는 생각에 범행을 저질렀다고 했다. 소년은 과거에 정신병 치료를 받은 경력이 있었다.

"기타오카도 그 개도 운이 나빴던 것뿐이야."

"맞아. 형사도 그럴 가능성이 크다고 했어."

"그렇겠지."

다케시는 고개를 몇 번이나 연거푸 끄덕인 뒤 유키를 보며 말했다.

"경찰이 알아서 해결할 거고 너하고는 전혀 관계없는 일이니까 앞으로는 이 일에 나서지 마."

"그래, 알았어."

"그리고 너는, 그럴 시간도 없잖아."

다케시는 그렇게 말하고 일어서서 현관으로 나가더니 운동화를 신기 시작했다.

"좀 달리고 올게."

"30분쯤 있다가 저녁 먹을 거야."

시마코가 그의 등을 향해 말했다. 다케시는 돌아보지 않고 고개만 끄덕하고는 밖으로 달려 나갔다.

5

기타오카 아키라의 시체가 발견되고 4일째 되던 날, 다카마는 오노와 함께 그의 집을 방문했다. 그동안 전력을 다해 탐문 수사 등을 펼쳤지만 아직 이렇다 할 단서는 찾지 못한 상태였다. 아키라의 인간관계 등에 대해서도 철저히 조사했지만 특별히 의심 가는 점은 없었다.

"이건 뭐, 윤곽조차 안 잡히는데요."

기타오카의 집으로 가던 중 오노가 고개를 갸우뚱거리며 그렇게 중얼거렸다.

"개를 죽인 다음에 개 주인을 죽인다, 이건 아무리 생각해도 좀 이상하지 않나요?"

"글쎄, 당시의 상황이 어땠는지야 알 수 없지."

신중하게 대답하긴 했지만 아닌 게 아니라 그런 의문이 다카마의 머릿속에도 계속 피어오르고 있었다.

해부 결과, 사인이나 사망 추정 시각 등은 예상과 큰 차이가 없었다. 다만 한 가지 이상한 점이 드러났다. 기타오카 아키라의 상처에서 그의 애견 맥스의 혈액이 검출된 것이다. 반면 맥스에게서는 기타오카의 혈흔이 발견되지 않았다. 다시 말해 범인은 먼저 맥스를 찌른 후 그 칼로 아키라를 찌른 것이다.

왜 범인은 맥스를 먼저 죽였을까. 역시 범인은 정신병자이고 아무렇게나 흉기를 휘두르다가 그렇게 된 것일까.

이런저런 생각을 하며 걷다 보니 어느새 기타오카의 집 앞이었다. 쇼와초에서도 비교적 큰 집들이 늘어서 있는 주택가의 한복판이었다. 다카마는 2층집을 한 번 올려다보고 나서 대문에 붙은 벨을 눌렀다.

잠시 후 문을 연 사람은 기타오카의 어머니 사토코였다. 몸집이 자그마하고 얼굴에서 기품이 흐르는 여인이었다. 사건 당일 경찰서에서도 봤지만 그때에 비해 다소 수척해진 것 같았다. 다행히 안색은 좀 나아진 듯도 했다.

불단 앞에서 향을 피우고 합장한 뒤 사토코와 마주 앉았다.

"저, 그 후에 새로 밝혀진 거라도……."

정좌한 사토코가 형사들의 얼굴을 살피는 듯한 눈초리로 물었다. 수사에 진척이 있는지 궁금했던 것이다.

"최선을 다해 수사하고 있습니다. 아마 머지않아 실마리를 찾을 겁니다."

스스로 생각해도 뻔한 얘기였지만 다카마로서는 그렇게밖에 얘기할 수 없었다. 사토코는 크게 실망한 얼굴로 한숨을 내쉬었다.

"저, 실은 아키라 군의 방을 좀 볼 수 있을까 해서 왔습니다."

다카마가 정중한 말투로 부탁했다.

"사건 이후로 방을 치우셨나요?"

"아니요. 전부 그대로 놔뒀어요. 가 보시죠."

사토코가 자리에서 일어섰다.

집의 동쪽에 위치한 기타오카 아키라의 방은 두 평이 조금 넘는 크기에 책상과 책장 외에는 아무것도 없는 썰렁한 모습이었다. 벽에도 프로 구단 난카이 호크스의 포수 노무라의 사진과 고시엔 대회 출전 기념사진이 붙어 있을 뿐이었다.

책상 위에는 역사 교과서가 펼쳐져 있었다. 다카마는 그것을 집어 들어 펼쳐 보았다. 곳곳에 빨간 색연필로 밑줄이 그어져 있었다. 1560년 오케하자마 전투, 1575년 나가시노 전투, 1582년 혼노지의 변. 전부 오다 노부나가의 통일 사업과 관련된 것이었다.

"꽤 학구적이었던 것 같군요."

곁에서 바라보던 오노가 말했다. 다카마도 고개를 끄덕였다. 아닌 게 아니라 책이 많이 닳은 것으로 보아 여러 번 읽었을 듯싶었다.

"역사 시험이 얼마 남지 않았다고 했어요. 그날은 7시쯤 돌아와서 저녁을 먹은 후 바로 공부를 시작한 것 같아요."

"7시에 돌아온 후 9시에 나갈 때까지 계속 집에 있었습니까?"

"네. 틀림없어요."

"그 시간 동안 찾아온 사람이나 전화한 사람도 없었고요?"

"없었어요."

사토코는 망설이지 않고 대답했다. 이미 여러 번 받은 질문이었다. 질문이 반복될 때마다 사토코의 대답은 점점 명쾌해졌다. 그리고 대답이 명쾌해지는 만큼 사토코가 귀찮아 하는 것이라는 사실을 다카마는 알고 있었다.

"집에 돌아왔을 때 아키라 군의 모습에서 평소와 다른 점은 없었나요?"

이 역시 몇 번이나 받은 질문일 터였다. 그런데 그녀는 이 질문에는 금방 대답하지 않고 입가에 손을 댄 채 뭔가 생각해 내려고 애쓰는 모습을 보였다.

한동안 침묵이 흘렀다. 다카마는 아키라가 괴한에게 우연히 습격당했을 가능성에 무게를 두고 있었다. 만약 그것이 사실이라면 그녀가 아무것도 생각해 내지 못한들 이상한 일은 아니다. 수사관들의 의견 역시 그쪽으로 기울고 있는 상태였다.

"별다른 점이 없었나 보죠?"

그러자 그녀가 천천히 입을 열었다. 그 모습을 보는 다카마의 머릿속에 뭔지 모를 예감이 스쳤다.

"'오늘 밤에는 연습하러 가지 않으려나 보다.' 하고 생각했던 게 기억나네요."

"연습요?"

"이번 달 들어 저녁을 먹은 후에 외출하는 일이 잦았어요. 물어보니까 연습하러 간다고 하더라고요. 매일 밤 간 건 아니라서 가지 않는다고 신경 쓰진 않았어요."

"그러니까 그날은 연습하러 가지 않을 것 같았다는 말씀입니까?"

"그래요. 시험이 얼마 남지 않아서 안 가나 보다고 생각했어요."

혹은 모리카와 선생네 집에 갈 작정이었기 때문인지도 모른다고 다카마는 생각했다.

"연습이란 게 구체적으로 어디서 뭘 하는 겁니까?"

"글쎄요…… 이시자키 신사 쪽으로 가는 것 같긴 했는데 자세한 건……."

사토코는 난처한 표정을 지으며 양손으로 뺨을 감쌌다. 아들이 뭘 하는지도 모르고 있었다는 것이 창피한 듯했다.

이시자키 신사라면 아키라의 집에서 도보로 15분 정도 거리에 있는 오래된 신사다.

다카마는 스다 다케시를 떠올렸다. 그를 만나 보면 뭔가 알 수 있을지도 모른다는 생각이 들었다. 어쩌면 훈련이라는 것도 둘이서 하는 것이었는지도 모른다.

다카마는 사토코의 허락을 얻어 책상 서랍을 뒤지기 시작했다. 컴퍼스, 분도기, 자 등의 문구류 외에 갱지에 인쇄한 프린트류가 많이 있었다. 아키라의 성격을 보여 주는 듯, 한결같이 가지런하게 정리되어 있다.

"이 학생 대단한데요."

오노가 감탄스럽다는 듯 말했다.

이번에는 책장을 살펴보았다. 학교 공부에 필요한 책 외에 야구 관련 서적 몇 권이 나란히 꽂혀 있었다. 그 밖에 소설이나 수필집들도 있어서 아키라의 교양 수준을 가늠할 수 있었다. 다카마는 그중에서 눈에 띄는 책 한 권을 빼 들었다. '애견인의 책'이라는 제목으로, 두께가 2센티미터 정도 되는 양장본이었다. 손때가 많이 묻은 것으로 보아 꽤 여러 번 읽었다는 걸 알 수 있었다.

"개를 굉장히 좋아했어요."

사토코는 감회에 젖은 말투로 그렇게 말하더니 또다시 슬픔이 북받치는지 눈가를 손가락으로 눌렀다.

"죽은 맥스는 그 애가 초등학생일 때 사 줬어요. 강아지 때부터 거의 혼자서 돌봐 왔지요. 어딜 가나 데리고 다녔는데……. 저녁에 훈련하러 갈 때도 늘 데리고 갔어요."

"그랬군요."

그 정도로 아꼈다면 함께 죽음을 맞이한 것이 다행일지도 모른다고 다카마는 생각했다.

책을 도로 꽂아 놓다가 바로 옆에 꽂혀 있는 앨범을 발견했다. 뽑아 보니 의외로 먼지가 적었다. 종종 꺼내서 봤기 때문인지도 몰랐다.

앨범은 기타오카가 갓난아기였을 때의 사진으로 시작해 책가방을 멘 사진으로 이어졌다. 그 사진 아래에는 '초등학교 입학식'이라고 적혀 있었다. 곧이어 새하얀 유니폼을 입은 기타오카가 나왔다. '리틀 리그에 들어갔다'는 코멘트가 달려 있었다. 그리고 마침내 교복 차림의 기타오카가 등장했다. 이 무렵부터 사진은 대부분 야구와 관련된 것이었다. 방망이를 든 기타오카, 프로텍터 차림의 기타오카.

앨범 속의 기타오카가 갑자기 듬직해졌다. 고등학생이 된 것이다. 야구부실 앞에서 스다 다케시와 함께 찍은 사진이 있었다. '스다와 배터리가 되어 감개무량'이라고 적혀 있었다.

그 후로도 합숙이나 시합 때의 사진이 여러 장 이어졌다. 교실 등에서 찍은 사진은 구색으로 드문드문 끼여 있는 정도였다. 고시엔 본선 진출이 결정됐을 때의 신문 기사도 들어 있었다.

제일 마지막 페이지에는 고시엔 구장 벤치 앞에서 선수 전원이 정렬해 있는 사진이 있었다. 그 아래에 적힌 글을 읽어 봤다.

'어?'

다카마는 그 부분을 사토코에게 보여 주며 "무슨 뜻일까요?"라고 물었다.

잠시 들여다보며 생각에 잠겼던 사토코는 이내 모르겠다는 듯 고개를 저었다.

"저는 야구에 대해서는 잘 몰라요."

다카마는 다시 한 번 그 글을 읽어 봤다. 사건과 관련이 있는지는 알 수 없었지만 어쩐지 마음에 걸려 그는 수첩에 그 글을 옮겼다.

"신경 쓰이는 글인데요."

옆에서 들여다보던 오노도 같은 느낌인 듯했다.

그 글은 다음과 같은 것이었다.

'아쉽게도 1차전에서 탈락. 그리고 마구를 봤다.'

'마구를 봤다?'

다카마는 벽에 붙은 고시엔 대회 출전 기념사진을 올려다

봤다. 어딘가 모르게 어두운 구석이 있는 스다 다케시의 눈이
묘하게 인상적인 사진이었다.

증언

1

운동부실 특유의 퀴퀴한 냄새를 느끼면서 다지마 교헤이는 팔짱을 끼고 방 한쪽 귀퉁이에 서 있었다. 3루수 사토는 양손을 바지 주머니에 찔러 넣은 채 로커에 기대어 있다. 1루수 미야모토는 의자에 앉아 있고 중견수 나오이는 책상 위에 양반다리를 하고 앉아 손톱을 깎고 있었다. 서로 눈을 마주치고 싶지 않다는 듯 모두들 물끄러미 벽을 응시하거나 눈을 감고 있다. 그래서인지 분위기는 한층 무거웠다.

"이제 사와모토만 오면 되겠네."

다지마가 입을 열었다. 사와모토는 외야수와 포수 후보 선수였다. 그가 오면 스다 다케시를 제외한 3학년 야구부 전원이 모이는 것이다.

"그 녀석은 항상 꾸물거린다니까."

분위기를 풀어 보려고 해 본 말이지만 아무도 반응하지 않았다. 머쓱해진 다지마는 입을 다물었다.

"나는 절대로 찬성할 수 없어."

느닷없이 미야모토가 한마디 했다.

"그 녀석만 아니면 누구라도 괜찮아."

"나도 미야모토와 같은 의견이야."

사토도 거들었다.

"물론 기타오카가 주장이 되면서 우리 팀이 강해진 건 사실이야. 하지만 그러기 위해서 희생한 게 한두 가지가 아니라고. 제일 큰 희생은 야구를 즐길 수 없게 됐다는 거지. 나는 안타를 쳤을 때의 가슴이 뻥 뚫리는 듯한 기분을 맛보기 위해 야구를 시작했지 욕구 불만에 빠지려고 야구부에 들어온 게 아니란 말이야."

"맞아."

미야모토가 맞장구쳤다.

"나는 내 방식대로 치고 내 방식대로 수비하고 싶어. 그 자식이 뛰어난 건 인정하지만 내가 뭘 하려고 할 때마다 시시콜콜 이래라저래라 하는 건 참을 수 없다고. 사토 말마따나 욕구 불만 상태란 말이야. 프로 선수가 될 생각도 없는 마당에 그렇게까지 해야겠어? 그 자식 때문에 요즘은 감독까지 말이 많아졌다고."

"그래도 그 덕분에 고시엔에 갔잖아?"

다지마가 그렇게 반론하자 미야모토는 "그렇긴 하지만."이라고 대답한 뒤 더는 아무 말 하지 않았다.

줄로 손톱을 다듬으며 말없이 그 모습을 지켜보던 나오이는 손끝을 혹, 불더니 "나는 별로 고시엔에 가고 싶지도 않았어."라고 중얼거렸다. 다지마는 그 말에 놀란 듯 나오이를 바라봤지만 다른 두 사람은 그가 엉뚱한 말을 했다고 생각하지 않는 것 같았다. 사토는 고개를 끄덕이기까지 했다.

"그런데 우리가 정말 고시엔에 가긴 간 건가?"

나오이의 느닷없는 질문에 다지마는 무슨 뜻이냐는 듯 멀뚱히 나오이의 얼굴을 바라보았다.

"고시엔 대회에 출전한 건 기타오카와 스다, 두 사람뿐 아니었어? 그 밖에 다른 사람들은 누구라도 관계없었을 거야. 유니폼만 입고 있었다면 말이야. 결국 부록일 뿐이라고. 두 사람의 덤으로 따라간 고시엔 따위는 조금도 감격스럽지 않아."

그리고 나오이는 다지마의 얼굴을 바라보며 이렇게 덧붙였다.

"사실은 너도 전혀 즐겁지 않았을걸! 너한테까지 차례가 돌아오는 일은 결코 없었을 테니까."

"……."

다지마는 예비 투수였다. 나오이의 말대로 에이스가 스다 다케시인 한은 자기에게까지 기회가 올 일이 거의 없었다. 실제로도 공식 경기에서 다지마가 공을 던진 적은 한 번도 없었다. 그가 다케시의 구원 투수 역할을 한다는 건 생각조차 하기 힘들었고, 그가 나가도 낙승을 거둘 만큼 가이요 타선의 득점력이 좋지도 않았다. 그러니 고시엔에서 공을 던질 기회가 없었던 것은 당연한 일이었다. 그나마 마운드에 나가 볼 수 있었던 것은 9회 말 위기에 몰렸을 때 감독이 다케시에게 말을 전하라고 했기 때문이었다.

그럼에도 다지마는 고시엔 출전이 확정됐을 때 마음 깊은 곳에서 끓어오르는 희열을 느꼈다. 차례가 오지 않을 게 뻔했지만 자신이 대표 팀의 일원이라는 사실을 생각만 해도 자부심이 느껴졌다. 그리고 그 기분은 지금도 변함이 없다. 비록 전령 역할에 그치고 말았지만.

하지만 지금 여기서 자신의 그와 같은 심정을 입 밖에 낼 수는 없었다. 그랬다가는 나오이를 비롯한 부원들의 비웃음과 동정에 찬 시선이 자신에게 쏟아질 것이 불 보듯 뻔했기 때문이다.

"그때도 그랬어."

이번에는 사토가 입을 열었다.

"아세아 학원에 졌을 때 말이야. 그때 감독은 과감하게 맞혀서 잡으라고 지시했어. 그런데 그 둘은 감독 말을 무시했잖아. 수비수들을 전혀 신뢰하지 않았던 거지."

그 말에 다지마는 깜짝 놀라 사토의 얼굴을 바라봤다. 그는 자신이 중요한 순간에 에러를 범한 사실을 까맣게 잊은 듯했다.

"하여간 이걸 기회로 야구부의 방침을 바꿔 보자고. 일단 스다가 주장이 되는 것에 세 명은 반대인 거다."

사토의 말이 끝나자 미야모토는 자리에서 일어서면서 빡빡 깎은 머리를 긁적거렸다. '이걸 기회로'라는 말이 마치 '기타오카의 죽음을 기회로'라는 의미같이 들렸기 때문이다.

기타오카 아키라가 죽은 지 닷새. 앞으로의 일을 의논하기 위해 모인 자리에서 처음으로 나오이가 꺼낸 말은 '주장을 누구로 할 것인가'였다. 다지마가 "그런 건 급하게 결정할 필요 없잖아?"라고 하자 미야모토는 언성을 높이며 반박했다.

"서둘러 결정하지 않으면 스다가 주장이 될 거 아니야."

이렇게 해서 이 불쾌한 대화가 시작됐던 것이다.

느지막이 사와모토가 마음 약해 보이는 얼굴로 나타났다. 사토가 로커에 기대선 채 지금까지 나온 얘기들을 그에게 전했다. 사와모토는 검은색 가방을 매우 소중한 물건이라도 되는 양 꼭 껴안은 채 사토의 얘기를 들었다.

"네 생각은 어때?"

미야모토가 그렇게 묻자 사와모토는 네 명의 시선이 한꺼번에 자신에게 쏠리는 데에 다소 위축된 듯싶었지만 자신의 의견을 분명히 말했다.

"나는 야구를 즐겁게 하고 싶어. 운동 신경도 별로 안 좋은

데 야구부에 들어온 건 체력을 키우기 위해서야. 우리 학교
운동부들은 대체로 연습을 별로 심하게 하지 않는다고 들었
거든. 그런데 고시엔을 목표로 하게 된 작년 봄부터는 연습이
굉장히 힘들어졌어. 거기다 기타오카가 주장이 된 이후로는
매일 죽을 정도로 힘들게 연습하고……. 우리 학교는 대학
진학을 목표로 하는 학교니까 공부할 시간을 빼앗기면서까지
고시엔에 가야 한다고는 생각하지 않아."

"내 말이 그 말이라니까."

사토가 박수 치는 시늉을 했다.

"게다가,"

사와모토는 아직 할 말이 남은 듯했다. 평소에 말이 없는 편
인 그가 이렇게 말을 많이 하다니 뜻밖이었다. 그만큼 불만이
많았다는 건가. 다지마는 왠지 모르게 서운한 느낌이 들었다.

"기타오카는 툭하면 우리를 스다와 비교하면서 '같은 인간
인데 스다가 할 수 있는 일을 너희는 왜 못해?' 이러곤 했어.
말이 돼? 스다는 프로를 목표로 하는 놈이잖아."

"하면 된다느니 어쩌느니 하는 말은 초등학교 선생이나 하
는 말 아니야?"

미야모토가 맞장구쳤다.

"그러게 말이야. 그런데 기타오카는 그렇게 생각하지 않았
다니까. 그러니까 나를 엄청 무능한 놈이라면서 바보 취급 했

지."

"그건 아닌 거 같은데? 걔가 사람을 바보 취급 하는 성격은 아니었어."

다지마의 반론에 사와모토는 고개를 저으며 말했다.

"넌 몰라서 그래. 지난주에 있었던 일인데, 내가 이 방에 들어오니까 기타오카 혼자서 다음 시합의 멤버를 짜고 있더라고. 그러더니 조금 있다가 날 보고 살짝 웃으면서 '어때, 사와모토. 이번 시합에 다지마와 배터리 한번 해 볼래?' 이러는 거야. 내가 깜짝 놀라는 표정을 지으니까 '미안, 농담이야.' 그러더라고. 내가 그 말을 곧이듣는 게 얼마나 우스웠을까. 그때는 정말 열 받았다니까."

"맞아. 그런 놈이었어."

나오이가 차가운 말투로 내뱉었다.

'아니야, 악의는 없었을 거야.'

그 말이 목까지 올라오는 걸 다지마는 간신히 참았다. '순진하다'며 비웃음만 살 게 뻔했기 때문이다.

"자, 그럼 결정된 거지?"

나오이가 책상에서 폴짝 뛰어내리며 말했다.

"주장은 스다가 아닌 다른 사람이 맡는다. 운영 방침은 부원 모두가 즐길 수 있는 팀을 만드는 것. 전원이 합심해서 승리한다. 스타는 필요 없다."

"그래. 스타는 필요 없어."

사토가 힘차게 고개를 끄덕였다.

"나도 찬성."

미야모토도 가세했다.

하지만 다지마는 납득할 수 없었다. 전원이 합심해서 이긴
다는 건 이상에 불과하다. 그저 친하게 잘 지내자는 말에 지
나지 않는다. 무사 안일했던 그 시절로 돌아가고 싶다는 건
가.

"그럼 결정됐다. 다수결이니까 다지마도 이의 없지?"

나오이가 그를 노려보며 그렇게 말하자 다른 세 사람도 그
를 주목했다. 그 서슬에 눌려 다지마는 답답함과 한심함을 느
끼면서도 모호하게 고개를 끄덕이고 말았다.

2

사체가 발견된 지 엿새 후인 목요일, 수사관 중 한 사람이
중요한 정보를 얻어 냈다. 사쿠라이초에 있는 모리카와 선생
의 아파트 주변에서 탐문 수사를 벌이던 중 사건이 일어난 날
밤에 기타오카를 봤다는 사람이 나타난 것이다.

목격자는 매주 목요일에 그 근처에서 샤미센 강습을 받는

주부였다. 그녀는 평소에는 낮 시간에 강습을 받으러 오는데 (이날도 수사관이 그녀를 만난 것은 낮 시간이었다.) 유독 지난주만 저녁에 왔다가 강습 후 집에 돌아가는 길에 기타오카를 봤다는 것이다. 시각은 10시경. 그녀의 집이 기타오카의 집과 한 동네에 있어 그를 알고는 있었지만 아는 척하지는 않았다고 한다. 그 후 그녀는 사건에 대해 들어 알게 되었지만 자신이 목격한 것이 얼마나 중요한 단서인지 모르고 샤미센을 같이 배우는 몇몇 사람에게만 지나가듯 얘기했는데 그것이 수사관의 귀에 들어간 것이다.

정보를 입수한 수사본부는 동요했다. 지금까지는 기타오카 아키라가 모리카와의 아파트로 가는 도중에 피습당한 걸로 추정했는데, 그 시각에 목격됐다면 그가 살해된 것은 그보다 한참 뒤, 그러니까 집에 돌아오는 길이었다는 결론이 나오기 때문이었다.

목요일 밤, 다카마와 오노는 서둘러 모리카와의 아파트로 향했다. 모리카와는 사건 당일 저녁 내내 아파트에 있었지만 기타오카는 찾아오지 않았다고 증언했다. 그 말이 사실이라면 기타오카가 아파트 근처까지 찾아갔다가 그냥 돌아왔다는 얘긴데, 그 이유가 과연 무엇이었을까.

다카마는 무거운 마음으로 아파트 계단을 올랐다. 수사관들 중에는 모리카와 선생의 말이 거짓일 거라고 주장하는 사람도 있었다.

벨을 누르자마자 안에서 대답하는 소리가 들리더니 모리카
와가 얼굴을 내밀었다. 그는 다카마 일행을 보고는 다소 긴장
하는 얼굴을 했다.

"물어볼 게 있어서 왔어."

그의 눈을 똑바로 보며 다카마가 말했다.

"들어가도 괜찮겠어?"

"응…… 괜찮아. 집이 좀 어지럽긴 하지만."

말은 그랬지만 실제로 들어가 보니 집은 말끔히 청소되어
있었다. 현관을 들어서자 바로 부엌이 딸린 두 평 크기의 방
이 있고 안쪽으로 그보다 좀 작은 방이 하나 더 있었다. 부엌
선반에 식기류가 가지런히 정리되어 있고, 입다가 벗어 던진
옷 하나 없는 것이 독신남의 방치고는 깨끗했다. 다카마는 방
안 이곳저곳을 살피며 모리카와가 권하는 대로 방석에 앉았
다. 방석 커버 역시 세탁한 지 얼마 안 된 듯한 느낌이었다.

다카마는 사건 당일 밤 기타오카 아키라가 이 근처까지 왔
었다는 얘기를 꺼냈다. 그러자 모리카와는 다카마의 눈길을
피한 채 "그랬나?"라고 말하며 미간을 찡그렸다.

"솔직히 말하면 자네의 진술을 의심하는 소리까지 나오기
시작했어. 기타오카 아키라가 오지 않았다는 건 거짓말일 거
라는."

"아니야, 그건 정말이야. 믿어 주게."

"물론 나도 믿고 싶어."

그러고서 다시 한 번 방 안을 둘러보던 다카마는 모리카와
가 그러는 자신에게 신경 쓰고 있다는 것을 느끼자 두리번거
리던 시선을 거두고 이렇게 물었다.

"그날 밤, 내내 이 방에 있었다고 했지?"

모리카와가 말없이 고개를 끄덕였다.

"혼자서?"

대답이 바로 나오지 않았다. 모리카와의 눈에 망설이는 빛
이 스쳤다.

"아니지?"

다카마가 재차 물었다. 가슴속에 희미하게 피어오르던 의
심의 정체가 모습을 드러내기 시작했다.

모리카와는 괴로운 듯 머리를 저었다.

"거짓말할 생각은 아니었어."

"하지만 사실대로 말하고 싶지도 않았다는 거야?"

"미안해."

모리카와는 입술을 깨물었다.

다카마는 심호흡을 한 후 다시 물었다.

"그녀가 왔었나?"

"그래."

"자주 와?"

"종종. 일주일에 한 번 정도. 하지만 그날 밤 이후로는 오지 않았어."

"자, 잠깐만요, 선배."

옆에서 메모하고 있던 오노가 다카마의 소매를 잡고 흔들었다. 자신이 이해할 수 없는 쪽으로 얘기가 흘러가자 당황스러워하는 듯했다.

"그게 무슨 얘기예요? 그녀라니, 누구 말이죠?"

다카마는 오노를 힐끗 보고는 다시 모리카와에게 시선을 돌리더니 이렇게 말했다.

"데즈카 마이코라는 여성. 가이요 고등학교 교사지."

"국어 교사입니다."

모리카와가 덧붙였다. 서둘러 수첩에 메모하던 오노는 다시 손을 멈추고 고개를 들었다.

"그런데 다카마 선배가 그걸 어떻게 알아요?"

"설명하자면 길어."

다카마의 말에 오노는 의아한 표정을 짓더니 "그래요?"라고 말하고 다시 메모를 시작했다. 너무 깊이 캐묻지 않는 것이 좋겠다고 판단한 듯했다.

"그녀가 몇 시쯤 왔지?"

다카마가 모리카와에게 물었다.

"7시쯤일 거야. 언제나 그 무렵에 오거든."

"돌아간 시각은?"

"10시쯤이었던 것 같은데."

'미묘한 시각이군.'이라고 다카마는 생각했다. 데즈카 마이코가 돌아간 것이 10시경. 기타오카 아키라의 모습이 목격된 것도 10시경. 그리고 그가 살해된 것은 그 직후.

"기타오카가 우리 집 문 앞까지 왔었을지도 몰라."

모리카와가 뭔가 생각하는 듯한 표정으로 말했다.

"그랬는데 그녀가 와 있다는 걸 알고 그냥 돌아간 게 아닌가 싶어."

다카마 역시 그 생각을 하고 있었다.

"기타오카가 자네와 그녀의 일을 알고 있어?"

"야구부 학생들은 대략 눈치챘을 거야."

"그래? 좀 더 일찍 얘기했더라면 수사에 도움이 됐을 텐데."

"미안해. 하지만 그녀가 내 집에 드나든다는 얘기는 하고 싶지 않았어. 여긴 동네가 작아서 단번에 소문이 퍼진다고. 게다가……."

그리고 모리카와는 잠시 멈칫하더니 결국 말을 잇지 않았다. 하지만 다카마는 그가 하려는 말이 무엇이었는지 알고 있었다. 담당 수사관이 다카마였기 때문에 더더욱 말하기 힘들었다는 얘기일 것이다.

조사를 마치고 돌아가는 다카마 일행에게 모리카와는 이렇게 부탁했다.

"그 일은 학교나 동네에 비밀로 해 줬으면 좋겠어. 만일 알려지게 되면 나와 그녀 중 한 사람은 이곳을 떠나야 해."

"나도 알아."

다카마는 알 수 없는 우월감을 느끼며 그렇게 대답했다.

"참, 그리고…… 그녀도 만나러 갈 거지?"

"아마도 그래야겠지."

그러자 모리카와는 가만히 고개를 끄덕이더니 새끼손가락으로 콧잔등을 문지르며 이렇게 덧붙였다.

"이런 말을 하기는 좀 뭣하지만, 그녀의 기분을 좀 감안해 가면서 대해 줬으면 좋겠어. 사건 이후 상당히 침울해 있거든. 기타오카가 살해된 게 자신이 여기 있었기 때문이라고 생각할지도 몰라."

"기타오카가 이 근방까지 왔었다는 사실을 그녀가 알아?"

"그런 것 같아. 어떻게 알았는지는 모르겠지만."

모리카와는 괴로운 듯 미간을 찌푸렸다.

다카마가 데즈카 마이코를 알게 된 것은 2년 전 겨울이었다. 그녀는 경찰학교 동기의 여동생으로 당시 오빠와 함께 살고 있었다. 그때는 가이요가 아닌 다른 고등학교에 근무하고 있었다.

별로 화려하진 않았지만 이지적이고 맑은 인상에 다카마는 호감을 느꼈다. 친구는 자기 동생이 적은 나이가 아니라고 했지만 다카마의 눈에는 실제보다 다섯 살은 어려 보였다. 그리고 대화를 나눌수록 그녀의 지적인 면모에 이끌렸다.

하지만 다카마는 차마 그녀에게 사귀자고 할 용기가 나지 않았다. 그녀가 형사라는 직업을 얼마나 싫어하는지 그녀의 오빠에게 들어서 잘 알고 있었기 때문이다. 그럼에도 그는 친구와 한잔한다는 구실로 종종 그 집에 놀러 갔다. 그러다가 어느 순간 다카마는 그녀 역시 자신에게 호감이 있다는 것을 느끼게 되었다. 그녀도 이미 다카마의 마음을 눈치챈 것 같았다. '조금만 더 시간을 두었다가.' 다카마는 프러포즈 시기를 그렇게 잡았다.

그리고 얼마 안 있어 마이코는 전근을 가게 되었다. 그녀가 갈 학교는 다름 아닌 다카마의 모교, 가이요 고등학교였다. 그 소식을 들은 다카마의 첫마디는 이것이었다.

"가이요 고등학교 교사 중에 내 친구가 있어. 마이코에게 소개해 줄게."

그 말에 마이코는 무척 기뻐했다.

"어머, 잘됐네요. 모르는 곳으로 가게 돼서 불안했거든요."

"아직 어린애야, 이 녀석."

그녀의 오빠는 그렇게 말하며 웃었다.

그녀에게 소개해 준 사람이 바로 모리카와였다. 그와는 고등학교 때 친구로, 성격이 좋아 그녀의 의논 상대로 적합할 것이라고 다카마는 생각했다. 그리고 그해 여름, 다카마와 마이코의 관계에 중대한 변화를 가져온 사건이 발생했다. 마이코의 오빠가 죽은 것이다. 그날 비번이었던 마이코의 오빠는 친구들과 술집에 가게 되었는데, 거기서 동네 건달들이 어느 손님에게 시비 거는 것을 보고 그를 도와주려다가 변을 당했다고 했다. 범인은 그 자리에서 잡혔다.

마이코는 이따금씩 눈물을 보일 뿐 담담한 모습으로 장례를 마쳤다. 다카마와 모리카와도 내내 함께 있었지만 오빠의 죽음에 관해서는 그녀에게 아무 말도 하지 않았다. 그녀가 그 일이 화제에 오르는 걸 피했다.

그러고 나서 반년쯤 후, 모리카와가 다카마를 찾아왔다. 어색한 표정으로 그가 꺼낸 말은 "마이코에게 프러포즈했다."는 것이었다. 다카마는 별로 놀라지 않았다. 이미 그의 마음을 눈치채고 있었기 때문이다.

"너도 그녀를 좋아하고 있다는 거 알아."

모리카와는 그렇게 말했다.

"그래서 이렇게 미리 알리러 온 거야. 너한테 허락을 받지 않으면 뒷맛이 영 개운치 않을 것 같아서."

다카마는 고개를 끄덕거리며 술이나 한잔하자고 했다. 사실 그는 내심 잘됐다고 생각했다. 자신이 형사라는 직업에 종사하고 있는 한 그녀에게 프러포즈를 하기는 어렵다고 생각했기 때문이다.

"너한테는 고맙게 생각해."

모리카와가 말했다.

"그녀를 만나게 해 줬으니까."

"고맙다는 소리 같은 건 하지도 마. 더 화나니까."

그렇게 그날 밤 두 사람은 밤새워 술을 마셨다.

마이코는 그의 프러포즈를 받아들였다. 다만 당분간은 일에 전념하고 싶으니 당장은 말고 가르치는 일에 자신이 좀 생긴 후에 결혼하자고 했다고 한다.

그로부터 약 1년이 지났다. 그동안 다카마는 한 번도 마이코를 만난 적이 없다.

모리카와의 아파트를 나온 다카마는 오노를 경찰서로 돌려보낸 후 택시를 타고 데즈카 마이코의 집으로 향했다. 오노도 뭔가 눈치를 챘는지 이유를 묻지 않았다.

데즈카 마이코의 집은 쇼와초 남쪽 끝에 있었다. 비슷한 모양의 낡은 목조 주택들이 주욱 늘어선 동네였다. 집 앞에서 잠시 망설이던 다카마는 생각을 비우고 현관문을 노크했다.

다카마의 얼굴을 본 그녀는 깜짝 놀란 듯 눈을 크게 떴다. 다카마는 그녀가 말을 꺼내기 전에 먼저 경찰수첩을 펼쳐 보였다.

"조사할 것이 있어서 왔습니다."

"기타오카 군의 일인가요?"

다카마는 "그렇습니다."라고 대답했다.

집 안으로 들어선 다카마는 낮은 상을 사이에 두고 마이코와 마주 앉았다. 세 평 정도의 방 한구석에 앉은뱅이책상이 있고, 그 위에 그녀 오빠의 사진이 든 액자가 놓여 있었다.

"모리카와의 집에 들렀다 오는 길입니다."

그는 짐짓 사무적으로 말했다.

"사건 당일 밤에 그의 집에 다녀갔었다는 게 사실입니까?"

"네, 사실이에요."

그녀는 눈길을 아래로 향하며 그렇게 대답했다. 그녀의 긴 속눈썹이 다카마의 마음을 서늘하게 했다.

"몇 시부터 몇 시까지 계셨습니까?"

"7시쯤부터…… 아마 10시 좀 넘어서까지였을 거예요."

모리카와의 증언과 일치했다.

"그 친구…… 아니, 모리카와의 얘기로는 선생님이 요즘 많이 힘들어하신다던데요."

그 말에 마이코는 고개를 들었다가 다카마와 눈이 마주치자 다시 시선을 내리깔았다.

"조사해 보니 기타오카 군은 그날 밤 모리카와의 아파트 문 앞까지 갔다가 그냥 돌아온 것 같더군요."

그녀의 뺨에 살짝 경련이 이는 걸 보며 다카마는 이야기를 계속했다.

"혹시 그 사실을 알고 계셨습니까?"

마이코는 고개를 숙인 채 아무 말도 하지 않았다. 모리카와의 직감이 맞았군, 이라고 다카마는 생각했다.

그녀는 잠시 뜸을 들인 뒤 조그맣게 "네."라고 대답했다. 왜 이렇게 망설이는지 다카마는 이해가 안 갔다.

"어떻게 아셨습니까?"

"그게, 그날 그 아이를 봤어요."

"봤다고요. 기타오카 군을 말입니까?"

"네."

그녀는 고개를 끄덕였다.

"그날 밤 아파트를 나와 자전거를 타고 돌아가다가 저와 같은 방향으로 제방길을 걷고 있던 기타오카 군을 지나쳤어요. 만약 그 아이가 모리카와 씨의 아파트로 가는 길이었다면 맞은편에서 걸어왔겠지요. 사건에 대해 들은 뒤에야 저는 기타오카 군이 제가 그 아파트에 있다는 걸 알고 돌아가는 길이었다는 걸 알게 됐어요."

그렇게 된 거로군. 비로소 다카마는 납득할 수 있었다. 마이코는 그런 사실을 경찰에 알리고 싶었지만 모리카와와의 관계가 알려질까 두려워 입을 다물었던 것이다.

"기타오카에게 말을 걸지는 않았습니까?"

"아니요. 아마 기타오카는 그게 저라는 것도 몰랐을 거예요. 마스크를 한 데다 모자까지 푹 눌러쓰고 있었으니까요."

누가 알아보기라도 할까 봐 그랬을 것이라고 다카마는 추측했다. 어두운 제방길로 간 것도 그 때문일 것이다.

"기타오카를 앞지른 건 어디쯤에서였습니까?"

"가이요 고등학교를 지나자마자 바로요."

현장은 그곳에서 200미터 정도 더 간 지점이었다. 즉 마이코는 기타오카가 습격을 당하기 직전에 그를 만난 셈이다. 다카마의 심장 박동이 빨라지기 시작했다.

"그때 기타오카 군의 모습은 어땠습니까?"

"별다른 점은. 흘낏 봤을 뿐이라서요."

"개가 있었나요?"

"네. 있었어요."

"기타오카 군과 만나기 전후에 다른 사람은 보지 못했습니까?"

그러자 마이코는 입술을 살짝 들썩였지만 그대로 다시 다물었다. 그리고 한참 동안 그렇게 있다가 마침내 대답했다.

"봤어요."

'역시.'

다카마는 참았던 숨을 내쉬었다.

"어디쯤에서요?"

"기타오카 군을 지나쳐서 조금 더 갔을 때였어요. 맞은편에
서 누군가 걸어오고 있었습니다."

"남자였나요?"

"네, 남자였어요."

그녀는 딱 부러지게 말했다.

"체격은요?"

"키가 큰 편이었던 것 같아요. 제가 자전거를 타고 있어서
정확히는 모르겠지만."

"옷차림이나 얼굴은 기억나세요?"

"아니요."

그리고 그녀는 손바닥을 비비며 덧붙였다.

"어두워서 잘 보이지 않았어요. 기타오카 군을 지나칠 때는
빛이 어느 정도 있어서 알아봤지만."

"어두워서? 자전거 라이트를 켜지 않았나요?"

다카마는 마이코의 눈을 들여다보며 말했다.

"네, 만약 라이트를 켰다면 알아볼 수도 있었을 텐데 그때

는 켜지 않았어요."

그러고서 그녀는 덧붙였다.

"라이트를 켜면 상대가 제 얼굴을 알아볼까 봐서요."

"그랬군요."

다카마는 자신의 마음속에 그늘이 드리우는 것을 느끼며 그녀의 이야기를 수첩에 적었다.

대화가 어느 정도 마무리되자 차라도 가져오겠다며 마이코 가 자리에서 일어섰다. 다카마는 사양했지만 그녀는 굳이 부 엌으로 갔다. 그리고 쟁반에 주전자와 찻잔을 담아 가지고 돌 아왔다.

그녀와 마주 앉아 차를 마시고 있자니 다카마의 기분이 한 결 나아졌다.

"모리카와하고는 언제 결혼합니까?"

그의 물음에 마이코는 물끄러미 주전자를 바라보며 "아직 모르겠어요."라고 대답했다.

잠시 침묵이 이어졌다. 세 평짜리 방에서는 두 사람이 차 마 시는 소리만 연거푸 들렸다.

3

새 주장이 뽑히고 나서 첫 번째 연습이 시작됐다. 새 주장으로는 미야모토가 뽑혔다. 왜 그로 결정됐는지 다지마는 이유를 잘 모른다. 연습 직전에 그렇게 통보받았을 뿐이다.

미야모토가 줄지어 선 부원들 앞에서 인사를 하자 1, 2학년 학생들의 얼굴에는 당황하는 기색이 역력했다. 그들은 다케시가 새 주장이 될 것이라고 확신했을 것이다.

다지마는 고개를 숙인 채 다케시 쪽을 곁눈질했다. 다케시는 새 주장의 인사 따위에는 흥미가 없는 듯 무심한 얼굴을 하고 그라운드의 흙을 발로 차고 있었다. 좀 전에 사토와 나오이가 "주장은 미야모토로 결정됐어."라고 일방적으로 통고했을 때도 그는 별 반응이 없었다. 그저 시큰둥한 얼굴로 "그래?"라고 한마디 했을 뿐이다. 다케시의 반발을 예상하고 대응할 태세를 취하던 사토와 나오이는 김이 빠지는 모양이었다.

야구부에 들어온 후 2년이 넘는 동안 야구부의 버팀목이었던 그가 이제는 왕따로 전락하고 말았다. 하지만 당사자는 아무런 느낌이 없는 것처럼 보였다.

미야모토의 인사가 끝나자 평소처럼 달리기가 시작됐다. 그것이 끝나고 2인 1조의 유연체조를 할 순서가 되자 다지마는 일부러 다케시와 짝이 되었다. 그라운드를 몇 바퀴나 돌았는데도 다케시는 호흡이 별로 흐트러져 있지 않았다. 전부터 느껴 온 거지만 참 대단하다며 다지마는 감탄했다.

"미야모토가 주장이 되는 거 너는 반대할 줄 알았는데……"

다케시의 등을 누르며 다지마가 낮은 목소리로 말했다. 다케시의 몸은 참 유연하다. 다리를 120도 이상 벌리고 앉아도 가슴이 땅에 착 달라붙는다. 저항이 별로 없어서 누르고 있는 다지마가 허전할 정도다.

다케시가 아무 말이 없자 다지마는 얘기를 계속했다.

"미야모토 등등은 기타오카의 방식이 불만이었으니 아마 운영 방침이 크게 바뀔 거야. 그럼 너도 좀 곤란해지지 않을까?"

그러자 다케시는 눈을 감은 채 다지마가 누르는 방향으로 몸을 굽히며 "바뀔 건 아무것도 없어."라고 담담한 목소리로 말했다.

"그래, 왜?"

다케시는 아무 대답도 하지 않았다.

이번엔 둘이 역할을 바꾸어 다지마의 체조를 다케시가 도와줄 차례였다. 다지마는 몸이 굳은 편이어서 유연체조가 고역이었다. 다리를 벌리고 몸을 굽히면 대퇴부 안쪽으로 찌릿

한 통증이 온다.

그의 뻣뻣한 몸을 누르면서 다케시가 나지막이 말했다.

"아무것도 바뀌지 않을 거야. 저 녀석들은 그저 기다리고 있을 뿐이라고. 기다리면 언젠가는 점수가 나겠지, 그런 생각이야. 상대 투수가 만만한 공을 던져 주길 기다리고, 에러가 나길 기다리고. 우리 중 누군가가 쳐 주길 기다리고, 마지막에 가서는 우리 팀 투수가 상대 타선을 완봉으로 막아 주길 기다리는 거지. 그런 놈들이 바꾸긴 뭘 바꾸겠어. 바뀔 일은 한 가지뿐이야. 더는 이길 수 없게 된다는 거지."

다지마는 얼굴을 찡그리며 몸을 굽힌 채 다케시의 얘기를 듣고 있었다. 그리고 속으로 이 녀석은 뭔가를 기다리거나 하지는 않을 거라고 생각했다.

수비 연습이 시작됐다. 미야모토가 배트를 들고 서 있었다. 다지마의 기억에 기타오카는 수비 연습 때 수비수를 향해 공을 아주 절묘하게 날려 줬지만 지금 미야모토는 별로 그렇지 못했다. 미야모토 본인도 그 점에 신경이 쓰였는지 여러모로 연습을 해 온 것 같았지만 아무래도 잘되지 않는 듯, 연신 고개를 갸우뚱거렸다.

한편 투수인 다지마가 투구 연습을 시작하려 하자 사와모토가 다가와 상대를 해 주겠다고 했다. 하지만 기타오카가 없어진 지금, 사와모토는 주전 포수나 마찬가지다. 그러니까 그는 스다의 연습 상대가 돼 주어야 하는 것이다. 다지마가 그 얘기를 하자 사와모토는 못마땅한 얼굴로 말했다.

"내가 그 녀석을 상대하는 건 무리야."

"하지만 예비 투수인 내가 주전 포수와 연습할 수는 없잖 아."

다지마는 주장인 미야모토에게 문제를 제기했다. 그러자 미야모토 역시 노골적으로 언짢은 표정을 지었다. 아마도 가 장 건드리기 싫은 문제였을 것이다.

"아직 사와모토가 주전 포수로 결정된 것도 아닌데 뭘 그 래. 그 건에 대해서는 앞으로 천천히 생각하기로 하고 오늘은 그냥 하자고."

"그럼 다케시는?"

다지마가 그렇게 되물었지만 미야모토는 못 들은 척하며 다시 수비수를 향해 공을 날리기 시작했다. 하는 수 없이 돌 아서서 제자리로 돌아가던 그는 다케시가 한 말의 뜻이 무엇 인지 그제야 이해됐다. 즉, 이것이 바로 '기다리고 있을 뿐'인 것이다. 골치 아픈 문제가 생겨도 어떻게 되기만을 그저 기다 리는 것.

한편 다케시는 무심한 얼굴로 한쪽 구석에서 2학년생 포수 와 원거리 투구 연습을 하고 있었다. 누군가가 주전 포수를 정해 줄 때까지 기다릴 생각 같은 건 꿈에도 없는 듯했다.

다지마는 체념하고 투구 연습을 시작했다. 하지만 왠지 꺼림칙한 마음에 몸이 굳어 생각대로 공이 던져지지 않았다.

수십 개를 던지고 났을 무렵 다케시가 운동장 밖으로 나가는 모습이 보였다. 눈으로 그를 좇아가 보니 다케시의 앞쪽으로 데즈카 마이코 선생이 나타났다. 그녀와 잠깐 얘기를 나누던 다케시는 이쪽으로 돌아서더니 다지마를 향해 손짓했다. 다지마가 그에게 달려갔다.

"연습하는데 방해해서 미안하다."

데즈카 마이코 선생이 말했다. 여전히 목소리가 요염하군, 다지마는 속으로 그렇게 생각했다. 데즈카 선생은 두 사람에게 종이봉투를 내밀었다. 다지마가 봉투 속을 들여다보니 둥그런 찹쌀떡이 여러 개 들어 있었다.

"먹고 힘내라고."

그녀는 살포시 웃으며 그렇게 말했다. 다케시와 다지마는 고개를 까딱하며 감사를 표했다.

그녀는 주위를 휙 둘러보더니 주저하는 목소리로 "모리카와 선생님은 안 오셨니?"라고 물었다.

"오늘 일이 좀 있으시다고……."

다지마가 어색한 표정으로 대답했다. 요즘 그녀와 모리카와의 관계에 대해 소문이 무성하기 때문이었다. 소문의 내용은 두 사람의 관계가 기타오카 살해 사건과 관련이 있고, 그

때문에 두 사람 모두 경찰 조사를 받았다는 것이었다.

그녀는 아쉬운 듯한 목소리로 "그렇구나."라고 말했다.

"감독님께 볼일이 있으세요?"

"응…… 실은 기타오카 군의 일로 경찰이 찾아왔었거든. 그것 때문에 좀."

그녀는 이미 소문이 퍼진 사실을 아는지 거리낌 없이 그렇게 말했다. 다지마가 오히려 당황스러울 정도였다.

"형사가 뭘 물어봤어요?"

그때까지 말없이 서 있던 다케시가 느닷없이 그렇게 물었다. 다지마가 핀잔 어린 눈으로 그를 바라봤지만 정작 데즈카 선생은 불쾌해하는 기색이 없었다.

"그래, 너희들은 친구였으니까."

그렇게 전제하고 그녀는 이야기를 시작했다. 일이 있어서 모리카와 선생의 아파트에 갔다가 돌아오는 길에 범인으로 보이는 남자를 목격했다는 내용이었다. 다지마는 그 '일'이라는 게 뭔지 알고 있었지만 전혀 모른다는 표정으로 듣고 있었다.

"그럼 선생님은 범인의 얼굴을 보셨단 말이에요?"

다지마가 그렇게 묻자 그녀는 매우 아쉬워하는 얼굴로 대답했다.

"그게 말이야, 자전거 라이트를 켜지 않은 바람에 어두워서 보지 못했어."

"라이트를 안 켜요? 라이트도 안 켜고 자전거를 타셨다고
요?"

다케시가 몰아세우듯 따져 물었다.

"그러게 말이야. 라이트만 켰어도 상대방 얼굴을 알아볼 수
있었을 텐데. 안 그래도 경찰도 그렇게 말하더라."

그녀는 희미하게 미소를 지으며 다케시와 다지마를 번갈아
바라봤다.

"용건은 그것뿐이야. 자, 이제 가서 연습들 해. 미야모토와
사토가 무서운 얼굴로 이쪽을 노려보고 있는데."

그 말에 다지마가 뒤를 돌아보니 아닌 게 아니라 두 사람이
미심쩍은 표정으로 이쪽을 바라보고 있었다.

"그럼, 갈게."

데즈카 마이코가 손을 흔들며 멀어져 가자 다지마와 다케
시는 종이봉투를 들고 아이들이 있는 쪽으로 갔다. 다케시는
곧바로 연습에 들어가고 다지마 혼자서 사토와 미야모토에게
데즈카 선생이 찹쌀떡을 가져왔다고 전했다.

"흥, 애인 만나러 온 거겠지."

사토가 입술을 비틀며 비웃는 듯 내뱉었지만 다지마는 못
들은 척하며 미야모토 쪽으로 돌아섰다.

"그보다 말이야, 다케시가 제대로 연습할 수 없다는 건 문

제 아니야? 어쨌거나 우리 팀 에이스인데."

정색하고 그렇게 말하자 미야모토는 대답할 말을 찾지 못하고 우물거리기만 했다. 그러자 옆에서 사토가 미야모토를 거들고 나섰다.

"다케시는 비밀 연습을 하고 있으니까 문제없어."

"비밀 연습?"

"그래. 신사 경내에서 연습하는 걸 봤단 말이야, 눈 내리는 밤에. 주위는 쥐 죽은 듯 조용한데 볼이 미트에 들어가는 소리만 울리더라. 참 분위기 죽이던데."

사토가 조롱하듯 말했다.

'그랬군.'

다지마는 연습 중인 다케시를 바라보며 '저 녀석이라면 그 정도 노력은 하고 있을 거야.'라고 생각했다.

"게다가."

사토는 빙글거리며 다지마를 올려다봤다.

"저놈이 에이스로 결정된 것도 아니잖아? 우리는 다지마 네가 더 분발해 주길 바란다고."

다지마는 사토의 가식적인 미소를 무시하고 돌아서서 천천히 걸음을 옮겼다. 이젠 대꾸할 생각도 나지 않았다. 가이요 야구부의 전성기는 기타오카의 죽음과 함께 막을 내린 것이다.

다케시는 여전히 운동장 한쪽에서 2학년생 포수를 앉혀 놓고 공을 던지고 있었다. 뭔가에 홀린 듯한 전력투구에 신참 포수는 계속 엉덩방아를 찧어 댔다.

4

데즈카 마이코 선생의 결정적인 증언에도 불구하고 수사는 별 진전이 없었다. 범인은 남자로 쇼와초 쪽에서 걸어온 것으로 보인다, 거기까지는 다들 인정했지만 그것만으로는 용의자의 범위를 좁힐 수 없었다. 현장 주변에서 탐문 수사가 끈기 있게 계속됐지만 데즈카 마이코가 봤다는 남자와 관련된 정보는 나오지 않았다.

사건 발생 열흘이 지나면서 수사본부 내부에도 초조한 기운이 감돌기 시작했다. 관련자들에 대한 조사가 일단락된 상황에서도 결정적인 단서가 나오지 않자 길 가던 괴한에게 우연히 습격당한 것이라는 설이 점점 유력해져 갔다.

하지만 다카마를 비롯해 몇몇 수사관은 생각이 달랐다. 기타오카 아키라는 1미터 70센티미터가 넘는 키에 몸집도 좋고 게다가 운동선수다. 불의의 습격을 받았다고 해서 그렇게 쉽사리 당했으리라고는 생각하기 힘들었다.

"그 녀석의 체격을 봤다면 범인이 먼저 피했을걸."

그렇게 말하는 수사관도 있었다. 다카마도 같은 생각이었다. 그는 기타오카와 안면이 있는 사람이 그가 방심한 틈을 타 공격한 것 아닐까 짐작하고 있었다.

그러나 문제는 동기였다. 아무리 조사해도 원한을 가질 만한 사람이 나오지 않았고 그를 죽여서 이득을 볼 만한 사람도 없었다.

사건이 일어난 날 밤 기타오카가 모리카와 선생의 집에 간다는 사실을 안 사람이 과연 누구일까, 다카마는 그 점을 계속 검토했다. 제일 먼저 생각할 수 있는 사람은 역시 모리카와 선생이었다. 그는 몰랐다고 했지만 거짓말일 가능성도 배제할 수는 없었다. 단, 그에게는 데즈카 마이코와 함께 있었다는 알리바이가 있다. 공범설도 제기되었지만 거기에는 아무런 근거가 없었다. 그 밖에 야구부원들도 거론됐지만 그 역시 상상의 수준을 벗어나지 못했다. 게다가 야구부원들이 동료를 죽였을 거라는 설에 대해서는 오히려 수사관들이 "말이 안 된다"고 생각하고 있었다.

그날 저녁, 다카마는 전부터 생각해 오던 대로 스다 다케시를 다시 한 번 만나 보기로 했다.

스다의 집을 방문하는 건 이번이 처음이었다. 그의 집은 미로처럼 복잡하게 얽힌 좁은 골목에 작은 집들이 다닥다닥 붙어 있는 동네에 있어서 몇 번이나 사람들에게 물어 가며 간신히 찾아냈다.

좁은 골목에 면해 있는 그의 집은 이웃과의 간격이 좁아 처마가 거의 맞닿아 있었다. 그리고 집 앞에는 비가 조금만 많이 내려도 바로 넘쳐 버릴 듯한 얕은 도랑이 흐르고 있었다.

집 대문에는 낡은 나뭇조각에 먹으로 '스다 다케시'라고 적힌 문패가 붙어 있었다. 스다의 집은 모자(母子) 가정이라고 들었다. 문패의 이름이 스다 다케시로 되어 있는 것은 안전을 위해 집에 아버지가 없다는 사실을 알리지 않으려는 어머니의 지혜일 것이다.

다카마는 유키와 만났을 때의 일이 떠올랐다. 그러고 보니 그 소년은 그렇게 말했었다. 자신들은 즐기기 위해 야구를 할 만큼 여유롭지 않다고.

"아닌 게 아니라……."

썩어서 금방이라도 허물어져 버릴 것 같은 조그만 목조 건물을 바라보며 그는 자신도 모르게 중얼거렸다.

"실례합니다."

그렇게 외치고 문을 열자마자 눈앞에 바로 사람이 있어 다카마는 움찔했다. 바로 그 소년, 스다 유키였다. 밥상에 앉아 공부하는 중인 듯했다.

"야, 오랜만이네."

다카마가 반갑다는 듯 알은체를 하자 유키는 잠깐 의아한 표정을 지었다가 이내 기억이 났는지 미소를 떠올렸다.

"아, 안녕하세요."

"그래. 혼자 있니?"

다카마가 집 안쪽을 둘러보며 말했다. 안쪽이라고는 해도 열려 있는 미닫이문 너머로 두 평 남짓한 방이 보일 뿐이었다.

"네. 어머니는 일 때문에 늦으신다고 했고 형도 아직요. 형한테 볼일이 있으세요?"

"응. 좀 물어보고 싶은 게 있어서."

"네에."

유키는 연필을 놓고 일어나 안쪽 방에서 방석을 가져다가 다카마 앞에 놓아 주었다. 손님이 오면 그렇게 하라고 어머니께 교육받은 듯싶었다.

"그 뒤로 어땠어? 학생들 사이에서 그 사건이 화제가 되고 그랬나?"

유키가 놓아 준 방석에 앉으며 다카마가 물었다. 유키는 고개를 저었다.

"아니요, 별로……. 다들 너무 질렸나 봐요."

"그렇구나."

자신과 무관한 사건 따위는 금방 기억에서 사라지는 법이라고 생각하며 다카마는 밥상 위로 시선을 돌렸다. 흰 종이에 영어 문장을 빽빽이 쓴 것이 눈에 들어왔다. 종이는 아무래도 광고 전단의 이면지 같았다.

"학생은 노력파인 모양이야."

듣기 좋으라고 하는 말이 아니라 다카마는 진심으로 그렇게 느꼈다.

"형은 어때?"

"어떻다니요?"

유키는 무슨 말이냐는 듯 눈을 깜빡거렸다.

"그러니까, 스다는 천재 투수라고들 하는데, 역시 노력도 다른 사람의 배 이상 하겠지?"

"그야 물론이지요."

유키는 의아할 정도로 힘주어 말했다.

"형에게 특별한 재능이 있는 건 분명하지만 그 이상으로 노력도 엄청나요. 보통 사람은 상상도 못할 훈련을 하고 있다고요. 잘 설명하기는 힘들지만…… 하여간 대단해요."

말하고 나서야 자신의 목소리가 너무 컸다는 걸 알아차렸는지 유키는 얼굴을 붉혔다. 그런 유키의 모습에 다카마는 호감을 느꼈다.

"그럼 학교에서 돌아온 뒤에도 혼자서 훈련하고 그러겠네."

"하죠. 거의 매일 나가요. 집 근처에 있는 이시자키 신사에서 연습하고 있어요."

"그래?"

기타오카의 어머니 사토코에게 들은 적이 있는 곳이었다. 그녀는 기타오카가 그 신사에 가서 연습했던 것 같다고 말했다. 역시 두 사람은 함께 연습하고 있었던 것이다.

다카마가 그런 생각을 하고 있는데 갑자기 현관문이 벌컥 열렸다. 놀라 돌아보니 낯선 남자가 문밖에 서 있었다. 다카마도 놀랐지만 상대방도 놀란 것 같았다. 잠시 다카마와 눈을 맞추던 남자가 안으로 들어섰다.

회색 작업복을 입은 중년 남자는 불그레한 얼굴에 숱이 적은 머리는 포마드를 발라 찰싹 붙였고 배가 수박처럼 튀어나와 있었다. 그에게서 희미하게 술 냄새가 났다.

"스다 씨는 아직 안 왔나?"

남자가 유키에게 물었다. 어머니를 말하는 모양이었다.

"아직요. 오늘은 늦으실 거예요."

그렇게 말하는 유키의 얼굴이 불쾌감으로 흐려지는 것을 다카마는 보았다.

"그래? 그럼 여기서 좀 기다리지, 뭐."

그러고서 남자는 다카마 쪽을 힐끔거렸다. 뭐하는 녀석이냐는 듯한 눈초리였다.

"한참 있어야 오실 거예요."

유키가 그렇게 말했지만 그는 아랑곳하지 않고 구두를 벗기 시작했다. 보다 못한 다카마가 나섰다.

"일단 돌아가셨다가 나중에 다시 오시면 어떨까요?"

그러자 남자는 구두를 벗다 말고 그를 노려봤다.

"누구야, 당신?"

하는 수 없이 다카마는 경찰수첩을 꺼냈다. 순간, 남자의 표정이 변했다.

"형사님이세요? 아, 가이요 학생이 살해된 사건 때문에 오셨군요. 이 집 아들이 그 일과 무슨……."

"아닙니다. 뭣 좀 물어볼 게 있어서요."

"그렇군요. 저는 이 앞에서 철공소를 하는 야마세라고 하는데요, 이 집 안주인이 저한테 돈을 좀 빌려 갔어요. 그런데 기한이 지나도 돌려주지 않기에 이렇게 왔지 뭡니까."

아첨하는 듯한 그의 역겨운 미소를 외면하고 다카마는 유키를 봤다. 유키는 밥상 위의 한곳에 눈길을 떨어뜨린 채 꼼짝도 안 하고 있었다.

"모처럼 찾아왔으니 빈손으로 돌아갈 수야 없지요."

야마세는 한쪽 구두를 마저 벗고 다카마가 앉아 있는 마루로 올라서려 했다. 그때였다. 다시 현관문이 열렸다.

"뭐하는 거야!"

그 소리에 한쪽 다리를 마루에 걸쳤던 야마세가 움찔하며 뒤로 물러섰다.

"돈은 돌려준다고 했잖아. 왜 함부로 남의 집에 들어오고 그래!"

그러면서 다케시는 손으로 야마세의 어깨를 잡았다. 다케시를 마주 보고 선 야마세의 얼굴이 겁에 질린 것을 보고 다카마는 뜻밖이라고 생각했다.

"그래서 동생한테 양해를 구하고……."

"돌아가."

다케시가 나지막이 말했다.

"돈은 생기는 대로 갚겠어. 이자까지 쳐서. 됐어?"

"하지만 그게 언제가 될지……."

그러면서도 야마세는 슬금슬금 구두를 신기 시작했다.

"오래 안 걸려. 우리도 되도록 빨리 당신과 인연을 끊고 싶으니까."

야마세가 뭐라고 되받아칠 줄 알았지만 그는 입술만 실룩일 뿐 별다른 말을 하지 못하고 그대로 문을 열고 나가 버렸다.

"자네한테 꼼짝도 못하는데."

다카마가 야마세의 뒷모습을 바라보며 그렇게 말했다. 그가 겨우 고등학생을 상대로 이토록 쉽게 꼬리를 내릴 줄은 생각도 못했던 것이다.

"형에게는 얌전해요."

다케시는 두 사람의 말에 아무런 반응도 하지 않고 다카마의 옆을 지나쳐 마루로 올라섰다. 그리고 유키 옆에 앉더니 교복 저고리를 벗으며 "어머니는?"이라고 물었다. 형사 따위는 안중에도 없는 것 같았다.

"좀 늦어지신대."

"흠……. 무리하시지 말아야 할 텐데. 적당히 끝내고 돌아오면 좀 좋아."

그러고는 다시 일어서서 부엌으로 갔다. 물을 마시고 돌아온 그는 그제야 다카마 앞에 앉으며 "저한테 무슨 용건이라도 있으신가요?"라고 물었다.

"매일 밤 훈련하러 나간다면서?"

그 말에 다케시는 동생 쪽으로 얼굴을 휙 돌렸다. 유키는 고개를 움츠렸다. 평소에 다케시로부터 쓸데없는 말을 하지 말라고 주의를 들었던 모양이다.

"기타오카 군의 어머니 말로는 기타오카도 자네처럼 이시자키 신사로 훈련하러 가곤 했다던데, 혹시 둘이서 함께 연습한 건가?"

그러자 다케시는 천천히 고개를 끄덕였다.

"그렇습니다."

"역시 그랬군. 그런데 기타오카는 사건이 일어난 날 밤 신사에 가지 않았다는데 자네는 그 사실을 미리 알았나?"

"아니요. 몰랐습니다."

"그래? 그러면 기다리다가 허탕 쳤겠군."

"아니요. 기타오카가 매일 오는 건 아니었거든요. 원래는 저 혼자 훈련했었는데 그걸 안 기타오카가 이따금 와서 함께했던 겁니다. 그래서 그날 밤에도 그저 '오늘은 오지 않으려나 보다.'라고만 생각했어요."

다케시의 대답에 다카마는 조금 실망스런 기분이 들었다. 연습하러 가지 못하는 이유를 기타오카가 말해 줬을지도 모른다고 기대했기 때문이다.

"수사는 어떻게 돼 가나요?"

다카마가 입을 다물고 있자 다케시 쪽에서 먼저 물었다. 별일이군, 다카마는 그렇게 생각했다.

"고전하고 있지, 뭐."

그는 정직하게 대답했다.

"데즈카 선생님이 범인을 봤다는 얘기 말인데요."

다카마는 깜짝 놀라 다케시를 바라봤다.

"그걸 어떻게 알았지?"

"오늘 선생님께 직접 들었어요."

"그래?"

"그런데 그 소문도 돌아다니고 있는걸요. 감독님과의 관계에 대해서까지."

"……."

두 사람의 일은 비밀에 부치기로 했는데 아마도 수사관 중 누군가가 누설해 버린 모양이었다. 다카마의 마음이 무거워졌다.

"데즈카 선생님이 범인의 얼굴은 못 봤다고 그러시던데요."

"응. 어두워서 보지 못한 모양이야. 당시에 자전거 라이트를 켜지 않았다고 하더군."

"그럼 데즈카 선생님의 증언은 참고가 되지 못하는 건가요?"

"응. 기대한 만큼은."

"아쉬운 일이군요."

"그러게 말이야."

다카마는 고개를 끄덕거렸다.

이야기를 마치고 스다 형제의 집을 나온 다카마는 복잡하게 얽힌 골목길을 천천히 걸으며 생각에 잠겼다. 날이 저물어 길 찾기가 아까보다 더 어려웠다. 결국 올 때보다 두 배 가까이 헤맨 후에야 간신히 본 기억이 있는 길로 나왔다.

서서 한숨 돌리려는데 뒤쪽에서 리드미컬한 발소리가 들려와 돌아보니 방금 전에 헤어진 다케시가 운동복 차림으로 달려오고 있었다. 연습하러 가는 길인 것 같았다.

"열심이네!"

거리가 가까워지자 다카마가 그렇게 외쳤다. 다케시는 오른손을 가볍게 들어 답했다.

"과연 대단하군."

다카마는 저도 모르게 중얼거렸다. 다케시의 모습이 점차 작아지더니 잠시 후 어둠 속으로 사라져 버렸다.

5

도자이 전기 폭탄 사건은 이제 담당 수사관들의 뇌리에서 거의 잊힌 상태였다. 애초부터도 그리 대단한 사건으로 여기지는 않았다. 피해가 발생한 것도 아니고 범인에게 실제로 폭파할 의지가 있었던 것도 아니기 때문이었다. 만일 범인이 잡힌다 해도 '악의적인 장난' 정도로 마무리될 가능성이 컸다. 지난 한 달 동안 그보다 훨씬 흉악한 범죄가 잇따라 일어나는 바람에 수사관들은 그 사건을 그저 '악의적인 장난' 정도로 치부해 버렸다.

물론 그렇다고 완전히 손을 놓은 건 아니었다. 다이너마이트의 출처 등에 대해서는 이미 수사 초기에 밝혀졌다. 다이너마이트는 2년 전쯤 그 지역에 있는 국립대학에서 분실한 것으로, 그 대학 공업 화학과에서 관리하던 화약고에서 도난당해 신고가 접수되어 있는 상태였다. 그간 이 다이너마이트를 사용한 범죄가 발생한 적은 없었다.

현재 일부 수사관은 도자이 전기에 원한을 품을 만한 사람을 조사하고 있지만 그것이 그다지 활발하게 이루어지고 있다고는 말하기 어려웠다. 그런 가운데 다시 그들을 동요시키는 사건이 일어났다. 도자이 전기의 사장인 나카조 겐이치의 집에 협박장이 배달된 것이다.

시마즈 경찰서에서 긴급히 회의가 소집되고 수사관들에게 협박장 사본이 배부되었다. 수사관 중에는 지방 경찰청 수사 1과 소속인 우에하라도 있었다.

협박장에는 자를 대고 쓴 듯 네모반듯한 글자가 빼곡히 들어차 있었다. 그 내용은 다음과 같았다.

나카조 겐이치 귀하

한 달 전 귀사에 인사드린 사람이다. 그동안 이쪽의 준비가 늦어져 아무런 연락도 하지 못한 점 미안하게 생각한다.

지난번에 증정한 것 외에도 우리에게는 폭약이 좀 더 있다. 그것으로 귀사의 공장 한두 개쯤 폭파시키는 건 문제도 아닐 것이다. 또한 귀사에 폭약을 장치하는 것이 얼마나 쉬운 일인지는 지난번 사건으로 잘 알았을 것이다. 그러나 우리는 대량 살상을 원하지 않는다.

따라서 우리는 다음과 같은 거래 조건을 제시한다. 지금부터 현금 천만 엔을 준비하기 바란다. 그 돈과 우리의 폭파 계획을 맞바꾸고자 한다. 거래는 4월 23일에 한다. 오후 4시 반, 돈을 갖고 시마즈 역 앞 화이트라는 찻집에서 기다리기 바란다. 단, 돈을 검은 가방에 넣고 가방 손잡이에는 흰 손수건을 묶어 나카조 겐이치 혼자 들고 와야 한다. 우리는 당신의 얼굴을 잘 알고 있으니 다른 사람을 대신 보낸다든지 하는 허튼짓은 하지 말기 바란다.

경찰이 끼어들 시에는 즉시 거래를 중지하겠다.

추신 : 지난번 폭탄을 보낸 사람이 우리라는 것을 증명하기 위해 당시 폭탄에 설치했던 시한장치의 구조와 부품의 크기 등을 함께 적어 보낸다. 한 번도 신문에 보도된 적이 없는 내용이다.

그럼 좋은 결과가 있기를.

약속했던 사람으로부터

수사본부장의 설명에 따르면 협박장은 오늘 아침 나카조의 집으로 배달됐다고 한다. 부인 기미코가 개봉했다가 깜짝 놀라 회사에 있는 남편에게 알렸고, 나카조가 즉시 경찰에 신고했다는 것이다. 봉투의 소인은 시마즈 우체국으로 되어 있었다. 도자이 전기에서 얼마 떨어지지 않은 곳이다.

협박장을 둘러싸고 이런저런 의견이 나왔다. 과연 폭탄을 설치했던 범인이 보낸 것일까 하는 의문에 대해서는 그럴 것이라는 일치된 견해를 보였다. 시한장치에 관해 범인 본인이 아니면 알 수 없을 정도로 상세하게 설명되어 있었기 때문이다.

"폭약이 더 있다는 게 사실일까요?"

관할 경찰서의 형사가 물었다.

"저희가 조사한 바로는 그 대학에서 도난당한 폭약은 지난번에 전부 사용한 것으로 보입니다. 아마도 단순한 협박인 것 같습니다."

"그렇지만 안심할 수만은 없어. 다른 곳에서 훔쳤을 수도 있잖아."

본부장은 신중했다.

"혁명 단체의 소행은 아닐까요?"

누군가가 그렇게 물었다.

"그건 아닐 거예요. 그들이라면 좀 더 확실한 무기 입수 루트가 있을 겁니다. 게다가 돈을 요구한 것도 그렇고."

"맞아. 그놈들이라면 으레 자본주의가 어떻다느니, 그런 식으로 쓰게 마련이지."

우에하라의 의견에 몇 사람이 동의했다.

범인이 지정한 날짜는 내일이었다. 회의 결과 일단은 범인이 요구한 대로 행동하기로 방침이 정해졌다. 범인이 한 사람일지 여러 사람일지는 불분명하지만 어쨌든 누군가가 돈을 받으러 나타날 것이므로 그때를 놓치지 않고 체포하기로 했다. 유괴 사건처럼 인질이 있는 것도 아니기 때문이었다.

즉시 인원 배치가 이루어졌다. 시마즈 역 주변과 찻집에 보초를 세우는 것은 물론이고 미행용 차량도 여러 대 대기시키기로 했다. 범인이 찻집에 나타나 돈을 받아 갈 것이라고 생각하기는 어려웠다. 다른 곳으로 이동하라고 할 것이 분명했다.

수사관 몇 명은 오늘 밤부터 나카조 사장의 집을 지키기로 했다. 우에하라도 그중 한 명이었다.

나카조 겐이치 사장은 젊은 시절 제법 미남이었을 것 같아 보이는 신사로, 말이나 행동에서 품격이 느껴졌다. 수사관들이 집 안까지 들이닥쳤는데도 별로 불쾌한 표정을 보이지 않았다.

"범인은 사장님께 개인적으로 원한을 품은 사람일 수도 있습니다. 그런 점에서 혹시 짐작 가는 거 없으십니까?"

응접실에서 나카조 사장과 마주 앉았을 때 구와나 반장이 나카조에게 터놓고 그렇게 물었다.

"모르겠어요. 그럴 일은 없었다고 생각합니다만."

나카조는 불안한 듯 고개를 기울였다. 자신이 남에게 원한 살 만한 짓을 했다고 생각하는 사람은 그리 많지 않은 법이다.

"협박장 마지막 부분에 적힌 '약속한 사람'이라는 말에서 떠오르는 건요?"

"없습니다. 도대체 무슨 뜻으로 한 말인지……."

나카조 사장이 그렇게 나오자 구와나도 입을 다물고 말았다.

우에하라는 이곳에 오기 전에 나카조 겐이치 사장의 경력을 조사해 보았다. 그는 원래 도자이 전기의 모회사인 도자이 산업의 사원으로, 전쟁 때는 군 관련 업무를 맡아 했다고 한다. 전쟁이 끝나고 얼마 후 도자이 전기가 설립되자 그쪽으로 자리를 옮겨 초대 사장인 와타나베 밑에서 큰 수완을 발휘했고, 와타나베의 외동딸인 기미코와 결혼하게 되었다고 한다.

너무도 순조로운 그의 출세를 시기하는 자가 많았을 거라는 의견이 수사관들 사이에서 나왔다. 내일 협박범 체포에 실패한다면 수사는 그 방향으로 초점이 맞춰질 것이다.

부인 기미코가 커피를 들고 응접실로 들어왔다. 수수한 생김새에 차분한 색깔의 기모노를 입은 그녀는 좋은 집안의 자제라는 느낌보다는 내조에 전념하는 정숙한 부인이라는 인상이 강했다.

"자제가 안 계시다고요."

기미코가 나타나자 구와나는 화제를 바꿨다. 나카조도 표정을 다소 누그러뜨리며 고개를 끄덕였다.

"네. 유감스럽게도 그렇게 됐습니다. 결혼이 늦은 탓도 있고."

"실례지만 결혼은 언제?"

"마흔이 다 되어서 했습니다. 전쟁이 한창이다 보니."

커피 잔을 내려놓은 기미코는 더 머뭇거리지 않고 살짝 고개 숙여 인사한 뒤 응접실을 나갔다. 그런 화제를 피하고 싶어 하는 듯한 느낌이었다.

어쩌면 범인으로부터 다시 연락이 올지도 모른다고 생각했으나 다음 날 오후가 되도록 별다른 소식은 없었다. 약속 시간이 다가오자 수사 팀은 준비를 시작했다. 나카조의 차에 수사관 한 명이 운전기사로 가장해 타고 그 뒤를 우에하라의 차가 좇기로 했다. 약속 장소에는 이미 수사관들이 쫙 깔려 있을 터였다.

4시 20분, 나카조의 승용차가 시마즈 역 앞에 도착했다. 차를 길가에 세운 후 나카조 혼자서 내렸다. 우에하라는 한 블록 뒤에 차를 세웠다. 조수석에 앉은 구와나가 망원경을 꺼냈다.

고급스러운 회색 정장 차림인 나카조 사장은 싸구려 상점이 늘어서 있는 거리 풍경과는 왠지 어울리지 않아 보였다. 도자이 전기 본사가 멀지 않은 곳에 있지만, 사원들은 지금 사장이 이런 곳에 와 있으리라고는 꿈도 꾸지 못할 것이다.

나카조는 주위를 둘러본 뒤 가방을 들고 천천히 걷기 시작했다. 곳곳에 배치된 수사관들의 모습이 우에하라의 눈에 들어왔다. 그러나 일반인들이 보기에는 특별할 것 없는 역 앞 풍경에 불과할 것이다.

화이트라는 찻집은 대중음식점 한 귀퉁이에 붙어 있는 보잘것없는 가게였다. 나카조가 유리문을 밀고 안으로 들어갔다.

"실내가 보입니까?"

우에하라가 망원경을 들여다보고 있는 구와나에게 물었다.

"아니. 전혀 안 보여."

그로부터 약 10분 후, 나카조가 다시 밖으로 나왔다. 그렇게 보아서 그런지 들어갈 때보다 더 긴장한 모습이었다. 가방은 그대로 들고 있었다.

나카조는 다시 주위를 한 번 둘러보더니 자신의 차가 아닌 택시 정류장 쪽으로 갔다. 그리고 손님을 기다리던 빈 택시에 올라탔다. 우에하라도 차의 시동을 걸었다.

"범인에게서 연락이 온 모양이죠?"

"응. 가게로 전화했을 거야."

택시는 상점가를 빠져나와 남쪽으로 향했다. 우에하라 일행도 그 뒤를 따랐다.

20분 정도 달린 택시는 쇼와 역 앞에서 멈춰 섰다. 나카조가 요금을 내고 차에서 내리는 모습이 망원경에 들어왔다. 여전히 가방을 들고 있긴 했지만 수사관들은 그가 내린 택시도 따라가 조사할 것이다.

나카조는 가방을 품에 꼭 안은 채 로터리를 따라 천천히 걷다가 담배 가게 앞에 이르자 걸음을 멈췄다. 가게 앞에 공중전화가 있었다.

"혹시……"

우에하라가 구와나를 보며 뭔가 말을 하려고 한 순간 담배 가게 주인이 공중전화 수화기를 들더니 곧 가게 앞에 서 있는 나카조를 불렀다. 범인의 전화였던 것이다.

나카조가 수화기를 받아 드는 것과 동시에 우에하라는 나카조의 주위를 살폈다. 범인은 분명 주변에서 나카조의 행동을 관찰하며 통화하고 있을 것이다.

통화는 예상보다 길었다. 나카조는 담배 가게 주인에게 들리지 않도록 손으로 입을 가린 채 심각한 표정으로 전화를 받았다.

이윽고 통화를 마친 나카조는 가방을 든 채 다시 터벅터벅 걷기 시작했다. 그러다가 버스 정류장이 나타나자 걸음을 멈추고 가방을 정류장 앞 벤치 위에 놓았다.

"어쩔 셈이지?"

구와나가 앞으로 바짝 다가앉았다. 그때였다.

"어, 나카조가,"

우에하라가 소리쳤다. 나카조가 가방을 벤치에 둔 채 정류장 뒤쪽에 있는 서점으로 들어가 버린 것이다.

"범인 녀석, 저걸 들고 튈 작정인가?"

구와나는 망원경으로 가방을 뚫어져라 보았다. 우에하라도 가방에서 눈을 떼지 않았다. 어디에선가 다시 나타난 수사관들이 가방 주위를 오락가락하기 시작했다. 범인이 나타나기만 하면 즉시 덮칠 태세였다.

그러나 몇 분이 지나도록 가방은 그 자리에 그대로 있었다. 버스를 기다리는 사람들 중에 간혹 가방에 관심을 보이는 사람도 있었지만 아무도 손을 대지는 않았다. 결국 수사관 한 명이 서점으로 들어갔다.

"범인이 포기한 거 아냐?"

구와나가 중얼거림과 동시에 서점에 들어갔던 수사관이 안색이 바뀐 채 튀어나왔다. 그리고 구와나를 향해 곧장 달려왔다.

"큰일 났습니다. 나카조 사장이 없어졌습니다. 뒤쪽 출입구로 끌려 나간 것 같습니다."

도무지 영문을 모를 일이었다. 천만 엔이 든 가방은 남겨 둔 채 나카조만 사라져 버린 것이다. 정황을 생각해 볼 때 범인은 애초부터 그럴 목적이었음이 분명했다.

구와나와 우에하라 등은 나카조의 집에 돌아와 있었다. 모두들 말수가 줄고 피로한 기색이 역력했다.

"부인은?"

"2층에 있습니다. 우리랑 얼굴을 마주치고 싶지 않을 거예요."

"그럴 만도 하지. 나도 내가 한심하니."

"그건 그렇다 치고 도대체 왜……."

도대체 범인은 왜 이런 일을 벌이는 것일까. 수도 없이 반복한 질문을 우에하라는 속으로 삼켰다.

그는 두 가지 가능성을 생각하고 있었다. 첫째는 범인의 본격적인 협박이 이제부터 시작될지도 모른다는 것이었다. 즉, 나카조를 인질 삼아 한층 높은 몸값을 요구할 수도 있었다. 둘째는 나카조에 대한 원한을 갚는 것이 범인의 목적일 가능성이다. 이 경우 나카조가 살아 돌아올 가능성은 절망적이다.

우에하라는 응접실에 놓인 전화를 바라보았다. 몸값을 요구하는 전화가 걸려온다면 아직은 살아 있을 가능성이 크다.

그렇게 두 시간이 흘렀다. 수사관으로서는 한없이 속 쓰리는 고통의 시간이었다. 그런데 저녁 8시를 막 지날 무렵, 현관에서 뭔가 소리가 들리는 듯하더니 기미코가 2층에서 뛰어 내려오는 발소리가 울렸다. 무슨 일일까 귀를 기울이는데 기미코의 절규하는 듯한 목소리가 들렸다.

"여보! 도대체 어떻게……."

구와나를 선두로 응접실에 있던 형사들이 전부 복도로 뛰쳐나갔다. 그들은 현관에 서 있는 남자를 보고 모두들 할 말을 잃은 채 그 자리에 우뚝 섰다.

그곳에는 기진맥진한 모습의 나카조가 있었다.

나카조 겐이치의 이야기를 정리하자면 다음과 같다.

찻집에서 기다리고 있자니 정확히 4시 반에 가게로 전화가 왔다. 나카조가 받자 우물거리는 남자 목소리가 들려왔다.

지금 바로 택시를 잡아타고 쇼와 역 앞으로 가라. 역 앞 담배 가게에 공중전화가 있으니 그 앞에서 기다릴 것. 5시 정각에 연락하겠다. 그런 내용이었다.

5시 정각이 되자 범인이 말한 대로 공중전화가 울렸다. 담배 가게 주인이 그를 보고 나카조 씨냐고 묻길래 그렇다고 대답하자 수화기를 건네줬다.

아까 그 남자의 목소리가 들려왔다.

가방을 근처 버스 정류장의 벤치 위에 놓고 당신은 서점으로 들어가라. 그런 다음 서점 뒷문으로 빠져나가라, 이번에는 범인이 그렇게 지시했다.

나카조는 남자가 시킨 대로 서점 뒷문으로 나왔다. 그곳은 사람의 통행이 적은 좁은 골목이었다.

"바깥으로 나온 순간 뭔가가 등에 와 닿더군요. 칼인지 총인지는 잘 모르겠습니다. 고개를 돌려 보니 중년의 뚱뚱한 남자가 서 있었어요. 그가 걸으라고 해서 시키는 대로 했습니다. 조금 가니까 도로변에 검은 승용차 한 대가 서 있었습니다. 차에 올라타자 남자는 제 입에 헝겊 같은 것을 대고 꽉 눌렀습니다. 앗, 하고 소리치는 것과 동시에 정신을 잃고 말았습니다. 클로로포름을 들이마신 거겠죠."

정신을 차려 보니 나카조는 어둑어둑한 곳에 쓰러져 있었다. 주위에는 빈 종이 박스가 가득했다. 감금된 줄 알았는데 예상 밖으로 문이 잠겨 있지 않았다. 밖으로 나와 보니 자신의 집에서 500미터 정도밖에 떨어져 있지 않은 빈 건물이었고 깜짝 놀란 그는 그길로 허둥지둥 집으로 돌아왔다는 것이다.

그의 이야기를 들은 수사관들은 서둘러 그 빌딩으로 갔다.

인적이 드문 곳에 있는, 금방이라도 무너질 듯한 건물이었다. 내부를 샅샅이 살펴봤지만 사람이 있었던 흔적은 없었다.

범인의 의도는 과연 무엇일까. 그토록 치밀한 계획으로 나카조를 납치해 놓고 결국 아무 일 없이 되돌려 보내다니. 범인의 생각을 도무지 짐작할 수 없었다.

"도자이 전기에 깊은 원한을 품은 자의 소행이 틀림없어."

빈 건물을 올려다보며 구와나가 말했다.

"범인은 특별히 원하는 게 없어. 다만 악의에 가득 차서 나카조를 철저히 괴롭히려는 것뿐이야."

그렇다면 우리는 그런 일에 휘둘렸단 말인가. 구와나의 말을 들으며 우에하라는 그렇게 생각했다.

6

그 소식을 들었을 때 다지마는 방에서 새벽 공부 중이었다. 인스턴트커피를 한 손에 들고 분발해서 수학 문제를 하나 더 풀려고 하는데 전화벨이 울렸다.

다지마는 법학과 지망생이었다. 국립대학이나 일류 사립대가 목표로, 3학년이 되면서 본격적인 입시 공부에 돌입했다.

'내가 에이스였다면 이렇게는 할 수 없었을 거야.'

요즘 들어 그는 자주 그런 생각을 했다. 자포자기하는 심정도 있긴 하지만 절반쯤은 진심이었다. 새벽 공부도 주전이 아닌 예비 투수이기 때문에 가능한 일이다.

바로 그 새벽 공부 시간에 사토에게 전화가 온 것이다.

사토의 목소리가 떨렸다. 평소에 그토록 청산유수이던 그가 단 하나의 사실을 전하는 데 몇 번이나 더듬거렸다.

다지마 역시 그 얘기를 들으며 온몸이 격렬하게 떨리기 시작했다. 전화를 끊고 방으로 돌아온 뒤에도 떨림은 멈추지 않았다. 심장이 터질 듯 두근거리고 가벼운 구토와 두통마저 느껴졌다.

머릿속이 혼란 그 자체였다. 자신이 지금 뭘 해야 할지도 알수 없었다. 아무것도 정리되지 않았다. 그런 와중에 갑자기 머릿속에 몇 개의 영상이 떠올랐다. 그는 차례차례 스쳐 지나가는 그 영상에 속수무책으로 생각을 맡겼다.

그것은 다지마가 야구부에 들어가던 때의 기억들이었다.

그가 야구부에 들어가게 된 동기는 고교 시절에 뭔가 의미 있는 일을 해 보고 싶었기 때문이다. 거기에 중학교 때 야구를 했었다는 단순한 이유도 한몫했다. 당시 가이요 야구부는 어찌나 부실했는지 팀 목표조차 없는 상태였다. 야구부를 희망한 학생은 다지마 외에도 스무 명 정도 더 있었는데 대개는 동기가 다지마와 비슷했다.

주장이었던 3학년 다니무라는 신입 부원들을 정렬시켜 놓고 취미 삼아 대충 하다가는 야구부에 남을 수 없으며 강한 자만이 살아남는 세계라고 장황하게 떠들었지만 어딘지 겉도는 느낌이었다.

그저 달리기만 하던 일주일이 지난 뒤, 신입 부원들의 실력을 측정하는 자리가 마련됐다. 야구 경험자는 방망이로 날려 주는 공을 잡고, 경험이 전혀 없는 사람은 손으로 던지는 공을 잡아내는 것이었다. 거기에 투수 경험이 있는 사람은 볼을 몇 개 던지도록 했다. 투수를 지원한 사람은 다지마를 포함해 모두 세 명이었다.

맨 먼저 마쓰노가 던졌다. 달리기에서 두각을 나타냈던 친구로 도구를 뒷정리할 때 손가락 하나 까딱하지 않고 중학 시절의 자랑만 늘어놓던 것을 다지마는 기억했다. 마쓰노는 엄청나게 폼을 잡으며 한참 동안 마운드를 발로 고르더니 모두가 지켜보는 가운데 제1구를 던졌다. 호쾌한 오버핸드 스로였다. 손끝을 떠난 공이 하얀 궤적을 그리며 포수의 미트에 꽂혔다.

긴장됐던 분위기가 다소 풀어졌다. 특히 당시 에이스이던 이치카와라는 3학년생은 안심이 되는 듯 표정을 누그러뜨리며 옆에 있는 부원과 뭐라고 쑥덕거렸다. 아마도 에이스 자리를 빼앗기지 않아도 되겠다고 안도하는 듯했다.

그런 분위기를 감지한 마쓰노가 정색을 하고 말했다.

"저는 커브가 주특기입니다."

그는 커브를 2개 던진 후 다시 직구를 던졌다. 하지만 그가 다음 투구 모션에 들어갔을 때 다니무라 주장은 "이제 됐다."며 마운드에서 내려오라고 했다. 그리고 내일부터는 야수들과 함께 연습하라고 지시했다. 마쓰노는 울 것 같은 표정을 지으며 몇 개만 더 던지게 해 달라고 부탁했지만 받아들여지지 않았다.

다음으로 다지마가 마운드에 올랐다.

그는 언더스로 투수였다. 중학교 2학년 때 폼을 바꾼 결과 3학년 때는 현 대회 8강까지 진출했다. 특히 그는 커브와 슬라이더에 자신이 있었다. 하지만 마쓰노의 실패가 떠올라 다른 말은 하지 않았다.

초구는 그저 가볍게 던졌는데 의외로 속도가 붙었다. 모두들 '아니!', 하며 놀라는 표정이었다.

2구째는 좀 더 속도를 걸어 봤다. 초구보다 더 그럴듯한 공이 미트에 가서 꽂혔다. 에이스 이치카와의 표정이 조금 굳어졌다.

다니무라 주장이 변화구를 던질 수 있냐고 묻기에 다지마는 주특기를 공개하기로 했다. 커브와 슬라이더를 2개씩 던졌다. 모두 만족스럽게 들어갔다. 특히 두 번째 커브 볼은 낙차가 커서 하마터면 포수가 놓칠 뻔했을 정도였다.

"좋아."

다니무라가 만족스러운 듯 말했다.

"어느 중학교 출신이지?"

"미요시 중학교입니다."

"그렇군. 미요시는 강팀이지."

다니무라는 그에게 내일부터 투구 연습도 하라고 지시했다.

이때 다지마는 자신이 에이스 자리를 꿰찬 거나 다름없다고 확신했다. 이치카와나 에이스 후보인 2학년 선배 모두 별볼일 없다는 걸 알고 있었기 때문이다.

다지마는 너무나 기쁜 나머지 자기 다음에 던지는 학생은 안중에도 없었다.

세 번째로 마운드에 오른 사람은 몇몇 신입 부원이 대단하다고 칭찬했던 학생이었다. 하지만 그의 출신 중학교가 이름 없는 학교여서 다지마는 관심 밖이었다. 그 학생은 평소에 눈에 띄지도 않을뿐더러 누구와 얘기하는 모습도 본 적이 없었다. 자기소개 때 무슨 얘기를 했는지조차 기억에 없다. 다만 그의 이름을 들은 다니무라의 안색이 살짝 변하는 걸 본 적은 있다.

그는 손바닥에 공을 몇 번 문지르더니 천천히 투구 모션에

들어갔다. 화려하진 않았지만 흠잡을 데 없는 깨끗한 오버스
로였다. 축이 되는 다리에 충분히 무게 중심이 실려 있고 체
중의 이동도 매끄러웠다. 활처럼 휘어진 어깨로부터 오른팔
이 마치 채찍처럼 내리 떨어졌다. 용수철이 튕기듯 그의 손에
서 튀어나온 공은 어느새 캐처 미트 속에 들어가 있었다.

빠르네, 라고 다지마는 생각했다.

지켜보던 부원들 모두 일순 침묵했다. 공을 받은 캐처도 공
을 돌려주는 것을 잊은 듯했다.

그 후로 그는 같은 공을 3개 더 던졌다. 잠시 멍하니 서 있
던 다니무라 주장이 갑자기 생각난 듯 다지마에게 했던 것과
똑같은 질문을 했다.

"변화구도 던질 수 있어?"

그 신입 부원은 본격적인 변화구는 던져 본 적이 없다고 대
답했다.

"그럼 지금 그 속구가 제일 좋은 공이라는 말이네. 좋았어.
너도 내일부터 투구 연습에 참가해."

다니무라는 들뜬 표정으로 그렇게 말했다.

'에이스 자리는 저 녀석과 쟁탈전을 벌여야겠군.'

다지마가 마음을 단단히 먹어야겠다고 생각하는 찰나 그
학생이 마운드 위에서 혼잣말처럼 중얼거렸다.

"제일 좋은 공이라는 말은 아닌데⋯⋯."

이 말을 들은 다니무라가 마운드에서 내려가다 말고 뒤를 돌아보았다.

"뭐라고?"

"저, 한 5개 정도만 더 던지면 안 될까요?"

"안 될 거야 없지만……."

다니무라는 뭔가 물어보고 싶은 게 있는 듯했지만 그가 곧바로 투구 자세를 취하는 바람에 그대로 마운드에서 내려왔다. 포수가 허둥지둥 공 받을 준비를 했다.

좀 전보다 동작이 약간 커진 것 같았다. 원을 그리며 오른팔을 떠난 공이 엄청난 속도로 시야를 가로질렀다. 여태까지 던진 공보다 훨씬 빨랐다.

"빠르다……."

다지마의 옆에 있던 마쓰노가 중얼거렸다. 그는 자신이 투수 자리에서 탈락한 것도 잊은 채 얼빠진 표정으로 입을 벌리고 서 있었다.

마쓰노만 그런 게 아니었다. 다니무라를 비롯해 모두가 할 말을 잃었다.

하지만 정말로 놀랄 만한 일은 그다음에 벌어졌다.

그 학생이 계속해서 한 구 한 구 던져 넣는 공에 갈수록 속도가 붙었다. 침묵의 그라운드에 그와 포수가 공을 주고받는 소리만 시원스럽게 울려 퍼졌다.

압권은 마지막 공이었다. 힘을 최대한 응축하려는 듯 몸을 용수철처럼 움츠리는가 싶더니 팔을 크게 휘두르며 내리꽂았다.

'휘익' 소리가 다지마에게까지 들릴 정도였다. 그의 손을 떠나는가 싶었던 흰 공은 어느새 홈 플레이트 위에 있었고 거기서 붕 솟아오르더니 격렬한 소리를 내며 미트 속으로 들어갔다. 3학년생 포수는 그 충격으로 뒤로 나자빠져 엉덩방아를 찧었다.

다들 얼빠진 모습이었다. 포수도 넘어진 자세 그대로 움직이지 않았다. 그 상태로 몇 초간 시간이 흘렀다.

사건의 주인공은 아무렇지도 않은 듯 마운드 위에서 부원들을 둘러보고 있었다.

'이거야, 내 볼은.'

다지마에게는 그가 그렇게 말하는 것처럼 보였다.

그가 바로 히가시 쇼와 중학교 출신 스다 다케시였다.

가이요 고등학교 투수 스다의 이름이 고교 야구계에 널리 알려지게 된 것은 그해 여름의 일이었다.

여름 고시엔 대회 현 예선 1차전에서 가이요는 강호 사쿠라 상고와 붙게 되었다. 사쿠라 상고는 그해 봄 고시엔 본선에 진출한 바 있고, 이번 여름 대회 예선에서도 유력한 우승 후

보로 거론되는 상태였다. 그렇게 실력이 월등한 상대이니만큼, 모두들 이번 시합의 결과가 뻔하다고 생각하는 것도 무리는 아니었다. 가이요를 응원하러 온 사람은 선수의 가족 정도밖에 없었고 선수 본인들도 승리는 생각조차 못하고 있었다. 몇 점을 얻을 거라든가 상대에게 몇 점 이상은 주지 않는다든가 하는 목표조차 없었다.

아니나 다를까, 가이요의 에이스 이치카와는 1회가 시작되자마자 두들겨 맞기 시작했다. 쭉 뻗은 타구가 야수 정면으로 날아가 다행히 원 아웃은 되었지만, 그런 행운은 계속되지 않았다. 그가 혼신을 다해 던지는 공을 사쿠라 상고의 타자들은 너무도 간단히 쳐 냈다. 배트 끝까지 타자들의 신경이 통하는 게 아닌가 싶을 정도였다. 그러나 상대의 입장에서 보면 이치카와의 공이 치기 쉬웠을 뿐이다.

순식간에 1점을 빼앗겼다. 게다가 여전히 1사에 주자는 2, 3루에 있었다. 시합이 시작된 지 10분도 채 지나지 않았지만 마운드에 서 있는 이치카와는 창백한 얼굴로 어깨를 들썩이며 가쁜 숨을 몰아쉬었다. 사쿠라 상고의 벤치에서는 웃음소리가 새어 나왔다.

결국 그 시점에서 가이요의 감독 모리카와는 투수를 교체했다. 이치카와가 내려가고 1학년생 스다 다케시가 마운드에 올랐다. 상대 벤치에서는 야유가 터져 나왔다. 빨리도 승부를 포기했다는 것이다. 그 야유는 다케시가 연습구를 던지기 시작하면서 다소 수그러들었다.

시합이 재개됐다.

다케시의 제1구는 외곽으로 크게 벗어나는 볼이었다. 2구마저 확연히 높은 볼을 던지자 상대편 응원석에서 "컨트롤이 안 되는구먼!" 따위의 야유가 날아들었다. 그가 이토록 컨트롤이 흐트러진 것을 다지마는 본 적이 없었다.

그리고 문제의 제3구가 그의 손을 떠난 순간, 모두들 속으로 '위험해!'라고 외쳤을 것이 틀림없었다. 안쪽으로 휘어드는 빠른 공이었다. 타자가 재빨리 물러서며 피하려고 했지만 공이 더 빨랐다. 둔탁한 소리가 나는가 싶더니 타자가 옆구리를 잡으며 웅크리고 앉았다.

상대편 선수 몇 명이 달려왔다. 포수 기타오카도 걱정스러운 듯 들여다보았다. 다케시 역시 모자를 벗으며 마운드에서 내려왔다.

잠시 후 겨우 일어선 그 타자는 얼굴을 찡그리며 1루로 걸어 나갔다. 다른 선수들도 각자의 위치로 돌아가고 시합은 곧 재개되었다. 여기까지는 별로 특이할 것 없는, 자주 벌어지는 상황일 뿐이었다. 다들 이번이 첫 등판인 1학년생 투수가 너무 긴장한 나머지 컨트롤을 잃었다고 생각했을 것이다.

그렇기에 다음 타자를 상대로 던진 다케시의 초구는 보는 이들의 의표를 찌르는 것이었다. 이번 공 역시 안쪽 높은 볼이었지만 전과는 달리 아슬아슬하게 꽉 차는 스트라이크였다. 타자는 좀 전의 데드 볼을 의식했는지 허리를 끌어당기며 공을 그냥 보냈다.

2구째도 같은 코스였다. 이번에는 타자가 배트를 휘둘렀지만 공은 배트에 스치지도 않은 채 투수 미트 속으로 빨려 들어갔다.

3구째는 외곽으로 빠지는 느린 공이었는데, 타자가 무슨 생각을 했는지 팔을 길게 뻗고 배트를 힘껏 휘둘렀다. 배트 끝에 맞은 공은 다케시의 앞으로 굴러갔고 포수와 1루수에게 차례로 전해지며 주자를 아웃시켜 순식간에 공수 교체로 이어졌다.

가이요의 선수들은 뛸 듯이 기뻐했지만 사쿠라 상고 선수들은 어안이 벙벙한 표정이었다. 1회에서만 10점 정도 얻지 않을까 예상했는데 겨우 1점에 그치고 만 것이다. 이러한 상황은 이후 경기에도 커다란 영향을 미쳤다.

실점을 막으려다 어깨에 힘이 너무 들어간 상대 투수는 볼넷을 연발했고, 결국은 주자 둘이 진루한 상황에서 3루타를 얻어맞았다. 순식간에 전세는 2 대 1로 역전됐고 더는 버틸 수 없게 된 사쿠라 상고도 투수를 교체했다.

상대가 가이요라서 지금까지 예비 투수가 던졌던 사쿠라

상고는 에이스가 나온 뒤 간신히 그 회를 마무리했다. 그러나 크게 당황한 사쿠라 상고의 타자들은 다음 회 공격에서도 누가 재촉이라도 하는 것처럼 서둘러 방망이를 휘둘러 댔다. 다케시는 느린 공과 익힌 지 얼마 안 된 커브로 상대의 타이밍을 교란하고, 때때로 자신의 장기인 속구를 타자의 가슴 가까이 붙여 그들을 위협했다. 사쿠라 상고의 타선은 줄줄이 범타로 물러난 반면, 가이요의 수비수들은 연습 때도 볼 수 없었던 민첩성을 보였다.

시합은 내내 그런 식으로 흘러갔다. 사쿠라 상고 감독의 분노에 찬 고함이 가이요의 벤치에까지 들렸다. 그 소리를 들은 가이요의 선수들은 한층 몸이 풀렸고, 반면 사쿠라 상고 선수들은 점점 몸이 굳어 갔다.

9회 초 세 타자가 모두 삼진 아웃으로 물러나며 경기가 끝났을 때 사쿠라 상고 선수들은 도무지 믿기지 않는다는 표정이었다. 그건 가이요 역시 마찬가지여서 두 팀이 정렬해 인사를 나누는 마무리 절차가 잠시 지연됐을 정도였다.

"1회 초에서 결정되었다."

기자의 질문에 양측 감독은 똑같은 분석을 내놓았다.

가이요의 모리카와 감독은 그에 덧붙여 "그때 공이 타자의 몸에 맞는 바람에 스다가 정신이 든 것 같다."고 했고 상대 팀 감독도 "과감하게 공을 던지는 훌륭한 투수였다."며 다케시를 칭찬한 뒤, "그건 그렇다 해도, 사구(死球)를 점수 따는 데 이용해도 모자랄 판에 우리 선수들은 오히려 뒤로 물러서기에 급급했다."며 아쉬워했다.

아무래도 예의 사구가 승부를 가른 듯했다. 그로 인해 만루가 되고 그것이 병살을 불러왔으니까.

"그 사구는 정말이지 전화위복이었어."

주장 다니무라도 그런 식으로 표현했다. 그는 또 "스다가 연속해서 스트라이크 존을 벗어나는 공을 던질 때는 앞이 깜깜했다니까."라고도 했다. 다지마 역시 그때는 '그 대단한 스다가 긴장할 때도 있구나.' 하고 생각했었다.

다지마가 사구의 진상을 알게 된 것은 그날 돌아오는 전철 안에서였다. 자신과 나란히 앉아 시합 얘기를 나누던 기타오카가 갑자기 불쾌한 표정을 지으며 이렇게 말했다.

"넌 그게 우연이라고 생각하니?"

"우연, 뭐가?"

"그 사구 말이야. 그 타자가 우연히 공에 맞은 것 같아?"

"글쎄……."

"스다 녀석, 일부러 그런 걸 던진 거야. 내 눈은 못 속여."

"왜?"

"경기를 쉽게 풀어 나가기 위해서겠지. 사쿠라 놈들 꽁무니 빼는 거 못 봤어?"

다지마는 놀란 눈으로 다케시를 바라봤다. 기타오카가 그런 그의 귀에 대고 속삭였다.

"그런 녀석이야. 저놈은 사람 맞히는 데도 명수라고."

정작 다케시 본인은 큰 수훈을 세운 것도 잊은 듯, 창밖 경치만 무심히 바라보고 있었다.

그다음 시합부터는 다케시가 선발로 등판했다. 수비수들의 실책으로 비록 예선 3차전에서 탈락하긴 했지만 스다의 이름은 이 대회를 계기로 현 밖으로까지 알려지게 되었다.

다지마는 이후 2년간 다케시가 보인 활약을 머릿속에 떠올렸다. 다지마에게는 무엇 하나 경이롭지 않은 것이 없었다. 퍼펙트게임, 탈삼진 20개, 세 시합 연속 완봉승……. 무엇보다 다지마가 혀를 내두른 것은 다케시의 정신력이었다. 어떤 상황에서도 그는 마치 심장이 얼음으로 된 것처럼 냉정했다. 냉정하다 못해 무서울 정도였다.

'대단한 녀석이었어. 정말 대단한 녀석이었는데……'

다지마는 입술을 깨물었다.

그러한 천재 스다가 살해당한 것이다.

다잉 메시지

1

이시자키 신사 동쪽 숲에서 스다 다케시의 사체가 발견됐다. 발견한 사람은 매일 아침 이 부근을 산책하는 노파였다.

사체는 복부를 흉기로 찔렸고, 아마도 그것이 치명상이었던 듯했다. 발버둥 치며 고통스러워한 흔적이 지면에 고스란히 남아 있었다.

하지만 다카마가 잔혹하다는 인상을 받은 것은 복부의 상흔 때문만은 아니었다.

"참으로 잔인한 놈이군."

다른 수사관 한 명도 옆에서 그렇게 중얼거렸다.

다케시의 사체는 오른팔이 어깨 부근에서 절단돼 있었다. 그리고 거기서 엄청난 양의 피가 흘러나와 있었다.

"배를 찌른 점은 기타오카 아키라 때와 마찬가지군요. 동일범일까요?"

사체를 내려다보던 오노가 속삭였다.

"그야 아직 모르지."

다카마 역시 작은 소리로 대답했다.

"배를 찌른 건 같지만 기타오카는 오른팔이 잘리진 않았어."

"대신 개를 죽였잖아요."

"그랬지. 흠……."

개와 오른팔. 도대체 무엇 때문일까.

다카마는 검시관에게 다가가 흉기가 뭐냐고 물었다. 무라야마라는 초로의 의사는 도수 높은 안경을 위로 밀어 올리며 "전의 그 학생과 같은 것 아닐까 싶어. 얇은 단도 같은 것 말이야. 식칼이나 등산용 나이프류는 아니야."라고 대답했다.

"팔을 그런 걸로 잘라 낼 수 있어요?"

"아니, 팔은 그런 칼로는 어렵지."

"그럼 뭘로?"

"아마 톱일 거야."

"톱요?"

"그래. 자르는 데 시간깨나 걸렸을 거야."

톱이라. 다카마는 침을 꿀꺽 삼켰다. 인적 없는 신사의 숲 속에서 톱으로 시체의 팔을 잘라 내는 범인의 모습은 절대로 정상적인 세계의 광경은 아니다.

"사망 추정 시각은요?"

"어젯밤 8시에서 10시 사이쯤. 정확한 건 해부 결과를 봐야겠지만."

기타오카와 같은 시간대군, 다카마는 그렇게 생각했다.

이런저런 생각에 빠진 그를 오노가 불렀다. 감식반원들과 함께 사체 곁에 웅크리고 앉아 있던 오노는 다카마가 다가가자 그를 올려다보며 "뭔가 글자가 쓰여 있는데요."라고 말했다.

"글자?"

"여기요."

오노가 가리킨 곳은 사체 바로 오른쪽 땅바닥이었다. 나뭇가지 같은 것으로 글자가 새겨져 있었다. 가타카나로 보이는 네 개의 문자였다.

"아키코우(アキコウ)…… 아닐까요?"

"음……."

오노의 말을 듣고 보니 아키코우인 것 같기도 했다. 하지만 무슨 뜻인지 짐작이 가지 않았다.

"잘 모르겠어."

다카마는 고개를 저었다.

"사람 이름도 아닌 것 같고."

다카마는 입속에서 그 글자를 되뇌어 봤다. 아키코우, 아키코우…….

"만일 스다 다케시가 남긴 글자라면 이것도 기타오카 사건과의 차이점이라고 할 수 있겠는데요. 기타오카는 이런 메시지를 남기지 않았잖아요."

"그렇지."

다카마는 무심히 그렇게 대답하고 다른 곳도 둘러봐야겠다고 생각하며 돌아섰다. 바로 그 순간 그의 머릿속을 스치는 것이 있었다.

'아니야. 기타오카도 메시지를 남겼어.'

그는 되돌아서서 글자를 다시 자세히 살폈다. 그리고 몇 초 후, 다카마의 심장이 쿵쿵거리기 시작했다.

"이건 아키코우가 아니야. 아(ア)가 아니라 마(マ)라고. 마큐우(マキュウ)……, 마구(魔球)라고 쓴 거야."

스다의 가족은 이시자키 신사 사무실에서 기다리고 있었다. 기타오카 사건 때부터 관계가 있었던 다카마가 그들을 만나기로 했다.

'참 내키지 않는 일이군.'

다카마는 그렇게 생각했다.

관할 서 형사들이 지키고 있는 가운데 스다 시마코와 유키는 좁은 사무실의 차가운 다다미에 앉아 있었다. 찻잔이 앞에 놓여 있었지만 두 사람 모두 입도 대지 않은 듯, 방의 공기마냥 차가워 보이는 차가 잔에 그득했다.

듣자 하니 다케시의 사체를 확인한 시마코는 거의 광란을 일으키다시피 했다고 한다. 다행히 지금은 약간이나마 평정을 되찾았는지 간간이 손수건을 눈가에 갖다 댈 뿐이었다.

유키는 흙빛이 다 된 입술을 꾹 다물고 고개를 숙인 채 무릎을 꿇고 앉아 있었다. 아직도 뺨에 눈물 자국이 있는 그는 양손으로 무릎을 꽉 붙들고 간신히 슬픔을 참고 있는 것처럼 보였는데, 그의 깨끗이 깎은 손톱이 다카마의 눈에는 인상적으로 보였다. "뭐라고 위로를 드려야 할지……."

다카마가 먼저 말을 꺼냈다. 좀 더 위로가 되는 말을 하고 싶지만 도무지 떠오르지 않았다. 유족에게 무슨 말을 해야 할까, 그것은 형사가 직업인 다카마에게 언제나 고민거리다.

"경황이 없으실 텐데 죄송합니다만, 몇 가지 여쭤 봐야 할 것 같습니다. 우선, 다케시가 집을 나선 것이 언제입니까?"

다카마의 질문에 시마코는 손수건을 손으로 꽉 쥐며 대답했다.

"어젯밤입니다. 연습하러 간다며 나갔는데 돌아오지 않아 걱정했습니다."

"몇 시쯤이었죠?"

"7시 반 정도일 거예요."

옆에서 유키가 엄마 대신 대답했다.

"어머니는 직장에서 아직 돌아오시지 않았을 때였어요."

그러고 보니 어제 찾아갔을 때도 시마코는 집에 없었다.

"형이 집을 나갈 때 평소와 다른 점은 없었어?"

"별로요."

유키가 핏기 없는 얼굴을 좌우로 흔들었다.

이날 다카마의 질문에 대한 두 사람의 대답을 정리하면 대강 다음과 같은 내용이다.

저녁 7시 반쯤 집을 나간 다케시는 시마코가 10시경 귀가해 늦은 저녁 식사를 시작할 때까지도 돌아오지 않았다. 연습에 열중해서 시간 가는 줄 모르나 보다 생각하고 한 시간 가까이 더 기다렸지만 돌아오지 않았다. 하는 수 없이 유키가 그를 찾으러 신사에 갔는데 예상과 달리 다케시는 그곳에 없었다. 물론 유키는 신사 경내만 둘러보고 숲까지는 가지 않았다.

유키는 형이 갈 만한 곳을 자전거로 여기저기 둘러봤지만 결국은 아무 데서도 찾을 수 없었다.

"어젯밤에 바로 경찰에 신고할까 하다가 왠지 아무 일 없다는 듯이 돌아올 것만 같아 오늘 아침까지 기다렸습니다."

시마코는 다시 손수건을 눈가에 갖다 댔다. 빨갛게 충혈된 그녀의 눈을 보며 다카마는 아들의 사망 소식을 듣기 전에도 이미 그녀의 눈은 수면 부족으로 빨개져 있었을 거라고 생각했다.

다카마는 두 사람에게 다케시가 살해당한 것과 관련해 짚이는 것이 없는지 물었다. 그러나 시마코도 유키도 그런 것은 전혀 없다고 대답했다. 오른팔이 잘린 것에 대해서도 마찬가지였다. 오른팔 얘기가 나오자 시마코는 걷잡을 수 없이 눈물을 쏟기 시작했다.

"저, 그런데……"

다카마는 잠시 망설이다가 두 사람에게 '마구'라는 단어와 관련해서 생각나는 것이 없냐고 물었다. 예상대로 두 사람은 고개를 저었다.

이야기를 마친 다카마는 두 사람에게 감사 인사를 하고 오노에게 뒷일을 부탁한 후 사건 현장으로 돌아왔다. 사체는 이미 치워져 있었고, 근처에서 반장 모토하시가 젊은 형사에게 뭔가 지시하고 있었다.

"뭐 좀 나왔어요?"

다카마의 질문에 모토하시는 "글렀어."라며 떨떠름한 표정을 지었다.

"배를 찌른 흉기도, 팔을 자르는 데 썼을 톱도, 다 안 보여."

"발자국은요?"

이 근처는 지면이 부드러워 발자국이 남아 있을 가능성도 있었다.

"몇 개 있긴 한데, 아무래도 모두 다케시의 발자국인 것 같

아. 땅을 문지른 흔적이 여기저기 있는 걸 보면 범인이 자기 발자국만 골라서 지운 것 같기도 하고."

"지문이 나올 만한 데도 없어요?"

"지금으로서는 가능성이 희박해. 그리고……."

모토하시가 갑자기 다카마에게 다가서더니 귀에 대고 "오른팔도 못 찾았어."라고 속삭였다. 다카마는 얼굴을 찌푸렸다.

"흉기를 가져가는 건 그렇다고 쳐도 팔까지 가져간다는 건 좀 이상한데요."

"좀이 아니라 많이 이상하지. 도대체 뭣 때문에 그렇게까지 잔인한 짓을 저질렀는지 알 수가 없어. 다케시에게 번번이 물 먹은 다른 학교 야구부원 짓이 아니냐, 그런 농담을 하는 놈도 있더라고. 내 아주 혼쭐을 냈어."

질 나쁜 농담을 모토하시는 싫어한다. 하지만 다카마는 내심으로 그럴 가능성이 전혀 없는 것도 아니라고 생각했다.

"원한에 의한 범행이라면 깊어도 여간 깊은 원한이 아니겠네요. 톱을 준비했다는 건 죽이기 전부터 팔을 자를 생각이었다는 거 아니겠어요?"

"스다 다케시에게 그 정도로 깊은 원한을 품은 사람이 있을까, 과연? ……참, 그건 그렇고, 가족은 뭐래?"

"질문을 대충 해 보긴 했는데……."

다카마는 스다 모자의 얘기를 정리해서 보고했다. 단서가 될 만한 것이 없어서인지 모토하시의 떨떠름한 표정은 사라지지 않았다.

목격자가 나타났다는 정보가 들어온 것은 일단 조사를 마친 다카마 일행이 현장을 떠나려 할 때였다. 신사 근처에 있는 가게 여주인이 지난밤 다케시를 봤다는 것이었다. 다케시는 가게 앞 공중전화로 통화를 했다고 한다.

"3분 정도 통화하더랍니다. 누구와 했는지는 모르고요."

그녀를 만나 본 젊은 수사관이 그렇게 보고했다.

"통화 내용 중 극히 일부라도 기억나는 거 없대?"

"저도 그걸 물어봤는데, 손님 얘기는 엿듣지 않는다면서 불쾌해하더라고요. 다만 맨 마지막에 '그럼 기다리고 있겠다.', 뭐 그런 얘기를 들은 것 같기는 하답니다."

"그럼 기다리고 있겠다?"

"아니면 기다리겠습니다, 였을지도 모르고요. 확실하지 않답니다."

"흠……."

모토하시는 다카마를 돌아보았다.

"어디다 전화했을까?"

"글쎄요, 짐작도 안 가는데요. 다만, 다케시가 전화한 상대를 이 신사에서 기다리고 있었던 것만은 확실하네요."

"그리고 그 상대를 만난 것도 확실해. 그 상대가 칼과 톱을 가져온 것도."

"그런 것 같군요."

다카마는 고개를 끄덕였다.

현장을 떠나 경찰서로 돌아오는 길에 다카마는 그 가게에 들러 보기로 했다. 이시자키 신사의 기둥 문을 나서 돌계단을 내려가면 정면으로 완만한 내리막길이 뻗어 있다. 길 끝은 직선 도로와 직각으로 만나 T자를 이루고 있는데, 그 모퉁이에 문제의 가게가 있었다.

다카마는 내리막길을 걸어 내려가며 주위를 둘러봤다. 길 양쪽에 토담에 둘러싸인 오래된 집들이 나란히 있었다. 수사관 하나가 이곳 주민들은 밭농사가 주업이어서 일찍 잠자리에 든다고 말했던 기억이 났다. 8시만 넘어도 인기척이 거의 없고, 9시면 전부 소등하기 때문에 주변이 깜깜하다는 것이다. 이 근처에서 유일하게 불이 켜져 있는 곳은 이시자키 신사의 신전 앞이라고 했다. 신자들이 불전에 시주한 돈을 훔쳐가는 도둑이 들끓어 밤새 등불을 켜 놓는다고 한다. 그 등불 덕분에 스다 다케시도 밤에 훈련을 할 수 있었을 것이다.

한참을 걸어 내려가자 T자형 길이 나오고 그 오른쪽 모퉁이에 예의 가게가 있었다. 크지 않은 가게에는 식료품들이 진열

되어 있고 가게 한쪽에 담배 코너가 있었다. 공중전화는 가게 앞쪽에 매달려 있다. 쉰이 좀 넘어 보이는 마른 체구의 여자가 졸린 듯한 얼굴로 가게를 지키고 있었다.

다카마는 여자에게 다가가 우선 하이라이트 담배 두 갑을 달라고 한 뒤 신분을 밝히며, 지난밤 그 학생이 사용했다는 공중전화가 저것이냐고 물었다. 여자는 조금 귀찮은 얼굴로 "네, 맞아요."라고 대답했다.

"혹시 그 학생이 전화할 때 메모 같은 걸 보지 않던가요?"

"메모요? 아! 그러고 보니 종이쪽지 같은 걸 들고 있었어요. 그걸 보면서 통화했던 것 같아요."

그 기억이 맞는다면 다케시는 상대의 전화번호를 외우지 못한다는 얘기다. 그렇기 때문에 전화번호를 적어 왔을 것이다. 그 종이가 사체에서 발견되지 않은 것은 범인이 없애 버렸기 때문인지도 모른다.

과연 다케시가 외우지 못하는 전화번호라는 사실이 용의자의 범위를 좁힐 수 있을까. 다케시의 집에는 전화가 없기 때문에 그가 기억하고 있는 전화번호도 많지 않을 것이다. 그렇다면 그 사실이 도움이 되지 않을 수도 있다고 다카마는 판단했다.

다카마는 주인 여자에게 그 학생에게서 이상한 점은 느끼지 못했냐고 물었다. 여자는 별로 못 느꼈다고 대답했다.

가게를 뒤로하고 걸어가던 다카마는 다케시가 지난밤 과연 누구를 만났을까, 왜 인기척이 없는 장소를 택했을까, 그런 생각들을 해 보았다. 그러다가 문득 다케시가 기타오카를 살해한 범인과 만나기로 했을지도 모른다는 생각이 들었다. 범인이 누군지 알았던 다케시가 그 범인을 불러낸 것은 아닐까. 그랬다가 그 역시 살해된 것은 아닐까.

만일 그게 사실이라면 다케시는 범인을 과연 어떻게 알았을까. 그리고 그는 왜 그 사실을 숨겼을까.

의문은 또 있다. 범인은 왜 다케시의 오른팔을 절단했을까. 사람을 죽이는 것도 그렇지만 사체를 절단하는 것도 이만저만 힘든 작업이 아니다. 현장에 오래 머무르는 것 자체만으로도 범인은 위험에 빠질 수 있다. 그런 위험을 무릅쓰면서까지 오른팔을 잘라 내야만 했던 이유는 과연 무엇일까.

'거기에 마구라는 다잉 메시지까지……'

다카마는 다케시가 남긴 마구라는 단어가 내내 마음에 걸렸다. 얼마 전 그는 기타오카의 앨범에서도 마구라는 단어를 봤다. 고시엔에서 찍은 사진 밑에 '마구를 봤다.'라는 코멘트가 있었다.

이건 우연이 아니야. 다카마는 확신했다. 두 사람은 같은 단어를 다잉 메시지로 남긴 것이다.

마구……. 그들은 이 전언에 대체 무슨 의미를 담은 것일까.

2

다지마가 문을 열고 안으로 들어가는데 누군가 뒤에서 그의 오른손을 확 거머쥐었다. 뒤돌아보니 사토였다. 그가 자신을 따라오라고 턱짓했다. 그 눈빛이 하도 심각해서 다지마는 아무것도 묻지 않고 마치 자석에 이끌리듯 그를 따라나섰다.

"기자들은 아직 안 온 것 같아."

다른 학생들도 아직은 사건에 대해 모르는 것 같았다. 등굣길에 친구 몇 명과 마주쳤지만 아무도 그 얘기를 꺼내지 않았다. 이 녀석은 도대체 어떻게 알았을까, 먼지 앉은 사토의 교복 등짝을 바라보며 다지마는 생각했다.

야구부실에는 이미 미야모토를 비롯해 나오이, 사와모토 등 3학년생들이 와서 기다리고 있었다. 표정을 보니 다들 사건에 대해 알고 있는 눈치다.

"모두 모였군."

등 뒤에서 소리가 들렸다. 돌아보지 않아도 모리카와 감독이라는 걸 알 수 있었다.

"사건에 대해서 모두들 들었을 것이다. 실은 아침 일찍 경찰서에서 연락이 왔는데, 오늘 학교를 방문해서 탐문 수사를 하겠다고 한다. 뭘 물을지 잘은 모르겠지만, 아마도 야구부의 내부 사정에 대해 묻지 않을까 싶다. 특히 스다와 기타오카가

3학년이었으니 아무래도 이야기가 너희들에게 집중될 것 같아서 이렇게 미리 모이라고 했다."

모리카와는 부원들의 얼굴을 차례로 바라보며 차분한 목소리로 말했다.

"경찰이 우리 중에 범인이 있다고 생각하는 건가요?"

나오이가 시선을 밑으로 향한 채 어두운 목소리로 물었다.

"그럴 가능성도 있다고 보는 거겠지."

모리카와의 말에 모두 얼굴을 들었다.

"하지만 그 사람들이 어떻게 생각하든 그게 중요한 게 아니다. 지금 우리가 해야 할 일은 사실을 말하는 것이다. 너희들에게 묻겠는데, 기타오카와 스다가 살해된 일에 관해 혹시 뭔가 아는 사람 있나?"

모리카와는 다시 한 번 부원들의 얼굴을 차례차례 바라봤다. 이번에는 좀 더 시간을 들여 한 명 한 명을 유심히 봤다. 하지만 모리카와와 눈이 마주칠 때마다 학생들은 천천히 고개를 저었다.

"좋아, 알았다. 그렇다면 이후의 일은 내게 맡기기 바란다. 여러분은 아무것도 걱정할 필요가 없다. 다만, 연습은 당분간 쉬도록 하겠다. 이런 상태에서 집중이 될 리 없으니."

이야기를 마친 모리카와가 야구부실 문을 열고 밖으로 나가려 했을 때였다. 등 뒤에서 "잠깐만요." 하고 부르는 소리가 들렸다. 나오이였다.

"뭐지?"

"감독님은 어떠세요, 저희들 가운데 범인이 있다고 생각하십니까?"

모두들 놀라 나오이를 바라봤다. 하지만 나오이는 자신이 엉뚱한 말을 했다고 생각하지 않는 듯, 모리카와를 뚫어지게 쳐다보며 대답을 기다렸다.

잠시 후 모리카와가 괴로운 표정으로 입을 열었다.

"나는 무능한 사람이야. 시합에서도 그렇지만, 나로서는 언제나 여러분들을 믿을 수밖에 없다. 그게 여러분들에게는 아무런 도움도 못 되겠지."

그러고서 모리카와는 야구부실을 나갔다. 문 닫히는 소리가 잠시 방 안의 공기를 흔들었다.

남은 다섯 명 중 누구도 입을 열지 않았다. 탁한 공기가 부원들을 짓누르는 느낌이었다.

"나는……,"

마침내 사토가 입을 열었다.

"어제 집에서 한 발자국도 밖으로 나가지 않았어."

"그래서?"

나오이가 찌를 듯한 눈초리로 사토를 노려봤다. 그 서슬에 움찔하면서도 사토는 "사실이야."라고 덧붙였다.

"감독도 그랬잖아, 중요한 건 사실을 말하는 거라고. 확실한 걸 확실하다고 밝히는 것뿐이야."

"그러니까, 범인은 너 이외의 다른 사람이다, 이 말이야?"

나오이가 사토에게 다가서며 그의 멱살을 쥐었다. 사토는 그 손을 뿌리치면서 "사실이라고. 사실을 말하는 것뿐이란 말이야!"라고 외쳤다.

"그만들 둬!"

키가 큰 미야모토가 두 사람 사이를 가로막고 섰다.

"우리가 스다를 죽일 일이 뭐가 있겠어? 경찰도 그걸 모를 정도로 멍청하지는 않다고."

"그야 모르는 일이지."

사토가 소리쳤다.

"우리가 스다나 기타오카를 시샘해서 그랬다고 생각할지도 모른단 말이야. 경찰뿐 아니라 학교에서도 그렇게 생각하는 놈들이 있을 거라고."

"그래서, 너만은 알리바이가 있다는 거야?"

나오이가 다시 사토에게 덤벼들려 하자 미야모토가 둘 사이를 손으로 막았다.

다지마는 그들이 주고받는 말을 서글픈 심정으로 듣고 있었다. 팀 동료가 살해된 마당에 서로 으르렁거리기만 하는 모습이 기타오카가 죽었을 때 차기 주장을 뽑는 일에만 신경을 곤두세우던 모습이나 조금도 다를 바 없었다. 아니, 단 몇 마디에 불과했지만 고인을 추억했다는 점에서 지난번이 조금 나았달까.

다지마는 이들 중에는 범인이 없다고 확신했다. 천재 스다가 이런 녀석들 때문에 목숨을 잃을 리 없다.

그때까지 침묵을 지키고 있던 사와모토가 한마디 했다.

"어쨌든 우리 모두 용의자 신분으로 알리바이 조사를 받을 것만은 분명해."

모두가 그를 향해 고개를 돌렸다. 사와모토는 그들의 눈길을 피하려는 듯 고개를 숙이고서 "수사의 첫걸음은 의심하는 것에서 시작되니까."라고 또박또박 덧붙였다.

"그런데 그 알리바이라는 거, 꼭 자세해야 되나? 대략적인 내용만 있으면 되겠지?"

평소에 얌전하던 사와모토의 말에 미야모토도 겁을 먹은 듯 그렇게 물었다.

"잘 모르겠어. 적어도 시간 정도는 정확해야 하지 않을까?"

"아, 그럼 큰일인데. 알리바이라고는 아무것도 없단 말이야."

미야모토는 정말로 걱정되는 듯했다.

"나는 집에 있었어. 증인도 있고."

사토가 또 그렇게 말했지만 이번에는 나오이도 쏘아보기만

할 뿐 별말 안 했다.

　'나는 뭘 했더라?'

　다지마는 순간 그렇게 생각했다. 그러다 이내, 잠시라도 그런 생각을 한 자신이 부끄러워져 다른 부원들에게 인사도 하지 않고 밖으로 나갔다.

3

　그날 점심시간 직전, 다카마와 오노는 가이요 고등학교 응접실에 앉아 있었다. 창밖 운동장에서는 여고생들이 체육 수업으로 배구를 하고 있었다. 그들도 스다 다케시가 살해됐다는 사실을 이미 알고 있을 것이다.

　노크 소리가 들리더니 모리카와가 들어왔다. 그는 다카마 일행에게 머리만 살짝 숙인 후 말없이 소파에 앉아 두 손으로 얼굴을 비볐다.

　"교장은 정신없겠지?"

　다카마의 물음에 모리카와는 지쳤다는 표정으로 고개를 끄덕였다.

　"나도 엄청 깨졌어. 감독 부주의라는 거야. 나는 야구에서나 감독일 뿐이라고 항의하긴 했지만."

"부원들 분위기는 어때?"

"굉장히 당황스러워하고 있어. 당연한 일이지."

"저, 몇 가지 묻고 싶은 게 있는데."

"나한테, 아니면 부원들한테?"

"양쪽 다. 자네는 마지막으로 스다 다케시를 만난 게 언제야?"

모리카와는 다카마의 질문에 한숨을 푹 쉰 뒤 "기타오카 장례식 날."이라고 대답했다.

"그 이후로는 바빠서 야구부 연습에 한 번도 못 갔어."

"기타오카가 살해된 것에 대해서 스다가 아무 말 안 했어?"

"아니."

모리카와가 고개를 저었다.

"그런 얘기는 한 적이 없어. 다만, 지금부터 힘들어질 거라고 했더니 어떻게든 해 보겠습니다, 그러더군."

어떻게든? 도대체 어떻게 할 생각이었던 것일까.

"스다의 오른팔이 잘린 건 알지?"

그 물음에 모리카와는 얼굴을 찡그렸다.

"도대체 왜 그런 잔인한 짓을 했을까?"

"뭐 짐작 가는 거 없어?"

"스다의 오른팔에 원한이 있는 사람이야 많겠지. 하지만 원한이 있다는 것과 팔을 자른다는 건 차원이 다른 문제야."

다카마는 전에도 그런 말을 한 수사관이 있었다는 것을 떠올렸다.

"집에 톱 있나?"

"톱? 있기야 있지……."

그렇게 대답하고 난 모리카와는 곧 불쾌한 듯 눈썹을 찌푸렸다.

"내가 톱으로 스다의 팔을 잘라 낸 게 아닌지 의심하는 거야?"

"아, 화내지 마. 혹시 오늘 밤에라도 그 톱 좀 빌리러 가도 되겠어?"

그러자 모리카와는 진절머리 난다는 듯 고개를 절레절레 저으며 바지 주머니에서 열쇠를 꺼내 다카마 앞에 던지듯 놓았다.

"아파트 열쇱니다. 현관 신발장 위에 공구함이 있으니까 마음대로 조사해 보시지요, 형사님."

다카마는 잠시 열쇠를 내려다보다가 "미안."이라며 열쇠를 집어 옆에 앉은 오노에게 건넸다.

"금방 돌려줄게."

"야구부원들의 집에도 형사들이 하나씩 가 있겠군, 톱 찾으러 말이야."

비아냥거리는 듯한 모리카와의 말에 다카마는 아무 대답도 하지 않았지만 사실이 그랬다. 스다 다케시의 팔을 자른 톱인지는 혈액 반응을 조사하면 바로 알 수 있을 것이다.

"물어볼 게 하나 더 있는데, 혹시 '마구'라는 말에서 뭐 생각나는 거 없어? 악마, 할 때의 마에 야구의 구야."

"마구?"

전혀 예상치 못한 질문을 받았다는 듯 모리카와는 의아한 표정을 지었다.

"그게 사건과 무슨 관계라도 있어?"

다카마는 스다가 남긴 다잉 메시지에 관해 설명했다. 모리카와는 몹시 놀라워하더니 자신은 딱히 생각나는 게 없다고 대답했다. 스다 다케시나 기타오카 아키라에게 그런 말을 들은 기억조차 없다고 한다.

"도대체 그런 단어를 남긴 이유가 뭘까?"

고개를 갸우뚱거리는 모리카와에게 다카마가 다시 어젯밤의 알리바이를 물었다. 이미 예상한 질문이라선지 이번에는 모리카와도 순순히 대답했다.

"어젯밤에는 혼자 아파트에 있었어. 그러니 증인도 없고."

"다른 사람에게 전화를 하거나 전화가 걸려 온 적은?"

"없었어."

"아, 참. 이건 다른 얘긴데, 야구부원들이 자네 전화번호를 알고 있어?"

"아마 알고 있을걸. 긴급한 용무가 있을 때도 있으니까. 하지만 그런 경우 대개는 직접 찾아오지. 기타오카처럼 말이야."

"여태까지 스다 다케시가 전화를 건 적은?"

질문을 던지고서 다카마는 모리카와의 표정에 주목했다. 그러나 별다른 변화는 없었다.

"없었어. 그 녀석, 집에 전화도 없을뿐더러, 나한테 뭘 상담한다는 건 생각할 수 없는 일이야."

"그렇군."

다카마는 머리를 끄덕였다. 하지만 그것으로 어젯밤 다케시의 통화 상대가 모리카와가 아니라고 결론 내릴 수는 없었다.

"그럼 야구부원들한테 얘기를 좀 듣고 싶은데, 괜찮을까?"

"응, 얘기해 놨어. 불러오지."

그러고서 모리카와는 방을 나갔다. 문이 닫히고 그의 발소리가 멀어지자 그때까지 말없이 앉아 있던 오노가 "저 선생, 입장이 상당히 난처하게 됐다고 하더군요."라고 속삭였다.

"그 여선생과의 관계가 문제가 됐나 봐요. 우리는 공개도 안 했는데. 소문이란 게 참 무서워요."

"어떤 식으로 문제가 됐는데?"

"그러니까, 교육상 나쁘달까, 뭐 그런 거겠지요. 둘 중 한 사람은 다른 학교로 가게 될 거라고 하던데요."

"음……."

좁은 동네니 당연한 일인지도 모른다. 소문이 난 계기는 역시 경찰 수사 때문일 것이다.

하지만 설사 소문이 나지 않았더라도 둘이 결혼하게 되면 한 사람은 학교를 떠나야 할 것이다. 그리고 나는 수사에 반드시 필요한 일을 한 것뿐이다.

다카마는 그렇게 생각하려 했지만 왠지 마음이 개운치 않았다.

모리카와의 협조로 다카마는 3학년 야구부원들과 일대일로 얘기를 나눌 수 있었다. 그러나 사토와 미야모토, 나오이, 사와모토, 이렇게 네 명으로부터는 유감스럽게도 단서가 될 만한 이야기를 들을 수 없었다. 네 사람 모두 집에 전화가 있지만 스다에게 전화가 걸려 온 적은 한 번도 없다고 했다. 스다가 전화를 걸 만한 상대를 아느냐는 질문에도 다들 모르겠다고 대답했다.

알리바이에 대해서는 네 사람 모두 집에 있었다고 했다. 사토는 아버지 친구와 함께 있었다고 했지만 다른 세 명은 가족 외에는 증인이 없다고 했다.

사건에 대해 짐작 가는 바가 없냐고 물었더니 모두들 없다고 했다. 네 사람은 살인 사건에 흥미를 느끼면서도 거기에 얽혀드는 것은 극도로 경계하는 것 같았다.

마지막으로 다지마라는 부원을 만났다. 그는 자신을 예비 투수라고 소개했다. 다카마는 그가 다른 부원들과는 좀 다르다는 인상을 받았다. 적어도 그는 수사에 조금이라도 도움이 되었으면 하는 것 같았고 스다의 죽음을 진심으로 안타까워하고 있었다.

하지만 협조적이라는 것과 실제로 도움이 되는 것과는 다르다. 그 역시 다케시에 대해 아는 것이 별로 없었다.

"그렇게 제각각이었는데 용케도 고시엔에 나갔군."

다카마는 무심코 그렇게 내뱉고 말았다. 하지만 다지마는 기분 나쁜 기색도 없이 "아마 두 번 다시 나갈 일은 없을 거예요."라고 쓸쓸한 표정으로 말했다.

전화 건에 대해서는 그의 대답 역시 다른 부원들과 같았다. 또한 어젯밤에는 다지마도 가족과 함께 있었다고 했다. 고교생의 밤 시간대 알리바이란 대체로 그런 식이다.

다카마는 또 다지마에게 '마구'라는 단어와 관련해 생각나는 일이 없냐고 물었다. 이 질문에 대해 앞의 네 명은 별로 생각해 보지도 않고 없다고 답했다. 사와모토라는 이름의 기가 약해 보이는 학생이 "스다의 공 자체가 마구였는데……"라고 혼잣말처럼 중얼거린 것이 유일한 의견이라면 의견이었다.

그런데 다지마는 "마구라면 엄청난 변화구를 말하는 거겠지요."라고 전제한 뒤 "스다의 이미지와는 어울리지 않는데요."라며 고개를 갸우뚱했다. 그의 설명에 의하면 강속구만으로 삼진 아웃을 잡는 것이 스다의 스타일이라는 것이다.

"실은 기타오카 군의 앨범에서도 그런 단어가 발견됐거든. 고시엔 대회에 출전했을 때 찍은 사진 밑에 '마구를 봤다'는 글이 적혀 있었어. 글자 그대로 해석하면 기타오카 군은 고시엔에서 소위 마구라는 걸 봤다는 건데, 뭔가 생각나는 거 없어?"

그러자 곧바로 "없다."고 대답한 다른 부원들과는 달리 다지마는 골똘히 생각에 잠겼다. 그리고 "고시엔에서 마구를 봤다……."라고 입속으로 되뇌며 고시엔에서의 상황을 떠올리는 듯 먼 곳으로 시선을 옮겼다.

"어때?"

다카마가 응접실 테이블을 손가락으로 똑똑 두드리자 다지마는 그제야 현실로 돌아온 듯한 표정으로 이렇게 말했다.

"시간을 좀 주시겠어요? 시합 당시의 상황을 다시 한 번 찬찬히 생각해 볼게요."

다카마는 그렇게 말하는 다지마의 얼굴을 가만히 바라봤다. 과연 이 친구가 실마리를 찾을 수 있을까. 어쨌거나 지금은 너무 재촉하지 않는 편이 나을 듯싶었다.

"알았어. 그럼 생각나면 연락해 줘."

그러자 다지마는 다소 안도하는 표정으로 고개를 끄덕였다.

다지마를 보낸 뒤 다카마 일행도 옆에서 지켜보던 모리카와와 함께 응접실을 나왔다.

"이렇게 얘기하면 실례가 될지도 모르지만, 뭔가가 일그러져 있는 느낌이야."

걸음을 옮기며 다카마는 야구부원들에 대한 감상을 솔직히 털어놓았다.

"그게 뭔지는 모르겠지만 어딘가 비정상적이라는 느낌을 떨칠 수 없어."

"비정상적인 정도는 아니야."

모리카와는 괴로운 듯 미간을 찌푸렸다.

"그들의 입장에서 보면 스다와 함께 야구부 생활을 하는 건 꿈같은 일이었어. 고시엔 대회에 출전한 것도 그렇고. 그 꿈에서 깨어나 진부하기 짝이 없는 현실과 맞닥뜨리게 됐으니 얼마나 당황스럽겠어."

"자네도 그런가?"

"그래, 나 역시."

모리카와는 조금도 망설이지 않고 대답했다.

그와 헤어진 뒤 다카마는 학교 안내 데스크에 들렀다. 담당 여직원은 전화를 받고 있었는데, 들리는 얘기로 봐서는 스다 다케시의 일로 신문사에서 문의를 해 온 것 같았다. 아마도 오늘 오후쯤에는 기자들이 들이닥칠 것이다.

전화가 끝나길 기다리며 주위를 둘러보던 다카마의 눈에 창구 옆에 걸린 직원들의 명패가 들어왔다. 출근한 사람은 명패의 검은색 앞면이, 결근자는 빨간색 뒷면이 보이도록 걸려 있었다. 별생각 없이 바라보던 다카마는 우연히 '데즈카 마이코'라고 쓰인 명패가 뒤집힌 채 걸려 있는 것을 발견했다.

'결근인가?'

그런데 다시 잘 보니 명패 위에 조그맣게 '조퇴'라고 표시되어 있다.

'조퇴? 무슨 일이 있나?'

그렇게 생각하고 있을 때 창구 직원이 전화를 끊었다. 다카마는 용무가 끝났다며 인사하고 학교를 빠져나왔다.

4

스다 다케시가 시마코의 친아들이 아니라는 사실을 다카마가 알게 된 것은 그날 수사본부로 돌아오고 나서였다. 모토하시 반장이 할 말이 있다며 부르더니 얘기해 주었다. 다케시의 혈연관계를 묻는 수사관에게 시마코가 직접 들려준 얘기라고 한다. 그녀는 그런 사실을 감추려고 했던 것은 아니고 다만 지금까지 말할 기회가 없었을 뿐이라고 했다고 한다.

시마코에 따르면 다케시의 생모는 스다 아키요, 그러니까 시마코의 남편인 스다 마사키의 동생이라는 것이다.

아키요는 우체국에 근무하는 평범한 아가씨였다. 그런 그녀가 스무 살 때 어떤 남자와 관계를 맺고 임신을 하게 되었다. 아키요의 어머니와 오빠 마사키는 서로 좋아한다면 한시라도 빨리 결혼시키는 게 좋겠다 싶어 아이의 아빠가 누구냐고 물었지만 무슨 까닭인지 아키요는 한사코 상대 남자의 이름을 밝히지 않았다. 심하게 다그쳐도 그저 눈물만 흘릴 뿐 절대로 대답하지 않았다.

가족들이 어찌해야 좋을지 몰라 근심하고 있는 사이 그녀는 가출하고 말았다. 어디로 갔는지는 알 수 없지만 짐을 별로 챙겨 나가지 않은 것으로 보아 아마도 그 남자와 함께 있을 거라고 짐작할 뿐이었다.

"요컨대, 사랑의 도피 행각이라 이거지. 시마코의 얘기로는, 상대가 꽤 나이 든 남자라는 소문이 있었는데 확실한 건 모른대. 그만큼 철저히 숨겼다는군. 하여간 그렇게 두 사람은 사라져 버렸대."

"그래서 어떻게 됐는데요?"

"한동안 연락을 끊었다가 5년이 지나서야 소식이 왔대. 마사키의 집으로 엽서가 왔는데, 와서 동생을 데려갔으면 좋겠다는 내용이었대."

'빨리 와서 동생을 데려가세요.'

엽서에 적혀 있는 내용은 그것뿐이었다. 마사키는 서둘러 엽서에 적힌 주소로 갔다. 보소 반도 맨 끝자락에 있는 작은 마을. 어업만으로는 생계를 꾸리기 힘들어 죽세공을 부업으로 하는 그 마을에 아키요가 있었다.

마사키가 갔을 때 그녀는 매우 야윈 모습으로 더러운 이불에서 잠들어 있었다. 이웃에 사는 여자가 그녀를 돌봐 주고 있었는데, 그녀는 요즘 아키요의 몸 상태가 안 좋아 물과 죽이외에는 아무것도 먹지 못한다고 하면서 자신이 마사키에게 엽서를 보냈다고 말했다.

오빠를 보자 아키요는 여윈 얼굴에 웃음을 띠며 기뻐했다. 마사키가 함께 돌아가자고 간곡히 설득하자 그녀는 눈물을 흘리며 고개를 끄덕였다. 하지만 상대 남자가 어디 있냐는 물음에는 여전히 대답하지 않았다.

이웃 여자가 몰래 들려준 얘기에 따르면, 처음 3년 정도는 남자가 일주일에 한 번씩 찾아왔지만 2년 전부터는 그마저도 오지 않는다고 했다. 생활비도 보내 주지 않아 아키요는 대나무 바구니를 만들며 생계를 유지했다고 한다. 아닌 게 아니라 방 안에는 만들다 만 바구니와 죽세공 도구들이 나뒹굴고 있었다.

하지만 우울한 얘기만 있는 것은 아니었다. 아키요의 아이가 어느새 네 살이 되어 있었다. 마르긴 했지만 활발한 남자아이로, 마사키가 갔을 때도 집 근처 개천에 돌을 던지며 놀고 있었다.

"그 아이가 다케시군요."

"그렇지. 마사키는 아키요와 다케시를 자기 집으로 데리고 왔어. 마사키의 집에는 이미 시마코와 유키가 있었으니 갑자기 대식구가 됐겠지. 게다가 일할 수 있는 사람은 마사키뿐이라 잠시였지만 생활이 몹시 어려웠대."

"잠시였다니요?"

"얼마 안 있어 아키요가 죽었거든. 자살이었지."

"……."

"다케시를 잘 부탁한다는 유서를 남기고 손목을 그었다더군."

"그렇게 해서 마사키 씨가 다케시를 맡게 된 거군요."

"그래. 그런데 그 2년 뒤에 마사키도 사고로 죽게 된 거야. 불행의 연속이었지."

모토하시의 설명을 들은 다카마는 천천히 고개를 흔들었

다. 그 쓸쓸한 느낌을 뭐라고 말로 표현할 수 없었다.

"다케시와 유키는 그런 사실을 알고 있었나요?"

"그런 것 같아. 하지만 시마코 씨는 친형제라도 그 정도로 정이 깊을 수는 없었을 거라고 하더래."

다카마는 형제의 얼굴을 떠올렸다. 유키를 처음 만났을 때 "형과 닮았다."고 말한 기억이 났다. 이제 보니 그건 형제여서가 아니라 사촌이기 때문이었던 것이다. 그때 그 말을 듣고 유키는 매우 기뻐했었다.

"어떨 것 같아?"

"뭐가요?"

"그런 출생의 비밀과 이번 사건, 관련이 있을까?"

"글쎄요……."

다카마는 고개를 갸우뚱했다.

"이건 제 개인적 의견이지만, 관련이 없었으면 좋겠네요. 너무 가슴이 아프잖아요."

"동감이야."

모토하시도 고개를 끄덕였다.

'하지만…….'

다카마는 생각했다. 설사 이번 사건과 직접적인 관련은 없다 해도, 이 이야기를 완전히 피해 갈 수는 없을 것이다. 왜냐하면 이런 상황이 천재 스다 다케시를 만들어 냈음에 틀림없기 때문이다.

5

다음 날 오후, 오노가 마구에 관한 자료를 모아 왔다. 그가 아는 사람 중에 작년까지 도쿄에서 스포츠 기자를 한 이가 있어서 그의 도움을 받았다고 한다.

"마구라면 요즘은 뭐니 뭐니 해도 고야마 선수의 '팜볼(Palm Ball. 공을 손바닥 안쪽 깊숙이 쥔 채 손목을 사용하지 않고 밀듯이 던지는 느린 무회전 변화구—옮긴이)'이랍니다."

오노가 콧등에 힘을 주며 말했다.

"고야마라면 한신 타이거즈의 선수 말이야? 그 선수는 빠른 공으로 승부하는 투수 아니었어?"

재작년, 고야마의 빠른 공 덕분에 한신이 우승했다는 사실을 다카마는 기억하고 있었다.

"그랬는데 올해 오리온스로 이적했어요. 물론 빠른 공도 잘 던지지만 한두 해 전부터는 팜볼도 던진답니다. 워낙 공이 빠르고 컨트롤도 좋은 데다 팜볼까지 던져서 올해는 30승 정도를 기대한다네요."

"그렇군."

"그다음으로는 한신 타이거스의 외국인 투수 바키의 '너클볼(Knuckle Ball. 원래 손가락 관절로 잡고 던지는 공으로, 회전이 없으며 움직이는 방향을 예측하기 힘들다 —옮긴이)'을 꼽는답니다. 이 선수는 손가락이 길어서 별명이 '다섯 마리의 뱀'이래요. 역시 올해 승수를 꽤 올릴 걸로 예상된답니다. 그 외엔 무라야마의 포크볼(Fork Ball. 홈 플레이트 부근에서 급격히 떨어지는 변화구의 하나) 정도? 하지만 포크볼 하면 역시 스기시타죠. 벌써 10년도 더 된 일이지만."

"아무래도……,"

다카마는 머리를 긁적였다.

"이번 사건과는 관계없는 얘기인 것 같아. 재미있긴 하지만."

"죄송합니다."

오노는 머리를 숙인 후 다시 수첩의 페이지를 넘겼다.

"그리고, 고교 야구계에 대해서도 물어봤는데, 최근에는 마구가 화제로 떠오른 적이 없다고 합니다."

"그래?"

잠시 생각하는 듯 허공을 바라보던 다카마는 턱을 괴고 책상 위의 메모지에 '마구'라고 적었다.

수사 회의에서는 '마구'라는 글자를 쓴 사람이 과연 누구인가에 대해 논쟁이 벌어졌었다. 그동안은 당연히 스다 다케시가 썼을 것이라고 여겼는데, 반드시 그렇지만은 않을 수도 있다는 주장이 나왔다.

우선, 다케시가 썼다면 과연 언제 쓸 수 있었겠느냐는 의문이 제기됐다. 배를 찔린 다음에 쓰려 했다면 범인이 그것을 제지하거나 지웠어야 마땅하다. 적어도 멍하니 바라보고만 있지는 않았을 것이다, 라는 얘기였다. 하지만 범인이 떠난 뒤에 쓰는 것 또한 불가능하다. 왜냐하면 범인이 떠났다는 건 이미 오른팔이 잘렸다는 것이고, 그때는 다케시가 사망했을 가능성이 컸다.

결국 그 글자를 다케시가 썼다면 범인이 나타나기 전밖에 없는데, 설마 자기가 살해될 거라고 예상하고 다잉 메시지를 써 놓았겠냐는 의견이 많았다.

이와 같은 논의 끝에 '마구'라는 글자는 범인이 남긴 것이라는 설이 유력해졌다. 하지만 이 경우에도 목적이 무엇인지가 의문이었다. 스다 다케시에 대한 증오를 상징하는 것이 아닐까 하는 의견도 나왔다.

그런데 만약 범인이 남긴 것이라면 이 단어를 추적해도 진상에는 다가설 수 없는 것 아닐까? 범인이 스스로에게 치명적인 메시지를 남길 리 없을 테니까.

다카마는 종이 위에 쓴 '마구'라는 글자를 연필 끝에 달린 지우개로 톡톡 두드렸다. 이 단어를 계속 추적해야 할지 말지 판단이 서지 않았다.

　그날 밤, 다카마의 집으로 모리카와 감독이 전화를 했다. 야구부원인 다지마가 집에 와 있는데 다카마에게 하고 싶은 얘기가 있다고 한다는 것이다.

"그래, 뭐에 관한 얘긴데?"

다카마는 웃옷을 집어 들며 물었다.

"나도 아직 물어보지 않았어. 아무래도 마구와 관련된 것 같아."

"바로 갈게."

다카마는 수화기를 던지듯 내려놓고 집을 뛰쳐나왔다.

모리카와의 아파트에 도착하니 다지마가 긴장한 표정으로 기다리고 있다가 다카마의 얼굴을 보자 꾸벅 고개를 숙였다.

"톱에선 뭐 좀 나온 거 있어?"

모리카와가 방석을 권하며 물었다. 비꼬는 듯한 말투였다.

"아니, 아무것도. 미안하게 됐어."

다카마는 솔직하게 말했다. 모리카와와 야구부원들의 집에서 톱을 수거해 갔는데 의심스러운 점이 발견되지 않았던 것이다.

수사본부에서는 범인이 가지고 있던 톱을 사용하지 않고 범행을 위해 새로 구입했을 것이라는 의견이 지배적이었다.

그래서 수사관 몇 명이 사건 현장 부근의 철물점을 뒤지는 중이었다.

"그래, 하고 싶은 얘기가 뭐지?"

다카마가 묻자 다지마는 혀로 입술을 축인 다음 이렇게 대답했다.

"저……, 중요한 게 아닐지도 몰라요. 아니, 어쩌면 전혀 상관없는 얘기일 수도 있어요."

"괜찮아. 온통 관계있는 일뿐이라면 해결 안 되는 사건이 없게?"

다카마는 일부러 농담처럼 대꾸하고 나서 "마구에 관한 얘기라면서?"라고 물었다.

"네, 어제 형사님께 그 얘기를 듣고 제 나름대로 생각해 봤어요. 그때 형사님이 기타오카의 앨범에 '마구를 봤다'라는 말이 쓰여 있었다고 하셨잖아요? 실은 그때 생각나는 게 하나 있었는데 별로 자신이 없어서 얘기하지 않았거든요."

"무슨 얘기든 괜찮아."

다카마는 부드러운 표정을 지었다.

"사실 그날, 딱 한 번 스다가 이상한 공을 던졌어요."

"이상한 공?"

"그 시합 맨 마지막에 던진 공요."

"그 폭투 말이야?"

옆에 앉아 있던 모리카와가 물었다.

"네."

다지마는 고개를 끄덕했다.

"실은 시합 뒤에 제가 스다에게 물어봤어요. 그 마지막 공은 대체 뭐였냐고요. 컨트롤 좋기로 유명한 스다가 그 상황에서 그딴 공을 던졌다는 게 믿어지지 않았거든요. 그런데 스다는 '손이 미쳤었나 봐.' 그러더라고요. 말도 안 되는 얘기죠. 확실하진 않지만 홈 플레이트 바로 앞에서 뚝 떨어지는 것처럼 보였어요. 스다가 그런 공을 던진 적은 한 번도 없었어요."

"그러니까 그때 그 볼은 스다가 새로 터득한 공이고, 그게 혹시 마구가 아닐까 생각한다는 건가?"

"네."

다카마는 의견을 구하는 듯한 얼굴로 모리카와를 바라봤다. 잠시 생각하던 모리카와는 "있을 수 있는 일이야."라고 말했다.

"시합 뒤에 나도 기타오카에게 물어봤어. 무슨 사인을 보냈느냐고. 그런데 무슨 까닭인지 우물쭈물하면서 대답을 피하더군. 게임에 진 책임을 추궁하는 것 같아서 그 이상 물어보지는 않았지만, 어쨌든 두 사람 다 그 공에 관해서는 확실하게 말해 준 적이 없어."

"새로운 종류의 투구를 연습하고 있던 스다가 그걸 시합에서 시험해 본 거 아닐까요? 그 정도의 대담성은 있는 녀석이거든요."

"그 연습 상대는 기타오카였고?"

모리카와가 물었다. 하지만 다카마는 "아니야, 아마 그건 아닐 거야."라고 말했다.

"기타오카의 앨범을 보면 고시엔 대회 사진 밑에 '마구를 보았다'라고 적혀 있어. 그 어감으로 미루어 기타오카가 그 공을 본 건 그때가 처음이었던 것 같아."

"그래, 그럼 그때까지 스다 혼자서 그 공을 연습하고 있었다는 건가?"

"아니에요, 그렇진 않을 거예요."

다지마가 확신에 찬 말투로 말했다.

"스다는 신사에서 기타오카와 비밀 연습을 했을 거예요. 그 변화구 연습도 포함해서요."

"아니야. 신사에서 연습한 건 맞지만, 그건 고시엔 대회가 끝난 뒤부터야."

그리고 다카마는 설명을 덧붙였다.

"그 전까지는 스다 혼자서 훈련을 했다더군. 기타오카의 어머니도 스다 자신도 그렇게 말했어."

스다 다케시는 그 변화구를 고시엔 대회에서 처음으로 시험해 봤고, 그것을 본 기타오카가 '마구를 보았다'고 앨범에 기록했다. 그리고 그 뒤로 둘이서 마구 연습을 하게 되었다. 이것이 다카마의 머릿속에 정리된 이야기의 순서였다.

그런데 다지마는 납득이 가지 않는다는 듯 머리를 갸웃하고는 "그럴 리가 없어요."라고 단언했다.

"사토가 그랬거든요. 눈 내리던 날 스다가 이시자키 신사에서 연습하는 걸 봤다고. 고시엔 대회 이후엔 눈이 내린 적이 없어요. 게다가 공 받는 소리를 들었다고 하니 기타오카가 함께했던 게 분명해요."

"흠……."

모리카와는 혼란스러워하는 표정으로 다카마를 봤다.

"도대체 어떻게 된 거야?"

그러자 다카마는 다지마에게 "스다의 상대가 기타오카였대?" 하고 물었다. 다지마는 잠시 머뭇거리다가 고개를 저었다.

"그렇게 말하지는 않았어요. 하지만, 기타오카밖에 없지 않을까요?"

다카마는 모리카와를 바라봤다. 그 역시 어깨를 으쓱하더니 "달리 짐작 가는 사람은 없는데."라고 말했다.

"사토 군의 집이 여기서 먼가?"

"아니, 별로 멀지 않아."

"그럼 약도 좀 그려 줘 봐."

다카마는 수첩에서 종이 한 장을 뜯어 모리카와에게 내밀었다. 그의 맥박이 빨라지고 있었다.

'만약 상대가 기타오카가 아니었다면 다케시의 볼은 대체 누가 받아 쳤던 것일까?'

6

다케시의 사체가 발견된 지 이틀 후, 그의 집 근처에 있는 집회소에서 장례식이 열렸다. 경제 사정이 여의치 않아 간소하게 치러졌지만 참석자는 의외로 많았다.

유키가 장례식장 입구에 서서 조문객을 맞았다. 다케시의 동급생들은 물론 유키의 친구들도 여러 명 찾아왔다. 유키는 한 사람 한 사람에게 감사의 마음을 담아 인사했다.

모리카와를 위시한 교사들도 참석했다. 그중에는 데즈카 마이코의 모습도 보였다. 검은 원피스를 입은 마이코는 다소 긴장한 표정이었다. 무엇보다도 그녀와 모리카와의 관계가 학교 내에서 회자되고 있기 때문일 것이다. 몇몇 학부모가 교장에게 불만을 제기했다는 소문도 있었다. 데즈카 마이코는 그제는 조퇴했다고 하더니 어제는 아예 학교를 나오지 않았다고 한다. 교무실에서 따돌리기 때문이라는 얘기도 있었다.

유키는 그녀가 자신의 앞을 지나 분향하고 하얀 손으로 합장하는 모습을 가만히 지켜봤다. 그리고 돌아 나오는 그녀에게 다시 한 번 "고맙습니다."라고 인사했다. 그녀는 살짝 머리만 숙였다.

장례식이 끝난 후 다카마 형사가 유키에게 다가와 몇 가지 물어볼 게 있다고 했다. 잠깐이라면 괜찮다는 유키의 말에 그는 사람들의 눈을 피해 한적한 곳으로 유키를 데려갔다.

"그건 무슨 상자니?"

그는 먼저 유키가 손에 들고 있던 나무 상자를 가리키며 물었다.

"형의 보물 같은 거예요."

"잠깐 봐도 될까?"

"네."

유키가 상자 뚜껑을 열었다. 안에는 부적과 대나무 인형, 그리고 펜치가 들어 있었다.

"형의 친어머니 유품이에요. 형의 장례식에 하늘나라에 계신 어머니도 모셔야 할 것 같아서 가져왔어요."

"그랬구나."

다카마는 괜히 코를 긁적거렸다.

"그런데 묻고 싶으시다는 건……."

상자 뚜껑을 도로 닫으며 유키가 물었다.

"그게, 형이 밤마다 신사로 훈련하러 갔다고 했는데, 혹시
연습 상대가 누구였는지 알아?"

"그건, 기타오카 선배라고 하지 않았나요?"

다카마 형사와 다케시가 얘기 나눌 때 다케시가 그렇게 말
한 기억이 있었다.

"아니, 그러니까…… 기타오카 말고 말이야. 고시엔 대회
전에."

그러자 유키는 고개를 저었다.

"전에도 말씀드렸지만 형은 야구에 관해서는 저에게 아무
런 얘기도 해 주지 않았어요."

"그래? 역시 그랬군……."

다카마는 낙담한 표정을 지었다.

"그런데 그걸 왜 물으시는 거죠? 형이 기타오카 선배 말고
다른 사람과 연습했대요?"

거꾸로 유키에게 질문을 받자 다카마는 당황한 표정으로
"아니, 그게 좀……."이라고 얼버무리고는 얼른 "다른 질문
하나만 더 해도 될까?"라고 화제를 돌렸다.

"그러세요."

"최근에 형이 변화구에 대해서 얘기한 적 없어?"

"네?"

"변화구 말이야. 투수가 던진 직후에 갑자기 휘어지는 공 있잖아."

"글쎄요……. 근데 그건 왜요?"

"좀 알아볼 게 있어서 그래. 얘기한 적 없어?"

그러자 유키는 좀 전의 대답을 되풀이했다.

"형이 야구 얘기를 해 준 적이 거의 없다니까요."

실망스러운 대답이었지만 어쩔 수 없었다. 다케시가 어떤 야구 인생을 보냈는지 유키는 아무것도 모르는 듯했다.

"마구라는 말 때문에 그러세요?"

"그래. 형이 새로 연습하던 변화구를 마구라고 부른 거 아닌가 싶어서. 사건과 관련이 있는지 어떤지는 잘 모르겠지만."

그러자 유키는 고개를 갸우뚱하고 잠시 생각해 보더니 다카마를 쳐다보며 입을 열었다.

"형이 변화구를 연습했다는 건 믿을 수 없어요."

예상치 못했던 유키의 말에 다카마는 의아하다는 표정을 지었다.

"왜지?"

"왜냐하면요, 형은 속구로 프로 선수가 될 생각이었거든요. 고등학교에서 바로 프로로 갈 경우 변화구 같은 건 던질 필요가 없다고 형이 말한 적이 있어요. 기껏해야 커브 정도지, 섣

불리 다른 공을 익히려다가 폼까지 망가뜨리는 건 바보 같은 짓이라고요. 스카우터들도 고등학교 때는 직구만 던지면 된다고 그랬다는데요."

"스카우터?"

다카마의 눈이 둥그레졌다. 처음 듣는 얘기였다.

"스카우터라면, 프로 구단 스카우터 말이야?"

유키는 그렇다고 대답했다.

다케시가 2학년이 갓 되었을 무렵, 도쿄의 모 프로 구단 스카우터가 여러 차례 스다의 집을 찾은 적이 있다. 그가 스다를 주목한 건 훨씬 전부터라고 했다. 그는 특별히 뭘 권하거나 하진 않았고 언제나 프로 구단의 상황 등에 관한 이야기만 들려주고 돌아갔는데, 그때 약간의 조언도 해 주었다고 한다.

"이 얘기는 비밀로 해 주세요. 잘은 모르지만 프로 구단 사람과 만났다는 게 알려지면 여러 가지로 문제가 생긴다고 하더라고요."

"그건 나도 알아. 아마추어 규정에 저촉되기 때문이겠지. 그런데 형은 그 구단에 들어갈 생각이 있었나?"

"모르겠어요. 프로라면 어느 팀이라도 상관없다고 하긴 했는데."

"그 사람이 얼마나 자주 찾아왔지?"

"3개월이나 4개월마다요. 올해는 2월에 왔어요."

"혹시 이름 기억하나?"

"네, 기억해요. 야마시타라고 했어요. 몸집이 굉장히 크더라고요."

"그 사람도 아마 선수 출신일 거야."

다카마는 그렇게 말하면서 야마시타라는 이름을 수첩에 적었다.

이야기를 끝낸 다카마는 유키와 헤어지면서 "어쨌든 네 형은 야구 선수가 되기 위해 태어난 사람이었어."라고 새삼스레 깨달은 듯 말했다.

"맞아요. 형은 야구를 위해서 태어났어요."

그리고 그 자리를 떠나면서 유키는 속으로 이렇게 외쳤다.

'그래, 형은 야구를 위해 태어난 사람이야. 숲에서 살해되려고 태어난 게 아니라고. 진상을 알아내고야 말 거야. 어떻게든.'

7

그날 밤, 유키는 오랜만에 시마코와 둘이서 차분히 식사를 했다. 다케시가 죽은 뒤로는 이런 여유를 가질 틈이 별로 없었다.

식사 도중 시마코는 갑자기 젓가락질을 멈추더니 멍하니 안쪽 방을 바라봤다.

"왜 그래?"

그렇게 물으며 유키도 그쪽으로 시선을 돌렸다.

시마코는 말없이 한동안 그 자세로 있다가 "저 유니폼, 이제는 세탁할 일이 없겠지?"라고 중얼거리며 흐트러진 머리를 쓸어 올렸다.

안쪽 방 벽에는 깨끗이 세탁된 다케시의 유니폼이 걸려 있다. 가이요 고등학교, 등 번호 1번. 무릎 부근이 살짝 닳아 있다.

'놔둬. 내가 빨게.'

다케시는 항상 그렇게 말했다.

'무슨 소리니, 그럴 시간이 있으면 연습해야지.'

이것이 시마코의 한결같은 대사였다.

"엄마."

유키가 나지막이 엄마를 불렀다.

"왜?"

"형은 언제나 고마워하고 있었어요, 엄마한테."

그러자 시마코는 조금 당황한 듯 시선을 옆으로 옮기더니 곧 입술에 희미한 미소를 떠올렸다. 그리고 "바보 같은 우리 아들."이라고 중얼거렸다. 그 바보 같은 아들이 다케시인지 유키인지는 알 수 없었다.

"가족이 사이좋게, 즐겁게 살아갈 수만 있다면 그걸로 충분했는데……."

그리고 그녀는 유키에게 물었다.

"너는 우리가 사는 게 즐겁지 않았니?"

"즐거웠어요."

"그렇지? 나도 즐거웠는데……."

시마코의 말끝에 눈물이 배어 있었다.

저녁 식사를 마쳤을 무렵 현관문을 똑똑 두드리는 소리가 났다. 밥상을 행주로 닦던 유키와 부엌에 있던 시마코는 서로 얼굴을 마주 보았다. 이런 시간에 찾아올 사람이 없었다.

유키가 맨 먼저 떠올린 사람은 야마세였다. 타인을 배려하는 마음이라고는 조금도 없는 그 남자라면 이런 시간에 돈 받으러 온다 해도 이상할 것이 없다. 야마세는 무슨 이유에선지 다케시를 피하는 듯했었는데, 다케시가 없어진 지금은 그를 막을 사람이 없었다.

"누구세요?"

시마코가 불안한 목소리로 물었다. 그녀 역시 야마세일지도 모른다고 생각하는 것 같았다.

"밤늦게 죄송합니다."

남자 목소리였지만 야마세는 아니었다.

"다케나카라는 사람인데요, 꼭 전해 드리고 싶은 물건이 있어서 찾아왔습니다."

다시 유키를 바라보는 시마코의 얼굴이 '아는 사람이냐'고 묻고 있었다. 유키는 고개를 저었다. 다케나카라는 이름은 들은 적이 없다.

그녀가 현관문을 열자 검은 양복을 입은 남자가 서 있었다. 나이는 쉰이 좀 넘었을까, 등이 곧고 체격이 좋은 사람이었다. 얼굴에 깊은 주름이 팬 것이 완고한 인상이었다.

"이렇게 갑자기 찾아와서 죄송합니다."

남자는 백발이 드문드문 보이는 머리를 숙이며 정중하게 인사했다.

"예전에 스다 마사키 씨와 함께 일했던 사람입니다. 제가 스다 씨에게 큰 신세를 진 적이 있습니다. 더 빨리 찾아뵈려고 했는데, 이사를 가시는 바람에 연락을 취하지 못했습니다."

"그럼 전기 공사 회사 분이신가요?"

"그렇습니다."

"아, 네."

시마코는 그제야 납득이 가는 듯했다.

"저, 누추하지만 들어오세요."

다케나카는 구두를 벗고 집 안으로 들어와 구석에 놓인 다케시의 영정 앞에 무릎을 꿇었다.

"사실은 신문을 보고 알았습니다. 주소도 신문사에 물어서 알게 됐고요."

그러고서 다케나카는 "생각지도 못한 일이 일어나서 얼마나 상심이 크십니까."라며 재차 머리를 숙였다. 시마코와 유키도 무릎을 꿇고 고개 숙여 답례했다.

다케나카는 시마코의 허락을 얻어 분향한 후 영정을 향해 꽤 긴 시간 합장했다. 유키가 보니 남자가 뭔가를 중얼거리는 듯했는데 무슨 소리인지는 알아들을 수 없었다.

합장을 마친 그는 시마코 쪽으로 돌아앉더니 양복 안주머니에서 흰 봉투를 꺼내 그녀에게 내밀며 말했다.

"제가 예전에 스다 씨로부터 금전적인 도움을 받은 적이 있습니다. 언젠가는 그 은혜를 꼭 갚겠다고 생각하고 있었습니다. 받아 주시면 고맙겠습니다."

"아닙니다, 아무리 그래도 뵌 적도 없는 분께 이런 걸 받을 수는 없습니다."

시마코가 한사코 거절하는데도 다케나카는 자꾸만 봉투를 그녀 쪽으로 밀었다.

"빌려 간 돈을 갚는 것뿐입니다. 다케시 군에 대한 부의금이라고 생각하셔도 상관없습니다."

"그래도……."

"제발 사양하지 마세요."

곤란해하는 시마코 쪽으로 봉투를 밀어 둔 그는 집 안을 한 번 둘러보고는 무릎을 세우며 일어서려는 자세를 취했다.

"그럼 저는 이만."

"아니, 차라도 드시고 가세요."

시마코가 당황해하며 일어섰지만 그는 손을 내저으며 그녀를 만류했다.

"아닙니다. 또 들러야 할 곳이 있어서요. 오늘은 이만 가 보겠습니다."

"그럼 연락처라도 알려 주세요."

그러자 다케나카는 잠시 생각하다가 "정 그러시다면." 하고 연락처를 적어 건넸다. 상당한 달필이었다.

"그럼, 실례가 많았습니다."

다케나카는 현관에서 다시 한 번 고개를 숙이고 돌아갔다.

그의 발소리가 사라진 뒤 시마코와 유키는 서로의 얼굴을 마주 봤다. 어쩐지 여우에게 홀린 느낌이었다. 저 남자는 대체 누구일까.

그러다가 유키는 생각난 듯 봉투 속을 들여다봤다. 너무나 갑작스러운 일이라 혹시 장난이 아닐까 해서였다. 그리고 봉투 속에 든 금액을 본 그는 깜짝 놀라고 말았다.

"엄마, 엄청나. 30만 엔이나 들어 있어."

"뭐? 설마."

시마코가 봉투를 받아 들고 확인했다. 만 엔짜리 지폐가 30장, 틀림없었다.

"유키, 얼른 가서 그분 좀 모셔 와. 다시 차근차근 얘기를 들어 봐야겠다."

"알았어요."

유키는 황급히 뛰어나가 남자가 갔을 만한 방향으로 달려갔다. 얼마나 신세를 졌는지는 몰라도 30만 엔은 과한 액수였다.

하지만 아무리 찾아도 남자는 보이지 않았다. 차를 타고 왔었는지도 몰랐다. 유키는 찾다가 포기하고 집으로 돌아왔다.

"어쩌면 좋지."

돈을 앞에 두고 시마코는 난감한 표정을 지었다.

"아무래도 내일 연락해 봐야겠다. 이런 큰돈을 받을 수는 없어."

"엄마, 그냥 받으면 안 될까? 이 정도면 야마세에게 빌린 돈도 갚을 수 있잖아. 그러면 험한 꼴 당하지 않아도 되고."

야마세에게 빌린 액수는 10만 엔이었다. 유키는 야마세가 그 돈을 빌미로 엄마에게 치근대는 게 너무나 싫었다. 시마코가 일하러 나가지 않는 날 유키가 학교에서 돌아와 보면 야마세가 당당히 집 안으로 들어와 마루에 앉아 있던 적도 있었다.

"그야 그렇지만……."

"일단 야마세 그 자식 돈부터 갚아요. 그 뒤의 일은 나중에 생각하고. 내가 가서 돌려주고 올게. 안 그러면 그 자식 금방 또 올 게 틀림없어. 형까지 없으니."

그리고 유키는 엄마의 어깨에 손을 얹으며 덧붙였다.

"앞으로는 내가 엄마를 지킬 거예요."

"고맙다. 하지만 내 걱정은 안 해도 돼."

그리고 시마코는 다시 봉투를 내려다보며 고개를 갸웃거렸다.

"도대체 이 많은 돈을 왜……."

8

유키에게 프로 구단 스카우터 얘기를 들은 다음 날 다카마는 그 구단 사무실을 찾아갔다. 워낙 바쁜 사람들이라 쉽게 만날 수 있으리라는 기대는 하지 않았었는데, 약속을 잡기 위해 전화를 하자 스다 다케시의 일이라면 당장이라도 시간을 내겠다는 대답이 돌아왔다.

구단 사무실에 앉아 상대를 기다리며 다카마는 사무실 내부를 둘러봤다. 벽에 선수들의 사진이 들어간 캘린더와 일정표 같은 것들이 붙어 있었다.

이시자키 신사에서 다케시의 연습 상대가 되어 준 사람이 기타오카 외에 또 있었다는 것은 거의 확실했다. 같은 야구부원인 사토는 다케시가 연습하는 것을 고시엔 대회 이전에 보았는데 그 상대가 기타오카였는지는 확실치 않다고 했다. 또 그날 눈이 내렸다고 했는데 기타오카의 어머니는 기타오카가 눈 내린 날 밤에는 집에 있었다고 했다. 그렇다면 스다 다케시는 도대체 누구와 연습을 한 것일까. 만약 그 연습이 '마구'와 관련된 것이라면 연습 상대의 존재가 매우 중요해진다.

다케시가 변화구 연습을 했을 리 없다는 유키의 의견도 흥미로웠다. 더구나 그것은 프로 구단 스카우터의 조언이었다고 한다. 그래서 한번 얘기를 들어 보고자 여기까지 온 것이다.

이런저런 생각을 하고 있는데 문이 열리고 체구가 큰 남자가 들어왔다. 회색 양복을 입은 그는 고개를 숙이며 "이거 늦어서 죄송합니다."라고 사과했다. 폐활량이 얼마나 큰지를 느끼게 해 주는 목소리였다. 다카마도 자리에서 일어나 고개를 숙인 뒤 서로 명함을 교환했다. 명함에는 야마시타 가즈요시라고 쓰여 있었다.

야마시타는 90킬로그램은 될 듯한 몸을 소파에 묻은 뒤 진지한 눈빛으로 "스다 군 얘기라고요?"라고 물었다. 그가 스다 다케시를 어떻게 생각했는지를 그 눈빛에서 읽을 수 있었다.

"스다 유키 군에게 선생님 얘기를 들었습니다. 다케시의 동생 말입니다."

"알고 있습니다. 똑똑해 보이는 학생이더군요."

체격이 커서 조금만 움직여도 더운지 야마시타는 주머니에서 손수건을 꺼내 관자놀이 부근을 눌러 댔다. 에너지가 넘치는 사람이라는 느낌이 들었다.

"사건에 대해서는 아십니까?"

"네, 압니다. 혹시 경찰이 찾아올지도 모른다고 생각했습니다."

그리고 야마시타는 팔짱을 끼며 고개를 좌우로 흔들었다.

"정말 쇼크였어요. 믿을 수 없더군요. 눈앞이 캄캄했습니다."

"스다 군과는 얼마나 가깝게 지내셨습니까?"

그러자 야마시타는 고개를 들어 천장을 바라보더니 명상에 잠기듯 천천히 눈을 감았다.

"스다 다케시 군은 일본 야구 역사에서 손꼽을 만한 천재였습니다. 저는 명투수를 여럿 보아 왔고 지금도 좋은 투수를 찾으러 전국을 돌아다니고 있습니다만, 스다 군만큼 완벽한 자질을 갖춘 선수는 거의 없었어요. 20년에 한 명 나올까 말까 한 정도였습니다. 공의 스피드나 컨트롤도 나무랄 데 없지만 그 야구 센스하며 냉철한 성격에 강인한 정신력까지. 정말로 보석 같은 선수였습니다."

그는 눈을 뜨고 다카마를 바라봤다.

"솔직히 말씀드리면, 스다 군이 고등학교 1학년일 때부터 저는 그를 주목했습니다. 그를 꼭 데려오겠다고 마음먹었죠. 우리 팀에는 그 친구 같은 투수가 꼭 필요했거든요. 그래서 작년 여름부터 은밀히 접촉을 시작했습니다. 그런 사실이 알려지면 당연히 문제가 될 테니 상당히 조심하면서 말이죠."

"접촉이라면 구체적으로 어떤?"

"특별한 건 없습니다. 그저 만나서 이야기를 나누는 정도였죠. 그 이상은 허락되지 않으니까요. 저로서는 스다 군의 머릿속에 우리 팀 이름을 각인시키는 게 목표였습니다. 요즘 학생들은 너 나 할 것 없이 자이언츠에 가고 싶어 하니 가만히 앉아 있다가는 좋은 선수들을 몽땅 빼앗길 판이었거든요."

그러나 유키는 다케시가 특별히 좋아하는 구단이 없었다고 했다. 그 얘기를 하자 야마시타는 고개를 끄덕였다.

"맞습니다. 스다 군은 자신을 높이 평가해 주는 구단이라면 어디든 상관없다는 식이었어요. 제 입장에서는 자이언츠가 아니면 싫다고 말하는 선수도 다루기 어렵지만 스다 군 같은 태도를 가진 선수도 참 난감합니다. 다른 구단들과 치열한 경쟁이 붙을 게 불 보듯 뻔하니까요. 그렇기 때문에 이따금 얼굴을 내밀어 점수나 따 두자고 생각한 거죠."

매년 가을이 되면 아마추어 야구계에서 활약이 컸던 선수의 행보가 주목의 대상이 된다. 어느 선수가 어떤 구단을 지목하느냐에 따라 프로 야구 팬들까지 희비가 엇갈릴 정도다.

"그래서, 스다 군이 조금이라도 이쪽 구단으로 기울어지는 것 같던가요?"

다카마가 그렇게 묻자 야마시타는 턱 밑에 손을 갖다 대고 잠시 골똘히 생각하더니 "글쎄요, 뭐라 말씀드리기가 어렵군요."라며 머리를 저었다.

"별로 희망이 안 보였습니까?"

"그렇다기보다는……, 말하자면 스다 군은 우리가 상상하는 것보다 훨씬 확고한 생각을 갖고 있었다고 할까요. 단순히 프로 구단을 동경하는 것이 아니라, 자신이 미래에 몸담을 직장이란 관점에서 보고 있더라고요."

그러면서 그는 에피소드를 하나 꺼냈다. 마지막으로 그를 만났을 때 그가 거래를 제안했다는 것이다.

"거래라니, 돈 말입니까?"

유망 신인을 획득하기 위한 쟁탈전이 벌어지는 바람에 계약금 액수가 천정부지로 치솟고 있다는 기사는 다카마도 신문에서 읽은 적이 있었다. 올해의 대어로는 죽은 스다 다케시

외에 게이오 대학의 와타나베와 시모노세키 상고의 이케나가 등이 꼽혔는데, 이면 계약금을 포함하지 않더라도 각각 수천만 엔에 달하는 스카우트비가 들 것이라고 전망했다. 다카마로서는 상상도 가지 않는 액수였다.

"스다 군은 올해 새로 입단하는 선수 중 최고 금액을 받는 선수와 같은 대우를 요구했습니다. 거기에 대해서는 '의외로 이런 일에도 야무지구나.'라고 생각한 정도지 특별히 놀라거나 하진 않았습니다. 사실 우리도 그 정도 액수는 제시할 작정이었고요. 그런데 스다 군은 그런 조건이 포함된 가계약을 지금 당장 맺을 수 없겠냐고 하더라고요."

"가계약요?"

"그것도 법적인 효력이 있는 것으로 말이죠. 당황스러웠습니다. 당시에는 접촉하는 일 자체만으로도 협정 위반이었는데 하물며 그런 내용을 서면으로 남기자니 그럴 수밖에요. 그래서 저는 스다 군에게 걱정하지 않아도 원하는 대로 계약금을 주고 스카우트할 것이라고 말해 주었는데……."

"그랬더니, 다케시가 뭐라고 하던가요?"

"그런 약속은 믿을 수 없다고 하더군요. 만약 입단할 무렵에 자기보다 좋은 선수가 나타나면 자신은 찬밥이 될 것이고, 그렇게 되면 계약금 액수도 자연히 내려가게 될 거라고요."

야마시타는 한숨을 내쉬었다.

"어린 학생이라고 만만하게 본 건 아니지만 쇼크는 쇼크였습니다. 그의 신용을 얻기 위해서 몇 번이나 찾아갔는데, 결국 그의 마음을 얻는 데는 실패한 거죠."

역시 대단한 녀석이군. 다카마는 새삼 그렇게 생각했다. 공을 던지는 데만 대단한 것이 아니라 정신적인 강인함 또한 상당했던 것이다. 연약하기 짝이 없는 요즘의 젊은이들과 같은 세대라고 생각하기 힘들었다. 그의 불행한 성장 과정이 그렇게 강인하게 만들었는지도 모른다.

"이건 좀 다른 질문인데요."

다카마는 스다 다케시가 새로운 변화구를 연습하고 있다는 얘기를 들은 적이 없냐고 물어봤다.

"아니요. 못 들었습니다. 저는 다케시에게 '지금은 자연스러운 폼으로 쭉쭉 던지는 게 좋다. 그리고 직구와 커브 정도면 충분하다.', 그렇게 말하곤 했습니다. 잔재주 같은 기술에 집착해서는 안 된다고 주의를 줬어요."

그럼에도 다케시는 굳이 마구를 습득했던 것이다. 대체 이유가 무엇이었을까. 아니면 특별한 이유 없이 단지 투구의 폭을 넓히려고 그랬던 것일까.

다카마는 야마시타에게 그 밖에 사건과 관련해 생각나는 것이 없냐고 물었다. 그의 대답은 예상대로 '없다.'였다. 그런데 다카마가 얘기를 끝마치고 일어서려 했을 때 그가 이런 말을 했다.

"스다 군과 관련해 가장 인상에 남는 것은 고독의 그림자입니다. 이번 사건에 대해 들었을 때 제일 먼저 떠오른 것도 그것이었어요. 결국 그는 그런 운명을 지고 태어난 것 아닐까요? ……아 뭐, 쓸데없는 감상에 지나지 않습니다만."

"아닙니다. 참고하겠습니다."

구단 사무실을 나온 다카마는 모토하시에게 전화를 해서, 도움이 될지는 모르겠지만 흥미 있는 이야기를 들었다고 보고했다.

"그래? 알았어. 자세한 얘기는 와서 듣기로 하지. 이쪽에도 쓸 만한 정보가 들어왔어. 두 가진데, 하나는 톱에 관한 거야. 사쿠라이초에 있는 철물점에서 23일 밤에 접이식 톱을 사 간 남자가 있었대."

"그래요?"

"아쉬운 건, 가게 주인이 손님의 인상착의를 기억하지 못한다는 거야. 또 하나는, 다케시가 신사에서 함께 연습한 상대를 목격했다는 사람이 나타났어."

"네, 정말입니까?"

다케시의 목소리가 저도 모르게 커졌다.

"그래. 2월경에 봤다더군."

"누구랍니까?"

"아직은 몰라. 다만 목격자가 말한 연령대로 봐도 기타오카
는 아니야. 그리고 단서가 또 하나 있어."

"뭐죠?"

"그 상대가 지팡이를 짚고 있었대. 한쪽 다리를 질질 끌더
라는군."

"아!"

"지금 이 지역 야구 관계자가 와 있어. 자네도 빨리 들어
와."

"알겠습니다."

다카마는 힘차게 수화기를 내려놓았다.

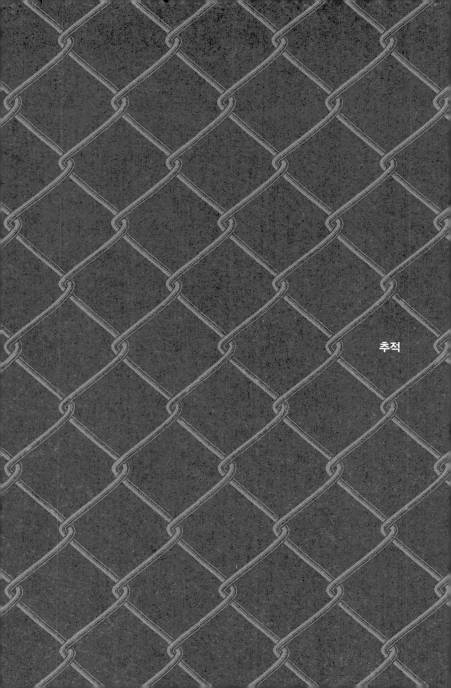

추적

1

수업이 끝난 것을 알리는 벨소리가 울림과 동시에 교실은 해방감으로 가득 찼다. 다지마 옆에 앉아서 졸고 있던 녀석도 눈을 반짝이며 가방을 챙기기 시작했다.

다지마는 교실을 나와 야구부실로 가서 유니폼을 갈아입은 뒤 도서관으로 향했다. 참고서를 잔뜩 빌렸는데 반납 기한이 지나 있었다.

'당분간은 시험 공부할 시간이 모자랄지도 모르겠어.'

별도 건물에 있는 도서관으로 향하면서 다지마는 그렇게 생각했다. 스다 다케시가 사라지면서 자동적으로(정말 자동적이라는 표현이 적절했다.) 다지마가 에이스 자리를 물려받게 되었기 때문이다. 지금까지 공식전에서 단 한 번도 제대로 던져본 적이 없는 그가 앞으로는 모든 시합에 선발로 출전하게 된다. 다케시의 불행으로 얻은 기회라 크게 기뻐할 일은 아니지만 그렇다고 나쁜 기분도 아니었다.

세모진 안경을 쓴, '히스테리'라는 별명의 도서관 사서는 다지마가 기한이 지난 책을 반납하겠다고 하자 예상대로 눈초리를 치켜세웠다.

"기한을 안 지키면 어떡해. 내가 얼마나 귀찮아지는지 알아? 그리고 학생이 빌려 간 책을 기다리고 있는 사람이 한둘이 아니라고. 그런 생각 안 해 봤어?"

"죄송합니다."

다지마는 머리를 숙였다.

"사과하기 전에 제대로 하면 되잖아. 너 야구부지? 운동부원들은 늘 이런 식이라니까. 책을 험하게 다루고 더러운 손으로 마구 만지고. 도서관 안에서 쿵쿵거리고 다니질 않나. 정말 괴로워."

너무 심하다 싶었지만 다지마는 꾹 참았다. 섣불리 입을 열었다간 설교 시간만 길어질 뿐이라는 걸 잘 알기 때문이다.

그런데 한참 떠들던 그녀가 갑자기 말을 멈췄다. 다지마가 의아해하며 바라보자 그녀는 한결 차분해진 목소리로 이렇게 말했다.

"너, 야구부원이면 기타오카 알겠구나."

"네? 아, 네……."

갑자기 기타오카의 이름이 나와 당황해하고 있는데 사서가 책상 밑에서 노란색 카드 2장을 꺼내며 말했다.

"이거, 기타오카가 빌려 갔다가 반납하지 않은 책인데, 미안하지만 네가 기타오카네 집에 가서 이 책 좀 받아다 줄래?"

"제가요?"

"그래. 부탁 좀 해도 되겠지?"

항상 폐만 끼쳤으니 그 정도는 해 줘야 하지 않겠느냐는 태도였다.

"글쎄요, 뭐……."

다지마는 하는 수 없이 카드를 집어 들었다. 도서 대출 카드였는데, 별로 인기가 없는 책인지 대출자 명단이 거의 비어 있었다. 무슨 책인지 궁금해서 책 제목으로 눈을 돌린 다지마는 순간 '어, 이런 책을?' 하며 의아해했다. 특수한 분야의 전문 서적이었기 때문이다. 하지만 이내 '기타오카라면 이런 책을 읽었을 수도 있겠다'며 고개를 끄덕였다.

"될 수 있는 대로 빨리 좀 가져다줘."

"네………."

책 제목을 머리에 새긴 다지마는 도서관을 나와 연습 장소로 향했다.

운동장에 가 보니 부원들이 대부분 나와 있고 그중 1학년생들은 선을 긋거나 땅을 고르고 있었다. 운동장 한쪽 구석에 놓인 스코어보드로 눈을 돌린 다지마는 팀 이름 난에 홍, 백이라고 쓰여 있는 것을 보고 저도 모르게 "내, 참!"이라고 내뱉고 말았다. 또 홍백전이 벌어질 모양이었다. 스다가 살해된 뒤 한동안 연습이 중지되었다가 재개되고 나서는 허구한 날 홍백전이었다. 그것도 1학년생을 훈련시킨다든가 포메이션을 연습한다든가 하는 것도 없이 무턱대고 시합만 해 댔다.

"홍백전도 좋지만 좀 더 체계적인 연습을 하는 게 좋지 않을까?"

다지마는 새 주장인 미야모토의 모습이 보이자 그에게 다가가서 얘기를 꺼냈다. 그러자 옆에 있던 사토가 한마디 했다.

"어제는 하루 종일 타격 연습만 했다고."

"그건 타격 연습이라고 할 수도 없어. 각자 멋대로 배트를 휘두르기만 했잖아. 더 기초적인 훈련을 해야지. 1학년생들은 아직 진짜 야구공에 익숙하지도 않다고."

"1학년에 대해서는 생각이 있어."

뒤에서 목소리가 들려 돌아보니 어느새 나오이가 와 있었다.

"오늘도 시합 끝나고 연습 공을 1,000개 정도 쳐 줄 생각이야. 즐겁게 하자는 게 슬로건이지만 해야 할 건 꼬박꼬박 하고 있다고."

"수비 연습 공 1,000개가 무슨 의미가 있어? 그건 기합에 불과해. 기본도 못하는 1학년들한테 그런 식으로 공을 퍼붓는 건."

"반복 훈련도 중요한 거야."

"지쳐 쓰러져서 움직이지도 못하는 아이들한테 공을 쳐 대는 게 반복 훈련이라고? 웃기고 있네. 자신의 스트레스 해소를 위해서 공을 쳐 대는 걸로밖에 안 보인다고. 아아, 그러니까 1학년을 괴롭히는 것도 즐거운 야구의 일환이다?"

다지마의 말이 끝남과 동시에 나오이가 그의 멱살을 잡고 일그러진 얼굴로 다지마를 노려봤다. 하지만 다지마도 물러서지 않고 나오이 앞으로 더 바짝 다가갔다.

"야, 야, 그만둬. 쓸데없는 일로 이게 뭐하는 짓들이야?"

사토가 나오이의 손을 끌어당겼다. 미야모토는 둘 사이를 막아섰다.

"다지마가 먼저 시비를 걸잖아!"

나오이가 울분을 터뜨렸다.

"알았으니까 진정해."

그러고서 사토는 다지마 쪽으로 돌아서 그의 어깨에 손을 올렸다.

"저 말이지 다지마, 너는 이제 에이스라고. 쓸데없는 일에 신경 쓰지 말고 네 컨디션을 유지하는 일에 집중해 줘. 홍백전도 네가 생각하는 것만큼 나쁘지는 않아. 실전처럼 연습할 수 있고 투구 기술을 익히기에도 좋잖아."

"홍백전이 나쁘다는 얘기가 아니야."

"체계적인 연습을 하고 싶다 이거지? 알았어. 나도 좀 생각해 볼 테니까 오늘은 일단 이대로 하자."

사토는 마치 쫓아 버리듯 다지마의 등을 떼밀었다. 하지만 다지마는 왠지 모르게 자꾸만 화가 치밀어 올랐다. 기타오카와 스다가 여태껏 쌓아 올린 것을 그들이 짓밟고 있다는 생각이 들어서일지도 몰랐다. 하지만 여기서 이렇게 말씨름을 해 봤자 아무런 소득이 없을 게 뻔했다. 결국 다지마는 체념하고 자기 자리를 향해 걸어가기 시작했다. 그때였다. 뒤에서 나오이가 소리쳤다.

"다지마, 너도 알지? 에이스는 아무나 할 수 있는 거라고. 너 아니라도 말이지. 우리는 이제 예전의 그 팀이 아니란 말이야."

다지마는 발걸음을 멈추고 뒤돌아보았다. 사토와 미야모토가 말리는데도 나오이는 계속 큰 소리로 외쳤다.

"이제 우리 같은 건 아무도 신경 쓰지 않아. 스다가 없는 가이요 같은 건 말이야. 다른 학교 놈들이 이번 사건에 대해 뭐라고 지껄이는지 알아? 스다의 오른팔을 도둑맞았으니 가이요에는 이제 아무것도 남은 게 없다고들 한다고. 오른팔이 없는 스다쯤 유령이 돼서 나타난대도 무섭지 않대. 분하지만 맞는 말 아니야? 우리에겐 아무것도 남은 게 없어. 다 끝났다고."

고래고래 소리 지르고 난 나오이는 사토의 손을 뿌리치고 야구부실 쪽으로 달려갔다. 사토와 미야모토는 그 자리에 선 채 난처한 듯 바닥만 내려다보았다.

다지마는 말없이 다시 걸음을 옮겼다. 1, 2학년 부원들이 걱정스러운 얼굴로 바라보고 있었다.

'아무것도 남은 게 없다⋯⋯.'

다지마도 모르는 건 아니었다. 하지만 그렇기 때문에 더더욱 이대로 끝내 버리고 싶지 않았다. 이대로 끝난다면 자신들의 청춘마저 스다의 오른팔과 함께 사라져 버리고 말 것 같았다.

그런 생각을 하고 있던 다지마의 머릿속에 갑자기 뭔가가 번쩍 스쳐 지나갔다. 그의 뇌 한구석에서 생각지도 못했던 단어가 튀어나오더니 그것이 갖가지 기억들과 연결되기 시작했다.

'오른팔이 없는 스다⋯⋯.'

그는 급히 걸음을 멈췄다.

'도서관⋯⋯. 그래, 기타오카가 빌린 도서관의 책!'

다지마는 정신없이 달리기 시작했다.

2

　스다 다케시의 소년 야구 시절을 조사하던 오노 형사가 다케시의 연습 상대였던 외다리 남자로 보이는 인물을 찾아냈다. 그의 이야기에 따르면 다케시는 초등학교 시절 블루 삭스라는 팀에 소속되어 있었는데, 지난해부터 올해 초까지 그 팀의 코치를 맡았던 아시하라라는 남자의 오른쪽 다리가 부자유스럽다는 것이었다.

　"작년부터 올해 초? 그럼 다케시와는 직접적인 관계가 없는 거 아니야?"

　다카마와 함께 보고를 듣던 모토하시가 물었다.

　"그런데 그 팀 감독 얘기가, 스다 다케시가 최근 들어 종종 그 팀에 얼굴을 비쳤답니다. 그래서 아시하라와도 안면이 있다는 거예요."

　"최근에 얼굴을 비쳤다는 게 좀 마음에 걸리는군요."

　다카마의 말에 모토하시도 고개를 끄덕이며 "그렇군. 아시하라라는 자에 대해서는 조사해 봤어?"라고 물었다. 오노는 "네."라고 대답하고 나서 손가락에 침을 묻혀 가며 수첩을 뒤적거렸다.

　"사회인 야구팀 투수 출신입니다. 사고로 한쪽 다리를 못 쓰게 되는 바람에 회사를 그만두었고, 소년 야구팀 코치를 시작하기 전까지는 빈둥거리며 지냈다고 합니다."

"사회인 야구라면, 어느 회사?"

"도자이 전기입니다."

"도자이라면 이 지역에서 제일 큰 회사 중 하난데."

그러자 옆에서 다카마가 오노를 보며 물었다.

"지금 그 사람 어디 있지?"

오노는 고개를 저었다.

"행방불명 상태입니다. 전에 살던 집 주소를 알아내긴 했지만."

"냄새가 나는군, 그 사람."

모토하시가 그렇게 말하면서 의자에 기대어 다리를 꼬았다.

"언제부터 행방불명이래?"

"3월 말이나 4월 초쯤부터랍니다."

"코치를 그만둔 이유는?"

"그게 좀 묘하더라고요. 학부모들이 압력을 넣었답니다. 하는 일도 없이 빈둥거리던 사람에게 자식을 맡길 수 없다고요. 말은 그렇지만 혹시 나중에 사례금이라도 요구하면 곤란하다고 생각한 것 아닐까요?"

"그래?"

모토하시는 별로 납득이 안 간다는 표정을 지었다.

"어쨌건 우선 아시하라가 살던 곳부터 다녀와 봐."

"알겠습니다."

"아, 그리고 묘한 정보가 하나 입수됐는데, 혹시 야마세라는 이름 들어 본 적 있어? 스다 다케시의 집을 드나들던 남자라는데."

"야마세? ……아!"

다카마는 금방 생각이 났다.

"다케시의 어머니 시마코가 돈을 빌렸다는 철공소 사람요?"

"그래. 마을에 떠도는 소문으로는, 빚을 빌미로 시마코에게 관계를 요구해 왔다는군."

"그런 것 같더라고요."

다카마는 야마세의 추악한 인상을 떠올리며 말했다.

"스다의 집에 갔을 때 만났는데, 그때는 다케시가 쫓아냈어요."

"그래. 듣자 하니 그런 일이 몇 번이나 있었다더군. 그러니 야마세가 다케시를 엄청 미워하지 않았겠어?"

"그럴 수도 있겠네요."

모토하시가 무슨 말을 하려는지 알 것 같았다.

"그래서 조사를 좀 해 봤는데 말이야, 녀석, 사건 당일 밤에는 단골 술집에서 술을 마셨다는 거야. 즉 알리바이가 있다는 거지. 유감스럽게도."

동감입니다, 라고 다카마는 속으로 생각했다.

"그런데 말이지 그 녀석 얘기가, 스다 시마코가 얼마 전에 돈을 다 갚았대. 여태까지 없던 돈이 어디서 갑자기 생겼는지 이상해서 물어봤더니 장례식 날 밤에 어떤 사람이 찾아와서 죽은 스다 마사키 씨에게 신세를 진 사람이라면서 30만 엔이라는 거금을 놓고 갔다고 하더래. 빌려 간 돈을 갚는 것뿐이라고 했다는데, 그때 남겨 놓은 연락처가 가짜였다는 거야. 어때, 이거 무슨 사연이 있는 거 같지 않아?"

"자신을 밝히지 않고 돈만 놔두고 가다니, 뭔가 있는 것 같은데요."

"단순히 폼 잡는 거라면 상관없지만, 이런 와중에 일어난 일이니 예사롭게 보이지 않더라고. 사건과 관련이 있을까?"

"글쎄요……."

"하여간 신경 좀 써 봐."

그리고 모토하시는 피곤한 듯 손으로 얼굴을 문질렀다.

다카마와 오노는 아시하라가 살았다는 아파트로 향했다. 시간이 있으면 도자이 전기에도 가 볼 생각이었다.

"돈을 놓고 가다니 꼭 무슨 의적 같네요. 우리 집에는 그런 사람 좀 안 오나."

가는 도중에 오노가 부럽다는 듯 그렇게 말했다.

"돈이 남아도는 거예요, 분명히."

"돈이 남아도는 사람도 있나?"

"있죠. 도쿄의 덴엔초후 같은 고급 주택가에 사는 사람들요. 잡지에서 보니까 집값이 엄청나더라고요. 이 지역이라면 그 돈으로 성도 지을 수 있겠던데요."

"돈이 돈을 버는 세상이니까. 주식으로 돈 번 사람도 많겠지?"

"물론이죠. 그런데 요즘은 증권가도 한가하답니다. 게이센야조차 자취를 많이 감췄을 정도래요."

게이센야란 독자적으로 주식 시세를 예측해 그 정보를 인쇄해서 판매하는 사업을 말한다. 대로변에 칠판을 놓고 주가 전망을 시끄럽게 떠들어 대는 사람도 있었다.

"하지만 말이야, 스다네 집에 나타난 수수께끼의 남자가 단순히 돈이 남아돌아서 그랬다고 생각할 수는 없지 않겠어? 물론 은혜를 갚을 생각이 진짜로 있었다면 그게 제일 좋은 방법이긴 하지만."

만약 사건과 관련이 있다면 보통 골치 아픈 일이 아닌데……. 다카마는 그 말을 속으로 삼켰다.

아시하라가 살던 아파트는 스다 다케시의 집이 있는 쇼와초에서 5킬로미터가량 떨어진 곳에 있었다. 무엇을 만드는 곳인지 알 수 없는 소규모 가내 공장들이 빽빽이 들어선 지역이었다. 평범한 단층집인 줄 알고 들여다보면 안에서 러닝셔츠 차림의 남자가 선반 등의 공작 기계를 조작하고 있었다. 눅눅하게 습기 찬 바닥에는 쇳가루나 쇠 부스러기 같은 것들이 너저분하게 흩어져 있다.

마을 옆으로는 아이자와 강의 지류가 흘렀는데, 쓰레기 썩는 냄새와 기름 냄새 등이 뒤범벅되어 악취가 풍기는 하천이었다.

아시하라가 살았다는 아파트는 바로 그 하천 변에 있었다. 2층짜리 낡은 목조 건물로, 벽에는 여러 차례 수리한 흔적들이 남아 있었다. 아시하라가 살던 방은 1층의 2호실이었는데 문이 잠겨 있고 안에는 아무도 없는 듯했다.

다카마와 오노가 어슬렁거리고 있으려니 1호실 문이 열리고 뚱뚱한 중년 여자가 얼굴을 내밀었다. 퉁명스러운 목소리로 무슨 일이냐고 묻기에 오노가 경찰수첩을 보여 줬더니 여자는 저자세로 돌변해 자신을 집주인에게 고용된 관리인이라고 소개했다. 탐욕스럽게 생긴 여자에게서 화장품 냄새가 진동했다.

"아시하라 세이이치 씨가 안 보인 게 언제부턴가요?"

다카마가 물었다.

"3월 말까지는 간혹 얼굴을 보였어요. 그런데 언제부터인

지 아예 보이지 않더라고요. 4월 집세는 3월에 받아 놓았으니
그대로 놔두고 있지만 좀 더 기다려도 돌아오지 않으면 방 안
의 짐도 처분할까 해요."

여자는 대답하면서 껌을 질겅거렸다.

"방 안을 좀 봐도 될까요?"

"그러세요. 얼마 전에 저도 들어가 봤는데 별다른 건 없었
어요."

여자는 질질 끄는 걸음으로 자기 방에 들어가 열쇠 꾸러미
를 가지고 나왔다. 아닌 게 아니라 아시하라의 방에는 별다른
게 없었다. 습기를 흠뻑 머금은 싸구려 이불과 종이 상자 하
나가 놓여 있을 뿐이었다. 상자 안에는 지저분한 내의와 양
말, 휴지, 천 조각, 쇠망치, 정(釘) 따위가 뒤엉켜 있었다.

"아시하라 씨가 처음 여기 온 게 언젠가요?"

"그러니까 작년 가을…… 맞아, 10월쯤이었어요."

"무슨 일을 했습니까?"

"처음에는 아무 일도 하지 않다가 얼마 뒤부터 요 근처 인
쇄소에서 일하는 것 같았어요."

오노가 인쇄소 이름을 묻고 메모했다.

"누가 찾아온 적은 없습니까?"

"여기에요? 글쎄요……."

여자는 과장되게 얼굴을 찡그리고 생각하는 듯하다가 갑자

가 다카마를 쳐다봤다.

"아, 그러고 보니 누군가 온 적이 있긴 있었어요. 젊은 남자 목소리가 들렸는데…… 얼굴은 못 봤네요."

"언제쯤인가요?"

"한두 달쯤 된 것 같은데……."

혹시 스다 다케시는 아니었을까.

다카마는 아시하라가 밤마다 어딘가 가는 것 같지는 않았냐고 물었다. 만약 그가 스다의 연습 상대였다면 이시자키 신사에 다녔을 것이다.

하지만 여자는 그런 것까지는 잘 모르겠다고 퉁명스럽게 대답했다.

아파트를 나온 후 다카마 일행은 아시하라가 일했다는 인쇄소에 들렀다. 주인은 금테 안경을 낀 키가 작은 남자였다. 그는 아시하라 세이이치를 기억하긴 하지만 어디로 갔는지는 모르겠다고 했다. 그리고 애초에 연말에 바쁠 때 잠깐 고용한 것이고, 안 그래도 슬슬 해고하려던 참에 자취를 감췄다고 덧붙였다.

"설사 아시하라와 다케시가 관련이 있다 해도 의문이 한두 가지가 아니야. 대체 두 사람은 어떻게 알게 됐을까?"

도자이 전기로 향하는 전철 안에서 다카마가 혼잣말하듯 중얼거렸다.

"소년 야구팀에서 만난 거 아닐까요?"

"소년 야구팀에서 처음 만나 그길로 의기투합했단 말이야?"

"아닐까요?"

"아닐걸. 다케시가 신사에서 연습한 이유가 '마구'라는 변화구를 터득하기 위해서였다면, 모르긴 몰라도 파트너를 무척 신중하게 선택했을 거야. 게다가 그에게는 기타오카라는 파트너가 있었는데도 아시하라를 연습 상대로 골랐다는 건 나름의 이유가 있었기 때문이겠지. 바꾸어 말하면 다케시는 아시하라가 필요했던 거야. 그래서 그를 만나러 소년 야구팀 연습장에 찾아갔을 거고."

"그렇겠네요. 아닌 게 아니라 소년 야구팀 감독도 그랬잖아요. 다케시가 최근 들어 갑자기 얼굴을 비치기 시작했다고."

"하지만 그렇다면 다케시가 그 이전부터 아시하라를 알고 있었다는 얘긴데, 별로 유명하지도 않았던 아시하라를 어떻게 알았을까? 그리고 다케시는 아시하라의 무엇이 필요했던 것일까?"

다카마가 저도 모르게 신음 소리를 내며 생각에 잠겨 있는 사이 전철은 목적지인 시마즈 역에 도착했다.

역 앞에는 작은 로터리가 있고, 그것을 둘러싸듯 상점들이 줄지어 있었다. 상점가 중 맨 첫 건물인 파출소에서는 젊은 경찰이 하품을 하고 있었고, 역 화장실 앞에는 부랑자 두 명이 드러누워 있었다.

도자이 본사 건물을 찾는 건 어렵지 않았다. 'TOZAI'라고 큰 글씨가 쓰인 간판이 꽤 멀리서도 눈에 들어왔기 때문이다.

회사 정문은 경비가 삼엄했다. 방문객뿐 아니라 사원으로 보이는 사람들에게까지 일일이 신분증을 요구했다.

"마치 역 개찰구 같네요."

오노가 속삭였다.

"사건 때문이겠지. 얼마 전에 이 회사에 폭탄이 설치된 적이 있었잖아. 그 영향일 거야."

"맞다, 그 후에 사장이 납치되는 사건도 있었잖아요. 수사는 어떻게 됐죠?"

"글쎄, 잘 모르겠어. 사장을 납치해서 돈을 요구해 놓고 막상 돈은 가져가지도 않았다더라고. 참 묘한 사건이라고 생각했는데."

다카마 일행이 신분증을 제시하자 수위는 조금 긴장된 얼굴로 "수고하십니다."라고 깍듯이 인사했다. 아마도 폭탄 사건을 수사하러 온 모양이라고 생각했을 것이다.

다카마가 폭탄 사건이 아닌 다른 사건 때문에 인사부 사람을 만나러 왔다고 하자 수위는 의아한 표정을 지었지만 더 묻지 않고 출입증을 내 주었다.

건물 정면 현관으로 들어가 안내 데스크의 여직원에게 용건을 말하자 그녀는 두 사람을 안쪽에 있는 로비로 안내했다. 4인용 테이블이 50개 정도 놓여 있는 로비에는 직원과 방문객들이 서로 마주 앉아 열심히 상담을 하고 있었다.

  두 사람도 그중 한 자리에 앉았다. 이리저리 둘러보던 오노가 자리에서 일어서더니 어디론가 가서 팸플릿을 가지고 돌아왔다. 회사 홍보 팸플릿이었다.

  "설립된 지 20년도 채 안 됐군요. 그런데도 작년 매출이 150억 엔이나 되네요. 설립 당시는 7,000만 엔이라……. 야, 대단한 성장이네요. 현재 자본금이 30억 엔이랍니다."

  오노가 팸플릿을 들여다보면서 감탄스러운 듯 말했다.

  "성공하는 사람은 그런 거야."

  그러면서 다카마는 팸플릿을 건네받았다. 맨 첫 페이지에 나카조 사장의 사진이 실려 있었다. 납치 사건에 휘말렸던 사람이라고 생각하니 묘한 느낌이 들었다. 동시에 무언가 마음에 걸리는 게 있었다. 그러나 그게 무엇인지는 확실히 알 수 없었다. 그리고 그런 느낌은 시간이 지남에 따라 점차 흐려졌다.

  "왜 그러세요?"

  다카마의 태도가 이상하다고 느꼈는지 오노가 물었다.

  "아냐, 아무것도."

다카마는 얼굴을 문질렀다.

5분 정도 기다리자 모토키라는 인사부 직원이 나타났다. 피부가 희고 몸이 마른, 신경질적인 인상의 남자였다.

"폭탄 사건에 대해 밝혀진 거라도 있나요?"

모토키는 인사를 나눈 후 다짜고짜 그렇게 물었다. 이 남자역시 착각하고 있는 모양이었다. 다카마는 무리도 아니라고 생각했다.

"아니, 그게 아니고……, 저희는 다른 사건 때문에 왔습니다. 폭탄 사건과는 관계없습니다."

그러자 모토키는 당황한 듯 시선을 이리저리 움직였다.

"다른 사건……이라니요?"

"살인 사건입니다."

다카마가 딱 잘라 그렇게 말하자 모토키는 할 말을 잃은 듯 입을 다문 채 눈만 휘둥그렇게 떴다.

"구체적으로 말씀드리자면, 저희가 맡은 사건의 관련자 중에 전에 도자이 전기에 근무했던 사람이 있습니다. 혹시 아시하라 세이이치라는 사람, 기억나십니까?"

"네, 아시하라요?"

모토키의 목소리가 뒤집어졌다. 그 놀라는 모습에 뭔가 있는 듯 느껴졌다.

"네, 야구부의 아시하라 말입니다만, 왜 그러시죠?"

"아니 저⋯⋯, 폭탄 사건과는 관계없다고 하지 않으셨습니까?"

"그렇습니다. 고교생 살해 사건을 조사하고 있는데, 왜 그러시죠?"

"아, 그게⋯⋯."

모토키는 잠시 망설이다가 입을 열었다.

"실은 어제도 형사 분이 왔었는데, 그분은 폭탄 사건을 수사하는 중이었습니다. 그런데 그분도 아시하라 씨에 대해서 묻고 갔어요."

"네, 정말입니까?"

"그렇습니다. 아시하라 씨의 퇴직 후 주소 같은 걸 묻더군요. 왜 묻는지는 알려 주지 않았지만."

"형사 이름이 뭐였습니까?"

"아마 우에하라⋯⋯라고 했던 것 같습니다."

다카마가 오노에게 눈짓을 보내자 오노는 재빨리 일어서서 공중전화가 있는 쪽으로 갔다. 우에하라라면 구와나 반장 팀에 소속된 형사였다. 그렇다면 그 팀이 폭탄 사건을 담당하고 있다는 얘긴데, 폭탄 사건에도 아시하라가 관련되어 있다니 어찌 된 일일까. 다카마는 잠시 생각에 잠겼다. 우연일까, 아니면.

"우에하라 형사가 뭘 묻던가요?"

"그러니까…… 아시하라 씨의 퇴직 후 주소와 재직 시의 경력 같은 걸 물었습니다."

"죄송하지만 저한테 다시 한 번 얘기해 주실 수 있습니까?"

"그러죠, 뭐. 메모해 둔 것도 있고 하니."

모토키는 TOZAI라는 회사명이 박힌 노트를 열었다.

1955년 와카야마 현 난카이 공고를 졸업하고 도자이에 입사한 아시하라는 처음에는 전기 부품 제조부 생산 3과에 배치됐다가 그해 12월에 시제품 실험반으로 옮겼다. 야구부에 들어가게 됐으니 시간적으로 융통성 있는 부서가 낫겠다는 회사의 배려였다.

야구부에서의 성적은 처음 4년 정도는 특별히 눈에 띄는 게 없으나 그 후 에이스급으로 성장하게 된다. 입사 7년째 되던 해, 작업 중 사고를 일으켜 오른쪽 다리를 못 쓰게 되었고 그로 인해 결국 퇴직하게 된다.

퇴직 후 주소로 되어 있는 곳은 좀 전에 찾아갔던 아파트가 아니었다. 아마도 그 전에 살던 곳인 듯했다.

"재직 시의 주소는 아십니까?"

"네. 야구부에 소속되어 있었으니까 아오바 기숙사에 살았을 겁니다. 여기서 북쪽으로 1킬로미터가량 떨어진 운동부 전용 기숙사입니다. 운동장과 체육관도 그 옆에 있습니다."

모토키는 노트의 빈 페이지에 약도를 그린 후 그것을 찢어

주었다.

"사고라는 건 어떤……."

"대단한 건 아니었습니다. 가스버너를 사용해서 작업하다
가 가스가 누출되었는지 갑자기 불이 붙어 다리에 화상을 입
었어요. 조사 결과 작업 순서에 실수가 있었고 안전 의무도
지키지 않은 것으로 드러났습니다. 뭐, 자업자득인 셈이지
요."

"네……."

"큰 사고로 이어질 뻔했으니까 원칙대로라면 근신 처분을
받는 게 당연하지만 견책 처분으로 마무리됐습니다. 크게 봐
준 거죠."

설명을 마친 모토키가 노트를 덮었을 때 오노가 돌아왔다.
두 사람은 모토키에게 감사 인사를 하고 그곳을 나왔다.

"모토하시 반장에게 우에하라 형사도 아시하라를 뒤쫓고
있다고 했더니 깜짝 놀라던데요."

"그렇겠지. 별개의 사건이 생각지도 못한 곳에서 연결됐으
니."

"즉시 구와나 반장에게 전하겠답니다."

"그래, 수고했어."

"아시하라가 있는 곳은 알아내셨어요?"

"아니, 그건 도자이에서도 모르더라고."

그리고 다카마는 아시하라에 관해 모토키에게 들은 얘기를 해 주었다.

"야구 선수가 다리를 다쳤으니, 끝난 게 당연하군요."

오노는 한숨을 내쉬더니 아시하라가 재직할 당시의 회사 동료에게 잠깐 얘기를 들어 보겠다며 시제품 실험반이라는 곳에 전화를 걸었다. 그런데 통화를 하는 오노의 표정이 뭔가 개운치 않아 보였다.

"왜, 뭐래?"

"그게 말이죠, 아시하라와는 친했던 사람이 없어서 도움이 될 만한 이야기를 해 줄 수 없다는데요. 그래도 괜찮으니까 일단 만나자고 했더니 지금은 바쁘다면서 전화를 끊어 버렸어요."

"그거 좀 이상하군."

"퇴근 시간에 회사 앞에서 기다렸다가 만나 볼까요?"

"아니, 오늘은 그쯤 하자고. 그보다 야구부 기숙사에 가 봐야겠어. 그쪽에 흥미로운 얘기가 있을지도 모르겠어."

도자이 전기 본사 건물 북쪽으로는 배추밭이 쫙 펼쳐져 있었다. 그곳을 지나자 새로 지은 듯한 하얀 건물들이 단지를 이룬 채 철망에 둘러싸여 있고 그 입구에 '도자이 전기 주식회사 제1사택'이라고 쓰인 팻말이 붙어 있었다. 그 옆으로는 운동장이 있고, 운동장에 면해 2층짜리 건물 세 동이 나란히 있었다. 그중 하나가 아오바 기숙사였다.

기숙사 현관에 들어서자 바로 왼쪽에 있는 커다란 신발장이 눈에 들어왔다. 기거하는 직원이 20~30명은 되는 듯 수십 켤레의 구두가 가득 들어차 있었다. 그 주위로 퀴퀴한 냄새가 감돌았다.

"누구신가?"

오른쪽 작은 방에 나 있는 창문으로 백발의 남자가 얼굴을 내밀었다. 창문 위에 '사감실'이라고 적힌 것을 보니 사감인 듯했다.

다카마 일행이 신분을 밝히자 남자는 갑자기 경계의 눈초리를 하더니 "아시하라가 어디 있는지 우리도 모릅니다."라고 말했다. 아무래도 우에하라 형사가 먼저 다녀간 듯싶었다.

사감은 이렇게 덧붙였다.

"당신들, 그 사람이 폭탄을 설치했다고 생각하는 모양인데, 당치도 않은 얘기라고. 그런 짓을 할 사람이 절대로 아니야."

"아니요, 저희는 그 사건 때문에 온 게 아닙니다. 다른 일로 아시하라 씨를 찾고 있어요. 야구와 관련된 일입니다."

"야구와 관련된 일?"

적의로 가득 찼던 남자의 눈빛이 조금 바뀌었다. 야구부원들을 돌보고 있으니 야구라는 말에 약한가 보다.

"가이요 고교의 스다 다케시 군이 살해된 사건 아십니까? 그 사건에 대해 조사하고 있습니다."

그러자 사감은 희끗희끗한 눈썹을 찡그리며 안타깝다는 표정을 지었다.

"아, 스다 군 말이군. 그것참 애석하게 됐어. 그 훌륭한 투수가 죽다니."

"역시 잘 알고 계시군요."

"잘 알다마다. 전부터 알았지. 그 가이온가 뭔가 하는 시시한 팀에 들어간 게 잘못이야. 역시 우리 회사에서 데려와야 했어. 내가 그토록 말했건만."

자신이 스카우터라도 되는 양 말하는 것을 보며 다카마는 속으로 쓴웃음을 지었다.

"스다 군을 알게 되신 건 그 친구가 고등학생 때일 텐데, 그 시점에서는 이미 늦은 거 아닐까요?"

오노가 다소 빈정거리는 투로 말하자 사감은 언짢은 듯 눈을 크게 뜨며 말했다.

"무슨 소리야. 나는 그 친구를 중학생 때부터 알았다고. 그리고 그 친구, 하마터면 정말로 도자이에 들어올 뻔했다고."

사연이 있는 듯한 사감의 얘기에 다카마는 귀가 번쩍 뜨였다.

"하마터면, 이라니요?"

"중3 때 그 녀석, 여기 온 적이 있어. 연습하는 걸 견학하고 싶다면서."

"스다 다케시가 여기에요?"

다카마의 목소리가 한층 높아졌다.

"자세히 좀 말씀해 주십시오."

다카마는 허락도 받지 않은 채 사감실 문을 열고 안으로 들어갔다.

"자세히고 뭐고, 하여간 그렇게 됐어. 어쩌면 도자이에 들어오게 될지도 모른다며 연습하는 걸 견학하러 왔어. 아쉽게도 그게 마지막이었지만."

"혼자서 왔습니까?"

"아니야. 그러니까 그게……."

사감은 눈을 가늘게 뜨고 천장을 올려다봤다.

"그래, 맞아. 미타니가 데려왔어. 틀림없다고."

"미타니가 누구죠?"

"우리 선수야. 외야수. 어깨가 좋아요, 그 친구가. 스다 군의 중학교 선배라나, 그래서 데려왔지."

"미타니라는 분 좀 만날 수 있을까요?"

다카마가 다그치듯 물었다.

"만날 수 있지."

사감은 벽에 걸린 시계를 쳐다봤다.

"좀 있으면 연습을 끝내고 돌아올 거야. 그때까지 여기서 기다리시게."

조금씩 경계심을 늦추던 사감은 안에 들어가 차까지 내왔다.

"그런데 스다 군 사건에 아시하라가 관련된 건가? 설마 아시하라를 의심하고 있는 건 아니겠지?"

"아, 아닙니다."

다카마는 손을 내저었다.

"스다 군이 살해당하기 얼마 전에 아시하라 씨와 만난 것 같습니다. 그래서 얘기를 좀 듣고 싶은데 찾을 수가 없어서요."

다카마는 차를 한 모금 마신 후 사감의 비위도 맞출 겸 아시하라에 대해 자세히 물어봤다.

"아시하라 씨는 어떤 투수였나요?"

"훌륭한 투수였지. 와카야마에 있는 난카이 공고의 에이스였어. 3학년 때 고시엔 대회에 출전하기도 했다고. 아쉽게 1차전에서 패했지만."

옛날 일을 생각하는지 사감의 얼굴에 미소가 번졌다.

"공은 별로 빠르지 않았지만 컨트롤이 매우 섬세했어. 실수하는 적이 거의 없었지. 나는 그 녀석이 까까머리일 때부터 봤는데, 뭔가 빛나는 게 있는 선수였어."

"혹시 특별한 무기 같은 거라도 있었나요?"

"무기라……, 여러 가지 공을 던졌지만 아무래도 그 친구의 무기는 커브라고 할 수 있지. 그리고 떨어지는 공."

"떨어지는 공요?"

다카마와 오노가 동시에 외쳤다.

"그래, 떨어지는 공. 이렇게 쓰윽 들어오다가……,"

사감은 오른손 주먹을 마치 공이라도 되는 양 눈앞까지 가져와서는 "홈 베이스 바로 앞에서 갑자기 흔들흔들 떨어지는 거야."라며 주먹을 좌우로 흔들다가 아래로 내리꽂았다.

"아주 특이한 투구였지. '아시 볼'이라고 불렀어. 아시하라의 아시. 사인도 없이 다짜고짜 던져 대니 잡기 힘들다고 포수가 투덜대곤 했지. 하지만 위력적이었어."

다카마와 오노는 서로 눈을 맞추며 고개를 끄덕, 했다. 어쩌면 그것이 '마구'인지도 모른다. 그리고 그 공을 배우기 위해 스다 다케시가 아시하라에게 접근한 것인지도.

"그럼 투수로서는 최고의 전성기에 사고를 당한 거군요?"

다카마가 물었다.

"글쎄, 그걸 도대체 알 수가 없어."

"알 수 없다니요?"

"아니, 아무것도 아냐."

사감은 당황한 표정을 감추려는 듯 찻잔을 입으로 가져갔다. 아시하라의 예전 동료들도 그 일에 관한 얘기는 피하려는 기색이 역력했었다. 다카마는 아무래도 그 사고라는 것에 무언가가 있는 것 같다고 생각했다.

잠시 후 현관 쪽에서 시끌벅적한 소리가 들렸다. 야구부원들이 돌아온 것이다. 사감이 창문 밖으로 고개를 내밀고 미타니라는 부원을 불렀다. 경찰이 찾아왔다는 소리에 현관은 갑자기 조용해졌다.

미타니라는 사람은 몸집은 작지만 근육이 탄탄하게 붙은 체격으로, 승부욕이 강한 성격이라는 것이 얼굴에서 묻어났다. 처음에는 경계심 때문에 얼굴이 굳어 있더니, 스다 다케시의 일로 왔다고 하자 표정이 누그러졌다.

"그 녀석, 참 불쌍하게 됐어요. 야구 하나로 버텨 온 놈인데 그런 일을 당하다니. 꼭 좀 범인을 잡아 주십시오."

다카마는 그에게 어떻게 다케시를 이곳에 데려오게 됐는지 물었다.

"그 당시 저는 이따금 중학교 야구부 연습을 보러 가곤 했는데, 그때 스다가 제게 부탁하더군요. 어쩌면 고등학교에 진학하지 않고 도자이에 들어갈지도 모르니 회사를 견학시켜 달라고요. 스다가 들어온다면야 우리로서는 대환영이었지요. 그래서 감독에게 말해 견학을 허락받았습니다."

"직접 안내를 맡으셨습니까?"

"그렇습니다. 우선 이곳으로 데려와서 기숙사 구조라든가 시설 같은 걸 설명해 줬습니다. 그리고 운동장으로 가서 연습 장면도 보여 주고요."

"투구 연습장도 봤습니까?"

"물론입니다. 우리 회사는 시설이 꽤 잘돼 있거든요. 맞아요, 그때 스다가 꽤 오랫동안 투구 연습장에 있었어요. 견학자가 있으니까 투수들이 더 열심히 던지는구나, 그렇게 생각했던 게 기억나네요."

"당시 투수 중에 아시하라 씨도 있었습니까?"

사감 쪽을 한 번 힐끗 쳐다보고 나서 다카마가 물었다.

"아시하라? 아, 있었어요. 그때가 전성기였거든요. 그런데 아시하라는 왜……."

"최근에 스다 군과 만난 모양이야."

사감이 말했다.

"네에?"

미타니는 놀란 표정으로 형사들을 봤다. 그 눈초리가 아시하라를 의심하냐고 묻는 듯했다.

"당시 아시하라가 특별한 공을 던졌다고 하던데, 아시볼……이라고 했나?"

다카마가 얼른 말을 돌렸다.

"네. 좀 희한한 공이었지요. 흔들리면서 떨어졌으니까요."

"흔들리면서 떨어졌다……."

이제야 연결됐군, 다카마는 그렇게 생각했다. 다케시는 그 때 처음 아시하라의 '흔들리면서 떨어지는 공'을 보았던 것이 다. 그리고 그때 일을 내내 기억하고 있다가…….

"스다 군을 여기 데려왔을 때 다른 사람들과는 얘기를 나누 지 않았습니까?"

"네. 정확한 건 아니지만 다른 부원들과는 별 얘기가 없었 던 것 같아요. 감독이 입사하라고 거듭 권하기는 했습니다 만."

"견학한 다음에는요?"

"본사로 데려갔습니다. 스다가 원했어요. 사실 저는 야구부 연습 장면과 기숙사만 보여 주려고 했는데."

"음, 스다 군이 원했단 말이죠."

다카마는 좀 의외라고 생각했다.

"본사 어디를 견학하겠다고 하던가요?"

"공장이랑 사무실…… 뭐, 여기저기요."

"그렇게까지 열심히 보고 나서 결국은 입사하지 않았군요."

"그러게 말입니다."

미타니는 다소 아쉬운 표정을 지었다.

"그 얼마 후, 고등학교에 진학하겠다고 알려 왔어요. 저희 로서야 어쩔 수 없었지요. 그 녀석이 뭘 노리고 그런 결정을 했는지 압니다. 고시엔에 출전해서 주목받는 편이 프로에 입단하는 데 더 유리할 거라고 판단한 거죠. 아무리 그래도 그런 학교에서 고시엔에 출전할 수 있다고 믿었다니, 정말 대단한 녀석입니다."

미타니의 얘기를 듣고 있던 다카마는 뭔가 이상한 점이 있다고 느꼈다. 스다는 꽤 어려서부터 프로 구단에 입단하기를 희망했다. 그러니까 그것을 위한 설계도도 진즉에 그려 놓았을 것이다. 그리고 미타니의 말이 맞다면 고등학교에 진학해서 고시엔에 출전하는 것도 그 설계도에 포함되어 있었을 것이다. 그런데 왜 중학교 3학년 시점에서 취직과 진학을 놓고 갈등했을까. 조금이라도 빨리 집안을 돕고 싶었던 것일까?

"그 후로는 스다 군을 만난 적이 없습니까?"

"아니요, 제가 학교로 가서 몇 번 만났어요. 하지만 스카우트 얘기는 꺼내지 않았습니다. 그리고 스다가 중학교를 졸업한 뒤로는 만나지 않았습니다."

"그렇군요."

스다가 도자이 전기를 견학하려 했던 이유가 무엇이었든, 일단은 아시하라에 대해 알아보는 것이 우선이었다.

"다시 아시하라 씨 얘기입니다만, 아시 볼이라는 게 구체적으로 어떤 겁니까, 커브 같은 건가요?"

"아니요, 커브는 아니었습니다. 굳이 말하자면 너클볼이나 팜볼 같은 거였죠. 하지만 공을 쥐는 법이 그것들과는 달랐습니다. 아시하라는 그 투구법을 비밀에 부쳤는데, 한번은 누군가가 8밀리 카메라로 촬영을 한 모양입니다. 그랬더니 공을 쥐는 방법은 직구를 던질 때와 거의 같더랍니다. 뭐가 다른지 알 수가 없었대요. 그런데도 공이 변화하는 거예요. 흔들흔들 하면서."

그 움직임을 표현하듯 미타니는 손바닥을 흔들었다.

"그 비밀을 아는 사람이 아무도 없었나요?"

다카마가 물었다.

"네. 아시하라는 누구에게도 가르쳐 주지 않았습니다. 하도 숨기니까 이상한 소문까지 났어요."

"어떤 소문인데요?"

"뭐, 질투 때문이었겠지만, 아시하라가 공에 장난을 친다는 겁니다. 손가락에 침이나 기름을 묻혀서 던진다나. 그렇게 하면 던지는 순간 손가락 끝이 미끄러져서 공이 불규칙하게 변한다고요. 그 외에 공에 흠집을 낸다는 설도 있었습니다."

"공에 흠집을?"

"사포로 문지른다는 거예요. 던지기 전에 살짝. 그렇게 하면 공기와의 마찰이 작용해 공에 변화가 일어난답니다. 사실인지는 모르겠지만요."

방법도 참 가지가지라며 다카마는 감탄했다. 그런 의혹이 나온 것은 전에도 그런 짓을 한 투수가 있었기 때문일 것이다.

"아시하라 씨의 공이 그런 식의 반칙은 아니었겠죠?"

"저는 그렇게 믿습니다."

미타니는 딱 부러지게 말했다.

"여러 사람이 조사해 봤지만 아시하라는 결백했어요."

"그렇게 의심받으면서도 아시하라가 그 방법을 비밀로 한 이유가 뭘까요?"

"영원한 수수께끼로 남기고 싶었던 것 아닐까요. 지금도 우리끼리는 그 공이 대단했다고 이야기하곤 합니다."

그럴 수도 있겠다고 다카마는 생각했다.

아시하라가 사는 곳을 아냐는 질문에 미타니는 모른다고 했다. 거짓말하는 것 같지는 않았다. 그러나 아시하라의 사고에 대해서 묻자 그 역시 말끝을 흐린다는 느낌이 들었다. 뭔가를 숨기는 게 분명했다.

마지막으로 다카마는 올해 봄 고시엔 대회 가이요 고등학교의 시합을 봤냐고 물었다. 미타니는 봤다고 대답했다.

"안타까웠습니다. 그런 식으로 폭투하는 녀석이 아닌데."

"그 공에 대해 어떻게 생각하십니까?"

"글쎄요. 아무래도 긴장하니까 손끝이 흔들린 거 아닐까요. 고시엔에는 요괴가 있다고 하지 않습니까. 천재 스다도 요괴는 이기지 못했던 거겠죠."

3

　다카마와 오노가 수사본부에 돌아오니 우에하라가 모토하시 반장 자리에서 함께 기다리고 있었다. 우에하라는 다카마보다 두 살 아래였다.

　"그쪽 사건에 아시하라가 관련되어 있다니 놀랐어요."

　우에하라는 사람 좋은 웃음을 지어 보였다.

　"나도 놀랐어."

　다카마도 웃어 보였다.

　"폭탄 사건 때문에 아시하라를 꽤 자세히 조사한 모양이더군. 덕분에 우리는 여기저기서 미움만 받았어."

　"저희 쪽에서는 아시하라를 수상히 여겨 주시했습니다. 선배님 팀 덕분에 그 사람의 최근 주소를 알게 됐어요. 그 공장 지대에 있는 아파트에 다녀왔습니다. 방 안에 있던 종이 상자를 감식반에 넘겼어요."

　"이거 맨입으로는 안 되겠는데."

　다카마는 웃으며 담배에 불을 붙였다.

　"그런데 왜 아시하라를 수상히 여긴 거지?"

"거기에는 여러 가지 우여곡절이 있습니다."

그러면서 우에하라는 손에 들고 있던 리포트 용지를 들여다봤다. 수사 회의용 자료인 듯했다.

"저희는 애초부터 폭탄을 설치한 사람이 도자이 전기 관계자라고 판단했어요. 특히 그 수법 등을 볼 때 그렇게 생각됐죠. 그리고 폭탄이 3층 화장실에 설치됐다는 점에 주목했습니다. 3층에는 자재부와 홍보부가 있습니다. 범인은 그 두 부서 중 어느 쪽엔가 원한을 가진 사람이라고 짐작하고, 전에 이들 부서 소속이었던 퇴직자들을 철저히 추적했어요. 바로 거기서 대단히 먼 길로 돌아가게 된 거죠. 그 조사는 전혀 의미가 없었습니다."

"왜지?"

"얼마 후에 알게 된 건데, 지금 그 건물 내에 있는 부서들은 재작년 말에 새로 옮겨 왔다더군요. 그 전까지는 3층에 건강 관리부와 안전 조사부가 있었답니다."

"그러니까 범인이 그 전에 회사를 그만뒀다면 그런 사실을 몰랐을 가능성이 크겠군."

"그렇습니다. 그 경우 범인이 노린 건 건강 관리부나 안전 조사부 중 하나라는 얘기겠지요. 그래서 저희는 조사를 처음부터 다시 해야 했습니다. 그러고서 주목하게 된 것이 안전 조사부가 사내의 각종 사고를 다루는 부서라는 점이었습니다. 사고가 발생할 경우 그것이 개인의 실수인지 아닌지를 거기서 판단하게 되는데, 만일 개인의 실수로 판명되면 사실상 출세 가도에서 벗어나게 됩니다. 개중에는 사표를 낸 사람도 많답니다. 그렇다면 원한을 품을 수도 있겠다고 생각한 거죠."

"그래서 과거에 있었던 사고를 조사하다가 아시하라를 찾아낸 거군."

"네, 그 사고에 주목하게 된 건 사소한 계기 때문이었습니다. 사고 보고서가 지나치게 간단한 데다 애매한 표현이 너무 많더라고요. 그리고 관계자들에게 아무리 물어도 아무도 확실하게 가르쳐 주질 않았어요."

"맞아, 오늘 우리가 만난 사람들도 그랬어."

"그래서 아시하라의 예전 동료 하나를 붙들고 다그쳤죠. 아니나 다를까, 그 사고에 내막이 있더군요. 그 직원은 절대로 자신이 말했다는 걸 알리지 말아 달라고 애걸복걸했어요. 사고 내용은 알고 계시죠?"

다카마는 고개를 끄덕였다.

"보고서에는 가스버너 조작 실수라고 되어 있었지만, 사실은 그게 아니었어요. 고무관이 낡아서 거기서 새어 나온 가스에 불이 붙은 것이더군요."

"그랬군."

다카마는 작업 순서에 실수가 있었다는 말을 들었을 때 자신도 좀 이상하다고 생각했던 기억이 떠올랐다.

"그런데 안전 조사부 사람들이 그걸 교묘하게 은폐한 겁니다. 불은 옆에서 작업하던 직원들이 곧바로 꺼서 큰 피해는 없었답니다. 구급차가 한 대 온 정도래요. 그런데도 문제의 버너와 고무관을 다른 것으로 바꿔치기하고서 아시하라의 실수라고 한 겁니다."

"왜 그랬을까?"

"이유가 있었습니다. 문제의 버너는 사고 나기 일주일 전 정기 점검에서 이상이 없다고 판정받았답니다. 그 정기 점검을 한 것이 다름 아닌 안전 조사부였던 거죠. 만약 버너에 문제가 있었다는 게 드러나면 점검이 부실했다는 얘기가 되니까요."

실체가 서서히 드러나는군, 다카마는 그렇게 생각했다. 자신들의 부주의를 은폐하려고 아시하라를 희생양으로 삼은 모양이었다.

"하지만 목격자가 있었을 거 아니야. 불을 끈 사람들은 사실을 알았을 텐데."

"당시 화재 현장에 아시하라 말고 세 명이 더 있었답니다. 그런데 세 명 모두 사고 원인을 잘 모르겠다고 증언했대요. 위에서 압력이 내려온 거죠. 회사로서는 안전 조사부의 권위가 실추되는 걸 우려했겠죠. 아시하라는 자신의 실수가 아니라고 주장했지만 끝내 받아들여지지 않았습니다. 하지만 신기하게도 소문이 퍼져 나가 몇몇 사원은 사실을 어렴풋이나마 알게 되었답니다. 물론 입 밖에 내지는 못했고요. 잘못하다가는 자신들도 잘릴 판이었으니까요."

"노조는 가만있었나?"

"도자이 노조는 어용입니다. 완전히 무력하다고 해도 과언이 아니에요."

한숨이 나왔다. 다카마는 아시하라에게 동정심이 느껴졌다. 폭탄으로 회사를 확 날려 버리고 싶은 마음도 이해할 만했다.

"지금으로서는 아시하라만큼 결정적인 동기를 가진 사람이 없습니다. 다만 몇 가지 의문점은 있어요. 우선 다이너마이트를 입수한 경로. 그리고 한쪽 다리가 부자유스러운 아시하라가 도자이에 잠입한다는 것이 과연 가능한가. 또 나카조 사장을 협박하고 납치한 것도 아시하라의 짓일까. 이런 사실들을 고려하면 아무래도 공범자 냄새가 납니다."

"공범자?"

오노를 바라보는 다카마의 눈에서 번쩍 빛이 났다. 그의 머릿속에 스다 다케시의 얼굴이 스쳤다.

"아시하라와 스다 다케시의 연관성은 파악됐어?"

마치 다카마의 생각을 읽기라도 한 듯 모토하시 반장이 그렇게 물었다.

"네."

다카마는 자신들이 오늘 수사한 내용을 보고했다.

"음. 그렇다면 이시자키 신사에서 다케시의 연습 상대가 돼 준 사람은 아시하라라고 봐도 무방하겠군."

모토하시가 만족스러운 듯 말했다.

"이제 남은 문제는 폭탄 사건에도 다케시가 관련되었나 하는 점인데."

"아시하라가 다케시를 죽인 걸까요?"

오노가 선배들의 의견을 구했다.

"아직 그렇게 판단하긴 일러."

모토하시가 대답했다.

"의심이 가기는 하지만 말이야. 동기가 있다면 관련이 되었을 수도 있지."

"하지만 스다 다케시가 폭탄 사건에 연루됐을 가능성은 낮다고 봅니다."

우에하라가 말했다.

"야구 연습을 함께 했다는 것만 가지고 범죄에 가담했다고 보기에는 무리가 있습니다. 게다가 나카조 사장 얘기로는 범인이 뚱뚱한 중년 남성이라고 하던데요."

"중년의 뚱보라, 그럼 스다 다케시와는 전혀 다른데……."

오노가 그렇게 중얼거렸다.

"어쨌든 일단은 아시하라를 찾아내. 그게 양 팀 모두의 선결 과제야."

모토하시가 이야기를 정리했다. 나머지 세 사람 모두 고개를 끄덕였다.

4

다음 날 아침 일찍 다카마는 아시하라가 코치로 있었다는 소년 야구팀의 연습을 보러 갔다. 장소는 시 외곽에 있는 공설 운동장이었다.

이른 시각이었지만 운동장은 사람들로 북적거렸다. 달리기하는 사람, 체조하는 사람, 아마추어 야구를 즐기는 사람들. 이렇게 많이들 모여 있을 줄 다카마는 상상도 못했다.

블루 삭스라는 팀 이름이 새겨진 유니폼을 입은 소년 야구팀은 아마추어 야구팀의 반대편에서 연습하고 있었다. 감독인 듯한 남자가 쳐 주는 공을 아이들이 받아 내는 훈련이었다. 구호를 외치는 소리나 동작이 시원시원해서 보기만 해도 활기찬 기분이 들었다.

잠시 뒤 소년들은 두 줄로 서서 달리기를 시작했다. 오늘 아침 연습은 그게 마지막인 듯 수비 연습을 시키던 남자는 돌아갈 채비를 시작했다.

　"야기 씨이시죠?"

　다카마가 다가가 말을 걸자 남자는 놀란 듯 고개를 들고 다카마를 봤다. 야기라는 이름은 오노에게 들었다. 마흔이 약간 넘은 듯한 그는 짧게 깎은 머리에 체격이 다부졌다.

　다카마는 신분을 밝힌 뒤 아시하라와 스다 다케시에 대해 물어볼 것이 있어서 왔다고 말했다. 야기는 심각한 표정을 지으며 그러냐고 했다.

　"아시하라는 성실한 코치였습니다. 공을 잡는 자세나 배팅 폼까지 직접 시범을 보이며 아이들을 가르쳤어요. 한쪽 다리가 부자유스러웠는데도 말이죠. 그 열성이 전해져서인지 아이들도 굉장히 잘 따랐고요."

　"어떻게 해서 아시하라 씨가 이 팀의 코치를 맡게 됐습니까?"

　"본인이 직접 찾아와서 하게 해 달라고 부탁했어요. 뭐, 경력도 나무랄 데 없고 의욕도 넘치는 것 같아서 그럼 좀 도와달라고 했지요."

　"그 경력이란 것 말인데요, 아시하라 씨에게 도자이 전기 재직 시절의 얘기를 들은 적이 있습니까?"

"아니요, 별로 없었던 것 같습니다. 저도 굳이 묻지 않았고요."

"그렇게 성실한 코치였는데 학부모들의 평판은 좋지 않았다면서요."

"아니, 뭐, 나빴다기보다……."

야기가 말끝을 흐리더니 머리를 북북 긁고 나서 하는 수 없다는 듯 말했다.

"학부모들 중에 리더라고 할까, 그런 사람이 있었는데, 왜 그러는지는 몰라도 그 사람이 하도 강력하게 내보내야 된다고 주장하니까 다른 부모들도 반대를 못했던 것 같아요. 아이들 간에 사이가 벌어지면 안 되기 때문에 그런 속사정을 숨겨왔지만, 참 어디 가나 이상한 부모가 한둘은 있게 마련인가 봅니다."

"맞아요, 그런 사람이 꼭 있지요."

다카마가 맞장구쳤다.

소년들이 운동장을 한 바퀴 다 돌고 두 바퀴째로 접어들고 있었다. 야기가 더 크게 소리치라고 주의를 주자 아이들은 이내 큰 소리로 구호를 외쳤다. 그중 몇몇은 다카마를 흘깃거리기도 했다.

"최근에는 스다 다케시도 종종 이곳에 얼굴을 비쳤다고 하던데요."

"네, 하지만 얼마 안 가 오지 않게 되었죠."

야기는 쓴웃음을 지었다.

"스다 군이 아시하라 씨와 이야기를 나누던가요?"

"그랬던 것 같아요. 하지만 전부터 알던 사이로 보이지는 않았어요."

"야기 씨, 실은 부탁이 있습니다."

다카마가 그렇게 말하자 야기는 다소 긴장하는 표정을 짓더니 "뭡니까?"라고 물었다.

"학생들에게 알아볼 게 있습니다. 아시하라 씨가 여기 코치로 있다는 사실을 스다 군에게 알려 준 학생이 있는지 확인했으면 합니다."

"아, 그러시군요……."

야기는 뭔가 묻고 싶은 것이 있는 듯했으나, 너무 깊이 파고들지 않는 것이 낫겠다고 판단했는지 아무 말 없이 확성기를 들고 아이들을 향해 모두 모이라고 소리쳤다. 그러자 소년들은 줄을 흐트러뜨리지 않고 그대로 달려와 야기 앞에 나란히 섰다. 그 질서정연한 모습에 다카마는 내심 감탄했다.

야기가 다카마의 질문을 아이들에게 전했다. 아이들은 대부분 어리둥절한 표정을 지었지만 야기가 재차 묻자 끝 쪽에서 한 학생이 슬그머니 손을 들었다. 야위고 파리해 보이는 소년이었다.

"정말이야, 야스오?"

야기가 묻자 그 소년은 가느다란 목을 꾸벅 숙였다 들었다.

'역시 그랬군.'

다카마는 고개를 끄덕였다.

"좋아, 그럼 야스오만 남고 다른 사람들은 다시 뛴다!"

감독의 말에 소년들이 다시 달리기 시작했다. 훈련이 무척
잘되어 있는 팀이었다.

다카마는 야스오에게 당시의 상황에 대해 자세히 말해 달
라고 부탁했다. 야스오에 따르면 자신은 스다와 한동네에 사
는데 지난해 말 공중목욕탕에서 만났을 때 그 얘기를 했다고
한다.

"스다 형이 블루 삭스는 요즘 어떠냐고 묻기에 이번에 대단
한 코치가 왔다고 했더니 어떤 사람인데 그러냐고 하더라고
요. 그래서 제가 아시하라라는 사람인데 전에 도자이에서 투
수를 한 적이 있다고 말해 줬어요."

다카마는 '틀림없다'고 확신했다. 그렇게 해서 스다는 아시
하라가 여기 있다는 사실을 알게 된 것이다. 아시하라라는 이
름을 듣는 순간 그의 머릿속에는 3년 전에 도자이 연습장에서
보았던 아시하라의 '마구'가 떠올랐을 것이다. 그래서 그것을
배우려고 이곳을 찾았고, 결국 이시자키 신사에서의 특별 훈
련이 시작되었을 것이다.

그렇다면 이제 남은 문제는 '마구'가 사건과 어떤 관련이 있는지를 알아내는 것이었다.

이야기를 마치고 학생들의 대열에 합류하기 위해 뛰어가는 야스오의 뒷모습을 바라보던 다카마는 "어린 시절의 스다 다케시 군은 어떤 소년이었나요?"라고 야기 감독에게 물었다.

"어려운 질문이네요."

야기 감독은 쓴웃음을 지었다.

"한마디로 천재였죠. 예를 들면, 스다가 본격적으로 피칭을 시작했을 무렵 얘긴데, 처음에는 폼이 전혀 잡혀 있질 않았어요. 한 번에 이것저것 다 가르쳐 줄 수도 없고 해서 한 가지 결점만 지적했죠. 그랬는데 다음 날 보니까 그게 싹 고쳐져 있는 거예요. 그래서 이번에는 다른 결점을 알려 줬죠. 그랬더니 다음 날 그것도 고쳐 왔더라고요. 그런 식으로 해서 눈 깜짝할 새에 멋진 폼을 몸에 익혔어요. 도대체 어떻게 한 거냐고 물었더니, 주의를 받으면 그날 밤 거울 앞에서 수도 없이 섀도 피칭을 한다는 거예요. 초등학교 3학년밖에 안 된 아이가 말이죠. 예사로운 아이가 아니라고 생각했습니다."

"대단하군요."

"그것 말고도 그 아이가 천재라는 걸 증명하는 사례가 많습니다. 연습 때보다 시합 때 컨트롤이 더 좋다거나, 직감적으로 타자의 예측을 벗어나는 공을 던진다든가. 공의 속도가 엄청나다는 건 말할 것도 없고요."

"성격은 어땠습니까?"

"성격이라……."

야기 코치는 잠시 말을 멈추고 생각에 잠겼다가 입을 열었
다.

"솔직히 말해 그다지 밝은 성격은 아니었습니다. 말도 없
고, 연습 때를 제외하곤 대개 혼자 있었어요. 버스로 시합장
에 갈 때도 아이들이 '재미없다'며 스다 옆에 앉기를 꺼릴 정
도였죠. 그래도 그 아이의 내면에는 뭔가 뜨거운 것이 있었습
니다. 뭐라고 해야 하나……, 투지와는 좀 다르고 반항심도
아니고, 아무튼 좀 이상했어요."

"이상했다고요?"

예상 밖의 표현이 나오자 다카마는 저도 모르게 그렇게 묻
고 말았다.

"네. 글러브 사건이란 게 있었습니다. 한 아이의 글러브가
난도질당해 있었던 사건이죠. 잠깐 사이에 일어난 일이었는
데 당시에는 범인이 밝혀지지 않았어요. 몇 년이 지난 후 스
다가 한 짓이라는 걸 알게 됐습니다."

"스다 군이요?"

다카마가 눈썹을 치켜세우며 물었다.

"어떻게 된 일이죠?"

그러자 야기는 다음과 같은 이야기를 들려주었다.

스다 다케시가 5학년 때였다. 팀 전력 강화를 위해 아침 연습 시간이 30분 앞당겨지게 되었다. 그런데 한 아이가 그때부터 매일 지각을 하는 것이었다. 그 아이가 바로 다케시였다. 언제나 5분 정도 늦게 숨이 턱까지 차서 달려왔다. 이유는 매번 똑같았다. 늦잠을 잤다는 것이다. 감독은 처음에는 야단을 쳤지만, 그런 일이 계속되자 이상하다고 여겨 혹시 숨기는 게 있냐고 물었다. 그러나 다케시는 그런 건 없다며 용서를 빌 뿐이었다. 그리고 '내일부터는 절대로 늦지 않을 테니 어머니께는 말하지 말아 달라'고 했다.

바로 그 무렵 글러브 사건이 일어났다. 글러브의 주인은 지로라는 소년으로, 다케시와 한동네에 사는 아이였다. 그 아이의 집도 그리 넉넉한 편은 아니어서 글러브는 무엇보다 소중한 물건이었는데 그것이 조각조각 잘린 채 발견된 것이다.

끝내 범인이 밝혀지지 않은 채 사건은 흐지부지되었고 다케시도 더는 지각을 하지 않게 되어 당시의 일은 야기 감독의 기억에서 점차 사라졌다.

감독이 그 사건의 진상을 알게 된 것은 비교적 최근의 일이다. 마모루라는, 당시 팀의 일원이었던 학생이 말해 주었다.

당시 다케시는 새벽에 신문 배달 아르바이트를 하고 있었다. 어려운 가계를 조금이나마 돕겠다는 마음에서였다. 그리고 그것이 바로 지각의 원인이었다. 즉, 조간이 신문 보급소에 도착하는 시각이 정해져 있어서 다케시가 아무리 일찍 일어나도 당겨진 연습 시간에는 맞출 수 없었던 것이다.

그런 사실을 아는 사람은 단 한 명, 지로밖에 없었다. 그는 신문을 배달하는 다케시와 몇 번 마주친 적이 있었다. 다케시는 지로에게 자신이 신문을 배달한다는 사실을 아무한테도 말하지 말라고 신신당부했다. 지로는 그러겠노라고 다케시에게 약속했다.

그런데 다케시의 지각이 계속되고 그럴 때마다 감독이 다케시를 꾸짖자 지로는 진실을 감추고 있기가 점점 괴로워졌다. 그래서 결국 친구인 마모루에게 그 사실을 얘기하고 말았다. 그때 마모루가 비밀을 지켰다면 문제가 없었을 것이다. 그러나 마모루는 다케시에게 그 사실을 확인하려고 했다.

"스다 너, 신문 배달하고 있다면서?"

다케시는 잠시 놀란 표정을 짓더니 험상궂은 얼굴로 물었다.

"누구한테 들었어?"

"지로."

"흠……."

다케시는 고개를 끄덕였다. 그리고 마모루를 노려보며 아무에게도 말하지 말라고 못 박았다.

글러브 사건이 발생한 것은 그 직후였다. 당연히 지로와 마모루는 범인이 누군지 알고 있었다. 하지만 지로는 약속을 어겼다는 약점 때문에, 그리고 마모루는 자기도 그런 일을 당할까 봐 두려워서 입을 다물었다.

"결국 두 소년 모두 스다 다케시가 두려웠던 거예요."

야기가 당시를 회상하는 듯한 눈길로 말했다.

"다케시는 왜 자신이 신문을 배달한다는 사실을 비밀로 했을까요?"

"동정받는 게 싫어서 그랬을 겁니다. 그런 아이였어요."

"그 후로 스다 군이 지각하지 않게 됐다고 하셨는데, 신문 배달을 그만둔 건가요?"

"아니요. 그게 아니라 배달할 때 좀 더 빨리 달려서 연습에 늦지 않도록 했답니다."

"그랬군요."

그렇다. 스다 다케시라면 그런 방법으로 해결했을 것이다.

다카마는 야기 감독에게 시간을 내 줘서 고맙다고 인사한 뒤 학생들이 체조하며 붙이는 구령 소리를 들으며 운동장을 빠져나왔다.

약속

1

하나도 변한 게 없군.

열차 창문으로 바깥 풍경을 바라보던 남자가 작은 소리로 중얼거렸다. 눈앞 가득 펼쳐진 논밭 사이사이로 비닐하우스가 늘어서 있고 드문드문 허수아비의 모습도 보였다. 때로는 약이나 전자 제품을 선전하는 거대한 광고 간판이 이쪽을 향해 달려오기도 했다. 열차가 역에 가까워지면 집들이 많아지고, 역을 출발해 조금만 달리면 다시 광활한 논밭이 이어졌다.

'몇 년 만이지?'

그는 머릿속으로 계산해 보았다. 3년은 족히 넘었을 것이다. 4년, 아니 5년? 6년인지도 모른다. 아니지, 제일 잘나가던 시절에 왔었으니까 5년이 맞을 것이다.

요코는 어떻게 되었을까. 여전히 그 눅눅한 과자 가게 점원을 하고 있을까. 설마. 녀석도 스물넷이 되었을 것이다. 아니, 스물다섯인가. 빨리 시집가야 할 텐데. 좋은 남자는 있을까.

어머니 성격이 저러니 세월아 네월아 하겠지. 아니다. 요코가 어머니를 염려해서 안 가고 있는 건지도 모른다. 어머니는 내가 보살펴 드려야 할 텐데. 그래, 몸은 불편하지만 어머니 한 사람쯤 어떻게든 할 수 있다.

그런데도 돌아가기가 왜 이렇게 힘든가, 남자는 생각했다.

편지에 자세한 얘기는 하지 않았다. 그저 돌아간다고만 적었다. 그간의 얘기는 만나서 천천히 나누자고.

터널을 몇 개 지나면서 낯익은 풍경이 늘어났다. 변한 게 아무것도 없다. 그 사실이 그를 안심시켰다.

안내 방송이 역 이름을 알렸다. 십수 년간 들어 친숙해진 이름. 몇 년 전 그는 이 역을 통해서 이 고장을 떠났다.

플랫폼에 내려 개찰구를 통과할 때는 왠지 가슴이 두근거렸다. 여동생이나 어머니가 마중 나와 있을 것이다.

그는 한쪽 다리를 질질 끌며 개찰구를 빠져나갔다. 뺨을 약간 실룩거리며 주위를 둘러봤다. 하지만 역 대합실에 아는 얼굴은 아무도 없었다. 여동생도 어머니도. 양복 차림의 남자 두 명이 담배를 피우고 있을 뿐이었다.

'어떻게 된 거야. 아무도 안 나오다니.'

그는 매점 앞에 있는 공중전화를 발견하고 지팡이를 짚으며 다가갔다. 그곳에서는 역 앞 상점가가 보인다. 그리울 법한 풍경이지만 이상하리만치 공허하게 느껴진다.

수화기를 들고 10엔짜리 동전을 집어넣었다. 다이얼을 돌리는데 갑자기 공중전화기 위로 알 수 없는 그림자가 드리웠다. 손을 멈추고 고개를 돌리니 좀 전까지 대합실 의자에 앉아 있던 양복 차림 남자들이 그를 둘러싸듯 서 있었다.

"뭡니까, 당신들?"

"아시하라 씨 맞죠?"

오른쪽 남자가 무표정한 얼굴로 묻더니 양복 안주머니에서 검은 수첩을 꺼냈다.

"아시하라 세이이치 씨죠?"

남자는 다시 물었다.

"같이 좀 가 주시겠습니까?"

"아⋯⋯."

그는 수화기를 쥔 채 신음했다. 오래도록 잊고 있던 기억이 되살아난 느낌이었다.

2

아시하라가 체포됐다는 소식에 우에하라는 즉시 와카야마 현으로 향했다. 아시하라가 어머니에게 보낸 편지가 집 주위에 잠복해 있던 형사에게 발견된 것이다.

아시하라가 폭탄 사건의 주범이라는 것은 거의 확실했다. 그가 살던 아파트에서 발견된 종이 박스를 조사한 결과, 그 안에 들어 있던 나무판자와 못이 자동 발화 장치에서 나온 부품과 동일한 것으로 판명됐다.

다카마는 한시라도 빨리 아시하라를 만나고 싶었지만, 일단은 폭탄 사건을 해결하는 것이 급선무라 앞서 현장으로 간 우에하라가 소식을 전해 주기만을 기다렸다.

그날 밤 우에하라로부터 제1보가 들어왔다.

"아시하라가 범행을 인정했습니다."

"역시. 그래서, 공범은?"

"그게……."

우에하라가 말끝을 흐렸다.

"왜 그래?"

"아시하라가 공범 같은 건 없다고 주장하고 있어요. 전부 자기 혼자 저지른 짓이라고요."

공범이 없다니……. 수화기를 잡은 다카마의 손에 힘이 주어졌다.

"스다에 대해선 물어봤어?"

"네. 그런데 스다 다케시는 아무 관련도 없다는 거예요. 얘기를 나눈 적조차 없답니다."

"뭐야?"

"어쨌든 곧 연행해 가겠습니다."

우에하라는 다소 풀죽은 목소리로 그렇게 대답하고 전화를 끊었다.

'스다 다케시와 얘기한 적조차 없다고?'

그럴 리 없다고 다카마는 생각했다. 아시하라 주변을 조사한 결과 여기저기서 스다의 흔적이 발견되었다. 이시자키 신사의 외다리 남자는 아시하라 외에는 생각할 수조차 없었다.

다음 날 아침, 다카마는 취조실에서 아시하라와 마주 앉았다. 아시하라는 감색 양복에 와이셔츠를 입고 넥타이를 맨 말쑥한 차림이었다. 아마도 고향에 돌아가기 위해 몸단장을 했을 것이다. 비교적 동안에, 야구를 떠난 탓인지 피부도 그다지 검지 않았다.

그는 다카마를 보자 가볍게 고개를 숙였다. 주눅이 든 것 같지는 않았다. 범행을 자백하고 나서 후련한 듯 보이기까지 했다.

"스다 다케시 알지?"

자기소개를 한 후 다카마가 물었다. 아시하라는 천천히 눈을 감았다 뜬 후 입을 열었다.

"물론 알지요. 유명인 아닙니까."

"개인적으로는?"

그러자 아시하라는 슬며시 눈을 감고 고개를 저었다.

"이상하군."

다카마는 손으로 볼펜을 만지작거리며 그를 바라봤다.

"이시자키 신사에서 당신으로 보이는 사람과 스다 다케시 군이 야구 연습하는 걸 목격한 사람이 있어."

"나로 보이는 사람요? 그러니까 확실히 나라는 건 아니 죠?"

아시하라는 태연하게 말했다.

"'아시 볼'이라는 게 있다면서?"

다카마가 화제를 바꿨다.

"흔들거리면서 떨어지는 공이라던데."

"생각 안 납니다."

그러면서 아시하라는 다카마의 눈길을 살짝 피했다. 그리 고 덧붙였다.

"다 옛날 얘기예요."

"당신이 스다 군한테 그걸 가르쳐 줬지?"

아시하라는 그 질문에는 대답하지 않고 머리를 북북 긁더 니 후우, 크게 한숨을 쉬었다.

"참, 알 수가 없네. 폭탄 사건 때문에 날 체포한 거 아니오? 스다 얘기를 왜 합니까?"

"스다가 죽었어. 살해됐다고."

"나도 알아요. 그런데 그게 나와 무슨……."

그러던 아시하라가 갑자기 입을 다물었다. 그리고 다카마의 얼굴을 빤히 쳐다보더니 알겠다는 듯 고개를 끄덕였다.

"그렇군. 나를 의심하는 거요?"

"폭탄 사건과 가이요 고교생 살인 사건은 서로 연관이 있어."

"무슨 연관요?"

"폭탄을 설치한 사람이 바로 스다 다케시야. 당신에게 변화구를 배우는 조건으로 그 일을 떠맡은 거지. 아니야?"

그러자 아시하라는 입술을 일그러뜨리며 소리 없이 웃었다. 그리고 이렇게 말했다.

"그 사건은 나 혼자 저지른 거예요. 누구의 도움도 받지 않고. 스다 다케시랑은 아무 상관이 없어요."

조사실을 나온 다카마는 우에하라로부터 아시하라의 진술 내용을 보고받았다. 그것은 다음과 같았다.

폭탄 사건 당일, 그는 예전에 근무할 때 입던 작업복을 입고 가방에 다이너마이트 시한폭탄을 넣은 채 도자이 전기에 잠입했다. 폭탄을 설치할 장소는 3층 화장실로 미리 정해 놓은 상태였다. 설치 타이밍은 업무 시작 벨이 울린 직후가 가장 적절하다고 생각했다. 그때가 인적이 가장 드물다는 것을 알고 있었기 때문이다. 그는 우선 화장실 맨 안쪽 칸에 가방을 놓아두고 '고장'이라고 쓰인 쪽지를 문에 붙였다. 남은 일은 시한장치 기능을 하는 드라이아이스가 녹는 동안 가능한 한 멀리 도망치기만 하면 되는 것이었다. 그러나 그는 도망치던 도중 격심한 공포에 휩싸였다. 자신이 설치한 폭탄 때문에 수많은 사람이 죽게 된다는 사실이 말할 수 없이 두려워졌던 것이다. 그가 정신을 차렸을 때는 이미 화장실에 돌아와 있었다. 다행히 아무도 없기에 안으로 들어가 폭탄의 시한장치를 해제했다. 즉, 드라이아이스 대신 천 조각을 끼워 두었다. 가방을 화장실에 그대로 두고 나온 이유는 사람들이 수상하게 여길까 염려되기도 했지만, 폭탄이 설치됐었다는 정도의 공포는 안전 조사부 놈들에게 느끼게 해 주고 싶었기 때문이었다.

그는 작업복을 입은 채로 도자이 전기 본사를 나와 역까지 간 후 작업복을 벗어 쓰레기통에 버리고 돌아왔다.

범행 동기는 안전 조사부 사람들, 특히 니시와키 부장에게 복수하기 위해서였다. 그들의 업무 태만 때문에 사고를 당했고, 그 결과 한쪽 다리를 못 쓰게 됐는데도 마치 자신의 실수 때문에 사고가 난 것처럼 조작됐기 때문이다.

사실 사고 당시에도 그는 복수를 계획했다. 유일한 삶의 보람이었던 야구를 할 수 없게 되자 그들을 죽이고 자신도 죽겠다고 결심했다. 그때 중학 시절의 친구가 떠올랐다. 대학 공업 화학과에 조교로 있는 친구인데, 그를 만나러 학교에 갔을 때 실험용 화약 창고를 구경했던 기억이 났다. 그는 밤이 되기를 기다렸다가 대학으로 가서 친구 연구실 유리창을 깨고 숨어들었다.

화약고 열쇠가 다이얼 자물쇠가 달린 서랍 안에 있고 그 자물쇠 번호가 서랍장 뒤쪽에 적혀 있다는 걸 알고 있던 그는 열쇠를 꺼내 화약고에 가서 적당한 수량의 다이너마이트와 전기 뇌관을 훔친 후 연구실을 엉망으로 흐트러뜨렸다. 절도범으로 위장하기 위해서였다.

그러나 결국 그 당시에는 다이너마이트를 사용하지 않았다. 냉정하게 생각해 보니 그런 놈들 때문에 죽는다는 건 명청한 짓이라는 생각이 들었기 때문이다. 그는 다이너마이트를 세간 깊숙이 보관해 두었다.

그 후로 얼마 동안 그는 괴로운 나날을 보냈다. 일자리도 찾기 힘들었다. 그러던 그가 작년 가을, 쇼와초의 아이들을 중심으로 한 소년 야구팀 코치를 맡게 되었다. 그는 자신이 야구에 몸담을 수 있는 마지막 기회라고 생각하고 온 힘을 다해 일했다.

그러나 그런 시간은 오래가지 못했다. 학부형들이 그를 쫓아내려 한 것이다. 직업도 없이 빈둥거리던 사람에게 아이들을 맡길 수 없다는 것이 이유였다. 운 나쁘게도 그를 제일 싫어하는 사람이 학부모들 중 리더 격이라서 다른 학부모들도 점차 그에게 동조하게 되었다. 야기 감독이 변호해 주었지만 결국은 그만둘 수밖에 없었다.

폭파 계획을 세운 건 그 얼마 후였다. 그를 그만두게 한 부모들의 리더 격인 인물이 바로 도자이 전기 안전 조사부의 니시와키 부장이었기 때문이다.

"그렇게 된 거로군."

다카마는 차가워진 차를 단숨에 입속으로 털어 넣었다.

"복수심 때문이란 건 이해하겠는데, 왜 지금 와서 그랬는지가 의문이었어. 이제야 알겠군. 그 학부모 리더가……, 정말 악연이야."

"악연이지요. 생각해 보면 참 불쌍한 사람입니다."

"진술에 모순은 없었나?"

"결정적인 모순은 없습니다. 폭탄 입수 방법도 제가 조사한 것과 일치했고요. 다만 약간 의심스러운 부분이 있긴 합니다."

"뭐지?"

"우선 드라이아이스요. 이 진술에 따르면 아시하라는 일단 드라이아이스를 사용했다는 건데, 그게 어디서 났는지 확실하지 않습니다. 본인은 역 앞 상가에 있는 제과점에서 아이스크림을 사면서 받았다고 하는데, 그 가게 점원은 그렇게 이른 시간에 온 손님이 없다고 증언했습니다."

"그래?"

"네, 그리고 아시하라가 3층 화장실까지 직접 갔다고 했는데, 그게 사실이라면 3층이 자재부로 바뀌었다는 걸 알아차렸어야 합니다. 물론 본인은 미처 못 봤다고 합니다만. 게다가 한쪽 다리를 끌면서 걸었는데 누구의 눈에도 띄지 않았다는 것도 이상하고요."

"흠……. 공범이 있을 가능성이 크군."

"그렇습니다."

우에하라가 확신에 찬 목소리로 말했다.

"문제는 아시하라가 그걸 왜 숨기느냐 하는 점입니다. 만일 공범이 스다 다케시이고 아시하라가 스다를 죽였다면 그 사실이 탄로 날까 두려워 숨기고 있다고 볼 수 있지 않겠습니까?"

"그럴 수 있지."

어느 모로 보나 아시하라가 수상쩍었다. 그가 범인이고, 그걸 알리기 위해 다케시가 '마구'라는 글자를 남겼다면 앞뒤가 맞아떨어진다. 하지만 만일 그렇다면 다케시는 왜 '아시하라'라고 쓰지 않고 굳이 '마구'라고 썼을까 하는 의문이 남는다.

"아 참, 그리고 나카조 사장 납치 건에 대해서는 뭐래?"

"거기에 관해서는 전혀 아는 바가 없다고 주장하고 있습니다. 누군가 폭탄 사건을 신문에서 보고 그걸 이용해 돈을 뜯어내려고 한 거 아니겠느냐고요."

"음……."

다카마는 미처 깎지 못해 수염이 거뭇거뭇한 턱을 문질렀다. 분명 그럴 가능성도 있다. 어떤 사건이 알려지면 거기에 편승하는 협박범이 드물지 않게 나타난다.

"하지만 그건 거짓말입니다. 나카조 사장에게 전달된 협박장을 폭탄 사건의 범인이 쓴 건 확실합니다. 거기 보면 시한장치의 도면이 그려져 있는데, 보도되지 않은 상세한 숫자까지 정확히 일치합니다. 물론 아시하라는 모르는 일이라고 일관하고 있지만."

"아시하라가 시치미를 떼는 이유가 뭘까, 거짓말을 해야 하는 특별한 사정이라도 있나?"

"글쎄요. 너무 딱 잡아떼니까 정말 모르는 건가 싶기도 합니다만……."

"그럴 수도 있어. 아시하라 모르게 공범자가 독자적으로 나카조 사장을 납치하려 했을 수도 있지."

"만일 그렇다 해도 스다는 공범이 아닙니다. 나카조 사장이 납치범은 뚱뚱한 중년 남자라고 했거든요. 아시하라가 살인범이든 아니든 스다는 폭탄 사건과 상관없다고 보는 게 타당하지 않겠습니까?"

과연 그럴까. 다카마는 고개를 갸웃했다. 아시하라는 자신의 주위에서 두 사람의 그림자를 지우려 하고 있다. 한 사람은 폭탄 사건의 공범자이고 또 한 사람은 스다 다케시. 이런 경우 그 두 사람이 동일 인물이라고 생각하는 것이 타당하지 않을까. 하지만 나카조 사장이 목격한 인물이 스다 다케시가 아닌 것만은 분명했다.

'모르겠어.'

다카마는 자신의 관자놀이를 주먹으로 톡톡 두드렸다.

3

다지마 교헤이는 한참 망설인 끝에 스다 유키를 부르기로 했다. 그에게 그 이야기를 들려주고 싶기도 했고, 한편으로는 혼자 몰래 가서 이르는 것 같아 꺼림칙하기도 했기 때문이다.

그는 수업이 끝난 뒤 학교 정문에서 유키를 기다렸다. 학생들이 삼삼오오 집으로 돌아가고 있었다. 그들의 얼굴엔 야구부원 두 명이 죽은 사건 따윈 이미 잊었다는 듯 즐거움이 넘쳐났다.

이윽고 유키가 자전거를 밀며 나왔다. 다지마가 부르자 그는 뜻밖이라는 표정을 지었다. 서로 얼굴은 알지만 친하게 지낸 적은 없기 때문일 것이다.

"나, 형사 만나러 가거든."

다지마의 말에 유키는 놀라 입을 살짝 벌렸다.

"다카마라는 형사에게 할 얘기가 있어서. 스다에 관한 거야. 네 형과 마구."

"뭐 아는 거 있어요?"

"안다고까지는 말할 수 없고, 눈치를 챘다고 할까. 입 다물고 있기에는 좀 중요한 일이라서. 너도 함께 갔으면 하는데."

"저도요?"

유키는 고개를 돌려 학교 정문을 빠져나가는 학생들을 바라봤다. 뭔가 생각하는 것 같았다.

"그럼 가 볼까요. 저도 마구 얘기는 듣고 싶어요."

잠시 후 유키는 그렇게 말했다.

"알았어. 그럼 같이 가자."

다지마와 유키는 함께 자전거에 올랐다.

다지마는 다카마 형사를 쇼와 역 앞에서 만나기로 했다. 점심시간에 모리카와 감독에게 부탁해 그에게 전화를 했다. 유키와 둘이서 우두커니 서 있는데 뒤에서 누가 어깨를 툭 쳤다.

"웬일이야, 둘이 같이 오고."

다카마 형사가 하얀 이를 드러내며 웃고 있었다. 다지마는 유키도 함께 들었으면 한다고 말했다.

"그럼 어디 가서 천천히 들어 볼까. 너희들, 배는 안 고프냐?"

다지마와 유키는 서로 얼굴을 마주 봤다. 그러자 다카마가 알았다는 듯 고개를 끄덕하더니 근처의 라면 가게를 향해 걸음을 옮기기 시작했다.

시간이 어중간해서인지 라면 가게는 텅 비어 있었다. 다카마가 주저 없이 안쪽으로 들어가자 다지마와 유키도 따라 들어갔다.

여종업원이 주문을 받으러 오자 다카마는 셋 다 라면으로 달라며 "이 두 사람은 곱빼기로 주세요."라고 말했다.

"이야기는 라면을 먹은 다음에 듣자."

그리고 다카마는 가벼운 말투로 "모리카와 선생님과 데즈카 선생님은 잘 계시지?"라고 물었다.

"네? 아……."

다지마와 유키의 눈길이 마주쳤다. 안 그래도 오늘 학교에서 발표된 것이 있었다.

"왜, 무슨 일이 있었어?"

"사실은요,"

다지마가 입술을 혀로 핥았다.

"데즈카 선생님이 당분간 휴직하신대요."

"뭐?"

형사가 눈썹을 치켜떴다.

"왜?"

"모르겠어요. 아무튼 요즘 결근하시는 일이 많았어요."

오늘 아침 교직원실 옆 게시판에 데즈카 선생의 휴직을 알리는 공고문이 나붙었다.

'데즈카 선생님이 일신상의 이유로 잠시 휴직합니다.'

이유는 알려지지 않았다. 다만 소문에 의하면 모리카와 선생과의 일이 문제가 되어 가이요 고교에 있을 수 없게 되었다고 한다.

오늘 점심시간에 다지마가 다카마 형사에게 연락해 달라고 부탁하러 갔을 때 모리카와 선생은 골똘히 생각에 빠져 있었다. 다지마가 불러도 알아차리지 못할 정도였다.

"흠. 그런 일이 있었군."

다카마는 먼 곳을 보는 듯한 눈길을 하며 생각에 빠졌다.

라면이 나오자 세 사람은 젓가락을 집어 들었다. 곱빼기 라면을 후루룩거리며 다지마는 얘기를 어디서부터 어떻게 꺼내야 할지 생각했다.

4

다지마 일행과 헤어진 다카마는 석양에 물든 거리를 천천히 걸었다. 갖가지 생각이 마치 세탁기 속의 빨래처럼 머릿속을 빙글빙글 돌았다. 어찌나 빨리 도는지 지금으로서는 도무지 그 형태를 파악할 수 없었다.

'23일, 나카조 사장 납치 사건이 있었다. 그리고 다음 날인 24일 밤, 다케시가 살해됐다. 그리고 오늘 다지마가 한 얘기……. 또 있다. 도자이 전기에서 들은 얘기. 소년 야구팀에서의 일…….'

사건의 진상이 어렴풋이나마 형태를 드러내기 시작했다. 그러나 그것이 어느 부분에선가 묘하게 일그러져 도무지 제대로 된 형체가 이루어지지 않았다. 원인은 확실했다. 아시하라의 진술에 모순이 있기 때문이었다.

'아시하라는 분명 거짓말을 하고 있어. 그렇다면 어느 부분이 거짓말인가.'

이 부분에 이르면 다카마는 혼란에 빠졌다. 아시하라의 거짓말을 어떤 식으로 짜 맞춰 봐도 사건이 명쾌하게 설명되지 않았다.

정신을 차리고 보니 거리에는 어느새 어둠이 내려 있었고, 자신이 있는 곳은 전자 제품 가게 앞이었다. 신제품 TV 앞에 사람들이 모여 있었다. 그 모습을 무심코 바라보다가 다카마는 문득 걸음을 멈췄다. 화면에 비치는 내용 때문이 아니라 그 TV가 도자이 전기의 제품이었기 때문이다.

자본금, 매출……. 오노가 보여 준 팸플릿의 내용이 어렴풋이 떠올랐다. 그리고.

잠깐.

다카마의 뇌리에 번쩍 스치는 것이 있었다. 그것은 참으로 엉뚱한 생각이었다. 그리고 지금까지의 추리를 완전히 뒤집는 것이었다. 다카마는 심장의 고동이 점점 격렬해지는 것을 느꼈다. 그것은 엉뚱하기는 하지만 지금까지 다카마가 무심코 보고 들은 것들과 묘하게 부합됐다.

"그래, 그런 것들도 생각했어야 해."

그는 즉시 경찰서로 전화를 했다. 모토하시 반장이 전화를 받았다.

"급히 조사할 것이 있습니다. 모든 수수께끼가 풀릴지도 모릅니다."

"그래? 뭘 조사하면 되지?"

다카마의 흥분된 마음이 전해졌는지 모토하시의 목소리도 높아졌다.

"좀 엉뚱한 거긴 하지만 엉뚱하게 진상을 드러내 줄지도 모릅니다."

5

부인 기미코가 형사들이 찾아왔다고 알렸을 때, 나카조는 이제 더는 숨길 수 없게 되었다는 것을 직감했다. 사실 아시하라라는 자가 체포된 시점에서 이미 포기하고 있었다고 할 수 있다.

그는 별로 당황하지도 낙담하지도 않았다. 언젠가는 이런 날이 올 거라고 오래전부터 짐작하고 있었기 때문이다. 그래서 평소와 다름없는 태도로 기미코에게 손님을 응접실로 안내하라고 말할 수 있었다.

나카조가 옷매무새를 가다듬고 응접실로 들어서자 형사 두 명이 자리에서 일어서면서 불쑥 찾아와 죄송하다고 말했다. 우에하라라는 형사는 안면이 있었지만 다른 형사는 초면이었다. 그가 재빨리 내민 명함에는 '수사 1과 다카마'라고 적혀 있었다.

"중대한 사안이 있어서 왔습니다."

다카마라는 형사가 정색하고 이야기를 꺼냈다. 그 표정을 보며 나카조는 '올 것이 왔다'고 생각하고 마음을 다졌다.

노크 소리가 들리더니 기미코가 차를 가지고 들어왔다. 형사가 방문했다는 사실에 신경이 쓰이는 듯했다. 하지만 그녀가 있는 데서 얘기를 나눌 수는 없었다.

"당신은 자리를 좀 비켜 줘."

나카조의 말에 그녀는 불만스런 표정을 지으면서도 고개를 까딱하고 응접실을 나갔다. 전 사장의 딸이지만 자신을 내세우지 않고 나카조를 잘 보필해 온 그녀였다.

"말씀드려도 되겠습니까?"

기미코의 발소리가 멀어지자 다카마가 물었다.

"그러시죠."

다카마는 숨을 한 번 크게 들이쉰 뒤 나카조의 눈을 똑바로 바라보며 입을 열었다.

"스다 다케시라는 청년, 아시죠?"

나카조는 아무런 대답도 하지 않았다. 뭐라고 대답해야 할지 판단이 서지 않았기 때문이다.

"사장님을 납치하려던 사람 말입니다. 맞지요?"

"저는……."

나카조가 입을 열었다. 목소리가 잠겨 있었다.

"중년의 뚱뚱한 남자라고 말씀드렸습니다."

"알고 있습니다."

다카마가 냉랭한 목소리로 말했다. 그는 확신에 찬 눈동자로 나카조를 노려봤다.

"하지만 그건 거짓말입니다. 사실은 단단한 체구의 젊은이, 스다 다케시였습니다."

그리고 다카마는 덧붙였다.

"그는 당신의 친아들입니다."

몇 초간 침묵이 흘렀다. 나카조와 다카마는 서로의 얼굴을
뚫어져라 바라보았다. 형광등의 '윙' 소리가 유난히 크게 느껴
졌다.

"아시하라의 공범은 스다 다케시 군입니다. 그 외의 다른
사람은 생각할 수 없습니다. 하지만 당신은 범인이 뚱뚱한 중
년 남자라고 했습니다. 이 모순 때문에 우리는 그동안 고민했
습니다. 그런데 당신의 증언이 거짓이라고 놓고 보면 이 모순
이 간단히 해결되더군요. 그럼 당신이 거짓말을 한 이유가 어
디에 있었을까."

거기까지 거침없이 이야기한 다카마는 반응을 살피는 듯한
눈초리로 나카조를 보았다. 나카조는 고개를 숙이고 시선을
테이블 위로 떨어뜨렸다.

"그런데 그것 말고 또 하나의 의문이 있었습니다."

다카마가 말을 이었다.

"스다 다케시 군이 왜 당신에게 협박장을 보내 당신을 불러
냈느냐 하는 점입니다. 분명 돈이 목적은 아니었습니다. 그는
개인적으로 당신을 만날 필요가 있었던 겁니다. 당신은 그런
사실을 감추려 했고요. 거기까지 생각했을 때 엉뚱한 가설이

머릿속에 떠올랐습니다. 동시에 도자이 전기 팸플릿에 실려 있던 당신의 사진도."

나카조가 고개를 들었다. 그의 얼굴을 보며 다카마가 나지 막이 말했다.

"스다 다케시 군은 당신과 닮아 있었습니다."

다카마가 이야기를 계속했다.

"저의 엉뚱한 가설에 자신이 생기더군요. 그래서 실례를 무릅쓰고 나카조 씨의 경력을 조사해 봤습니다. 그 결과, 1950년대 중반에 당신이 스다 다케시 군의 어머니 아키요와 한마을에 살았다는 사실을 알아냈습니다."

거기서 다카마는 일단 말을 멈췄다. 나카조가 반론할지도 모른다고 생각한 것이다. 하지만 나카조는 아무 말도 하지 않았다.

"말씀해 주십시오."

다카마가 말했다.

"협박장을 보내 당신을 불러낸 건 스다 다케시 군이었지요?"

나카조는 팔짱을 끼고 천천히 눈을 감았다. 감은 눈꺼풀 안쪽으로 몇 개의 영상이 스쳐 지나갔다.

"조건이 있습니다."

나카조가 눈을 감은 채 입을 열었다.

"비밀은 반드시 지키겠습니다."

나카조의 마음을 들여다보기라도 한 것처럼 다카마가 그렇게 말했다.

"아무에게도 알리지 않겠습니다. 물론 부인께도."

나카조가 고개를 끄덕였다. 하지만 영원히 비밀에 부치는 것은 현실적으로 불가능할 것이다. 언젠가는 기미코에게 이야기해야 한다. 그때까지만 비밀로 해 주어도 좋을 것이다.

나카조가 깊이 한숨을 쉬었다.

"말씀하신 대롭니다. 그날 저를 불러낸 건 그 아이였습니다. 그리고 그는, 제 자식입니다."

"좀 더 자세히 설명해 주십시오."

"얘기가 길어질 텐데요."

"괜찮습니다."

다카마와 우에하라, 두 형사의 진지한 눈빛이 그의 얼굴로 모였다. 나카조는 다시 눈을 감았다.

2차 대전 당시 나카조는 도자이 산업 시마즈 시 공장의 공장장이었다. 그 공장은 원래 철도 차량용 부품을 생산하던 곳이었는데 전쟁이 터지자 군의 명령에 따라 항공기 부품을 제조하게 되었다.

그러다가 종전을 맞게 되자 시마즈 시 공장은 항공기 부품

대신 프라이팬과 냄비 등을 생산하게 되었다. 그리고 나카조는 도자이 산업 재건 요원으로서 아가와에 있는 본사 공장으로 발령받았다. 그곳에서 그는 전기 기기 부문을 관할하고 있던 와타나베 시게오 밑으로 들어가게 된다. 그는 주거지도 시마즈 시에서 아가와로 옮겼다. 37세. 독신으로 가족은 아무도 없었다.

나카조는 새로운 터전에서 스다 아키요를 만났다.

그는 아키요와 결혼할 생각이었다. 그런데 껄끄러운 문제가 하나 있었다. 상사인 와타나베가 자신의 딸 기미코의 남편감으로 그를 점찍은 것이다. 기미코는 당시 28세였고 전쟁 중에 남편이 사망한 상태였다.

나카조는 아키요와의 일 때문에 와타나베의 호감을 잃고 싶지 않았다. 게다가 그는 와타나베에게 큰 신세를 지기도 했다. 와타나베 덕분에 전기 계통의 최신 기술을 익힐 수 있었던 것이다. 그래서 그는 당분간 아키요와의 관계를 비밀에 부치기로 했다. 아키요도 "당신을 위해서라면." 하고 이해해 줬다.

그런데 예상치 못한 일이 일어났다. 아키요가 임신한 것이다. 그녀의 오빠는 집요하게 상대가 누구인지 추궁했지만 그녀는 알려 주지 않았다. 나카조는 그녀를 다른 마을로 피신시키기로 했다. 이대로는 두 사람이 만나는 것조차 어렵기 때문이었다.

옮겨 간 마을은 항구와 가까운 곳이었다. 아키요가 바다 옆에서 살고 싶다고 했다.

새로운 곳에서 나카조와 아키요는 새로운 생활을 시작했다. 그렇다고는 해도 나카조가 일주일에 한 번 와서 자고 가는 것뿐이었다. 이중생활이 사람들에게 알려지면 곤란했다.

아이가 태어나자 우선 아키요의 호적에 올렸다. 말하자면 사생아인 셈이었다. 물론 나카조는 때가 오면 자신의 호적에 올릴 생각이었다. 이름은 다케시라고 지었다. 스다 다케시. 오빠가 호적을 떼어 볼지도 모르지만, 아키요는 상관없다고 생각했다.

그런 상태가 3년 정도 이어졌다. 도자이 산업 전기 기기 제조부는 도자이 전기 주식회사로 분리되어 독립하게 되었고, 초대사장이 와타나베로 결정됐다. 당연히 나카조도 그를 따라 도자이 전기로 옮겼다.

신생 회사가 자리를 잡도록 하는 것은 상당한 고생이 따르는 일이었지만 나카조로서는 일생에 한 번 올까 말까 한 기회였다. 와타나베의 보좌역으로서 기술 부문 전체를 관리하는 임무가 그에게 맡겨졌다. 나카조는 잠잘 시간도 없을 정도로 바빴다. 당연히 아키요에게 가는 횟수도 줄어들었다. 그는 아키요에게 1년만 기다려 달라고 부탁했다. 회사가 안정되면 반

드시 데리러 올 것이며 그때까지 생활비는 꼬박꼬박 보내겠
다고 했다.

그때만 해도 나카조는 그녀를 버릴 생각이 없었다. 딱 1년
만이라고, 진심으로 그렇게 생각했다. 그런데 와타나베가 재
차 기미코와 결혼해 주기를 청해 왔다. 나카조는 입장이 곤란
했다. 생각해 보면 나이도 얼마 안 된 그를 와타나베가 특별
취급 했던 것도 딸의 결혼 상대로 여겼기 때문일 것이다.

그가 확실하게 거절하지 않자 그것은 승낙으로 받아들여졌
다.

나카조는 와타나베 기미코와 결혼했고, 아키요와 약속한 1
년은 지나갔다.

아키요를 만나 어떻게든 사과해야 한다고 생각했지만 막상
실행에 옮기려니 두려운 마음이 앞섰다. 대체 뭐라고 사과한
단 말인가. 대충 사과한다고 해결될 문제가 아니라는 건 나카
조 자신이 누구보다도 잘 알고 있었다. 이러다가는 아키요가
회사로 찾아올지도 모를 일이었다. 그때는 뭐라고 해명해야
하나. 그런 생각들을 하면 마음이 무거웠다. 하지만 결국 그
는 아키요를 찾지 않았다.

그 후 긴 세월이 흘렀다. 하지만 그가 아키요를 잊은 건 아
니었다. 태어난 아이에 대한 생각도 머리에서 떠나지 않았다.
기미코와의 사이에 아이가 생기지 않아 한층 더 그 아이가 생

각났다.

몇 년인가 지났을 때 아키요 모자가 어떻게 지내는지 알아보려고 한 적이 있었다. 그러나 그때는 이미 그들이 그 어촌에서 사라진 뒤였다.

안타까웠지만 어쩔 도리가 없었다. 그런 길을 택한 건 나카조 자신이었다.

"고교 야구, 보십니까?"

다카마가 물었다.

"자주 봅니다. 이 지역에서는 가이요 고교가 본선에 진출했고 그 학교 투수가 스다라는 성을 쓴다는 것도 알고 있었습니다. 하지만 그 아이가 그 다케시라고는……. TV를 보면서도 꿈에도 생각 못했습니다."

"그럼 언제 아셨나요?"

"그건…… 처음 만났을 땝니다."

협박장을 받고 지정된 장소로 갈 때까지 나카조는 폭탄 사건의 범인이 협박하는 것이라고만 생각했다. 아니, 찻집에 전화가 걸려 왔을 때까지도 그렇게 생각했다. 그래서 두 번째로 걸려 온 전화를 받던 중 그는 심장이 멈추는 듯한 충격을 느꼈다.

"나카조 겐이치 씨죠?"

"당신은 누굽니까?"

상대는 잠시 침묵하더니 곧 차분한 목소리로 대답했다.

"스다 다케시."

이번에는 나카조가 침묵할 차례였다. 아니, 말이 나오지 않았다는 것이 적절한 표현일 것이다. 온몸에서 땀이 솟아나며 몸이 떨려 왔다.

"다케……시? 설마…….."

목소리마저 떨렸다. 그의 그런 반응을 즐기는 듯 상대는 숨을 한 번 천천히 쉰 뒤 말했다.

"지금부터 내가 지시하는 대로 한다. 우선 돈이 든 가방을 버스 정류장 벤치에 놓고, 당신은 뒤쪽에 있는 서점으로 들어갈 것. 서점에 뒷문이 있으니까 곧바로 그리 나와서 왼쪽으로 가다가 건널목이 나오면 길을 건넌다. 그리고 거기서 신소지(眞仙寺)행 버스를 타고 종점까지 가서 내린다. 알겠지."

그리고 전화가 끊겼다. 경찰에 알리지 말라는 말은 하지 않았다. 그럴 필요가 없다는 걸 알기 때문일 것이다.

나카조는 스다 다케시의 말대로 버스를 탔다. 형사들은 가방의 행방에 신경을 쓰느라 그가 행방불명된 사실을 금방 눈치채지 못할 것이다. 미행은 없는 것 같았다.

버스는 처음에는 매우 혼잡했지만 종점까지 타고 온 사람

은 몇 안 됐다. 아무리 보아도 그중 다케시로 보이는 사람은
없었다.

신소지 앞에서 내린 나카조는 주위를 두리번거렸다. 길은
경사가 급했고 길 양편으로 소나무 숲이 울창했다. 길 건너편
저 안쪽으로 신소지의 지붕이 보였다. 그 바로 앞은 묘지인
것 같았다. 공기가 싸늘해 나카조는 한기를 느꼈다.

종점에서 내린 다음에는 어떻게 하라는 것인지 지시가 없
었다. 어쩔 수 없이 그는 그 자리에 우두커니 서 있었다.

잠시 후 언덕길 아래쪽에서 젊은이 하나가 달려왔다. 아래
위로 운동복 차림에 야구 모자를 쓴 청년을 보면서 '이런 경사
에서 달리는 사람이 다 있다니', 하고 생각하는데 청년이 나카
조 앞에서 멈춰 섰다.

"조금 늦었군."

청년은 얼굴을 들어 나카조를 봤다.

"엇, 자네는……."

나카조는 그때 처음으로 고시엔의 스다가 바로 그 다케시
라는 것을 알아차렸다. 그는 너무 놀라 할 말을 잃었다. 어떤
표정을 지어야 할지도 알 수 없었다.

"인사는 됐어."

다케시는 아무런 감정이 섞이지 않은 목소리로 말했다.

"갈까?"

"가다니, 어딜?"

"따라오면 알아."

다케시는 길을 건너 소나무 숲 사이로 난 길로 들어갔다. 나카조가 그의 뒤를 쫓았다.

다케시는 말없이 걷기만 했다. 걸음이 빨랐다. 나카조는 그를 쫓아가는 것도 힘들었지만 계속되는 침묵이 더 괴로웠다.

"자네, 어디서 온 건가? 언덕 아래에서 달려오던데."

"당신이 내리기 네 번째 전 정류장에서."

다케시는 아무렇지도 않은 듯 대답했다.

"같은 버스에 타고 있었지. 눈치 못 채는 것 같더군."

"그럼 거기서부터 달려서?"

이곳까지의 거리와 언덕의 경사를 떠올리며 나카조가 물었다.

"놀랄 일은 아니야."

다케시는 여전히 담담한 태도로 대답했다.

성큼성큼 걸어가는 다케시의 뒷모습을 바라보던 나카조는 알 수 없는 감회에 젖어들었다. 그 다케시가 이렇게 성장했다. 일평생 만나는 일이 없을 거라 생각했던 아들이 지금 내 눈앞에 있다. 그에게 달려가서 꼭 안고 싶은 충동에 사로잡혔지만 그럴 수는 없었다. 그럴 수 없게 만드는 무언가가 다케시의 뒷모습에 있었다.

"폭탄은 자네가 설치했나?"

답답함에서 벗어나려고 나카조가 물었다.

"그렇다고 할 수 있지."

다케시는 걸으면서 대답했다.

"당신 회사에 원한을 가진 사람이 있어서 그의 부탁을 받고 했지. 하지만 오늘 일은 그 사람도 몰라. 내 마음대로 저질렀 거든."

"왜 협박장 같은 걸 보냈지? 그냥 편지를 보냈어도 만나러 왔을 텐데."

그러자 다케시가 갑자기 걸음을 멈추고 나카조를 돌아보며 얼굴을 일그러뜨렸다.

"당신 같은 사람을 내가 믿을 것 같아?"

그러고는 다시 걷기 시작했다. 나카조는 납덩어리가 짓누 르는 듯 무거운 마음으로 계속 그의 뒤를 쫓았다.

다케시가 묘지로 들어섰다. 익숙한 길인 듯했다. 그가 자신 을 어디로 데려가는지 이제는 나카조도 알 것 같았다.

다케시는 묘지의 거의 제일 안쪽까지 가서 걸음을 멈췄다. 그의 앞에 나무로 만든 자그마한 묘비가 서 있었다. 나카조도 뒤에서 걸음을 멈추고 묘비를 내려다봤다.

"여기가……."

'역시 그랬군.' 하고 나카조는 생각했다. 어떤 근거가 있는 것은 아니었지만 아키요가 이 세상 사람이 아니지 않을까 하는 예감은 내내 나카조의 마음속에 있었다.

"이 옆은 아버지."

똑같이 생긴 묘가 옆에 또 하나 있었다.

"아버지……, 그럼 아키요 씨가 재혼한 건가?"

그렇다면 조금이나마 마음의 위로가 될 것 같았다.

"바보 같은 소리. 스다 마사키, 외삼촌이야. 아버지는 우리 모자를 받아들여 줬어. 병든 어머니와 나를."

"……그랬군."

"그리고 얼마 안 있어 어머니는 돌아가셨어."

"무슨 병으로?"

"병 때문이 아냐. 자살하셨어. 손목을 그어서."

심장이 찌르듯이 아팠다. 식은땀이 흐르며 호흡이 거칠어졌다. 서 있기조차 힘들어 그 자리에 무릎을 꿇고 말았다.

"어머니는 내게 대나무로 만든 인형과 죽세공 도구, 그리고 조그만 부적을 남겼어. 중학교 때 그 부적 안에 종이가 들어 있는 걸 발견했지. 거기에는 '내 아버지는 도자이 전기의 나카조라는 사람이다'라고 적혀 있었어. 알겠어? 어머니는 당신이 자신을 배신하고 다른 여자와 결혼한 걸 알고 있었다고. 그런데도 당신의 이름을 아무에게도 말하지 않았어. 당신에게 폐가 되면 안 된다고 생각했단 말이야."

나카조는 힘없이 고개를 떨어뜨렸다. 할 말이 없었다. 간신히 "미안하다."라고 혼잣말처럼 중얼거렸다.

"뭐, 미안하다고?"

다케시는 나카조에게 바짝 다가와 그의 멱살을 쥐었다. 굉장한 힘이었다. 나카조는 그대로 아키요의 묘 바로 앞까지 비칠비칠 끌려갔다.

"뭐라고 했어, 미안하다고? 어떻게 그런 말이 나오지?"

다케시가 세게 내동댕이치는 바람에 나카조는 자갈밭에 엉덩방아를 찧었다.

"내가 어머니에 대해 확실히 기억하고 있는 걸 알려 주지. 그건 말이야, 어머니 손에 이끌려 역에 갔던 일이야. 어머니는 당신과의 약속을 철석같이 믿고 당신이 돌아오기만을 기다렸어. 아버지는 토요일에 돌아올 거야, 그러면서 어머니는 토요일마다 나를 데리고 역으로 나갔다고. 그리고 기다렸지. 마지막 열차가 도착할 때까지. 매주, 춥건 덥건 상관없이 말이야. 우리가 당신을 얼마나 기다렸는지 알기나 해!"

나카조는 자세를 고쳐 앉고 굳게 쥔 주먹을 양 무릎 위에 놓았다. 이대로 다케시에게 죽어도 좋다고 생각했다.

"언젠가는 당신을 이곳으로 데려오려고 생각했어."

다케시의 목소리가 약간 차분해졌다.

"어머니는 내내 당신을 기다렸어. 이제야 겨우 그 소원을 이뤄 드렸군."

그리고 다케시는 나카조의 뒤로 돌아가 그의 등을 획 밀어 뜨렸다.

"자, 어머니께 사과해. 마음 같아서는 죽을 때까지 여기서 빌라고 했으면 좋겠어."

나카조는 아키요의 무덤 앞에서 두 손을 모았다. 죄책감과 후회가 홍수처럼 밀려왔다. 자신이 저지른 죄의 무게를 생각하면 정신이 아득할 정도였다. 할 수만 있다면 정말로 죽을 때까지 여기서 빌고 싶은 마음이었다.

"당신 때문에 고통받은 사람이 어머니뿐인 줄 알아?"

뒤에서 다케시가 말했다.

"우리를 거두어 준 아버지도 죽을 때까지 고통받았어. 아니, 그 누구보다 고통을 당한 사람은 나를 길러 준 어머니야. 아무 관계도 없는 당신 때문에 인생을 송두리째 빼앗겼다고."

"뭐라도…… 내가 뭐라도 해 줄 게 없을까?"

"이제 와서 뭘?"

다케시가 차갑게 내뱉었다.

"너무 늦었다는 건 알지만, 이대로 있기에는 너무 면목이 없어서……."

"면목이 있건 없건 그게 나랑 무슨 상관인데, 나더러 당신 마음이 편해지도록 도와 달라는 거야?"

"……."

"하지만,"

다케시가 그렇게 덧붙이자 나카조는 고개를 들었다.

"요구할 게 없는 건 아니지."

"뭐든 말해 보게."

"첫째는, 이 이후로 우리의 존재를 잊어 줬으면 좋겠어. 당신이 버린 여자 같은 건 없는 거야. 당연히 숨겨진 자식 같은 것도 없고. 당신과 스다 다케시는 아무 관계도 없는 사람들이야."

"그렇지만……."

"닥쳐. 당신에게는 아무것도 요구할 권리가 없어. 그렇게 생각하지 않나?"

나카조는 입을 다물었다. 그의 말이 옳았다.

"또 하나는 돈. 위자료를 받아야겠어."

"얼마를 원하지?"

"10만 엔."

"10만 엔?"

나카조가 되물었다.

"돈이라면 얼마든지 줄 수 있네. 얼마를 요구해도 상관없어."

"10만 엔이면 돼. 우리에겐 그만하면 큰돈이야."

다케시는 발끝으로 자갈을 툭툭 건드리며 말했다.

"10만 엔은 지금의 어머니께 갖다 드리도록 해. 드리는 방법은 자유지만 당신의 이름은 알려지지 않도록 하고. 어머니가 납득하고 받아들일 방법을 궁리해 봐."

"자네한테 주면 안 되나?"

"내가 뭐라고 하면서 그런 큰돈을 어머니께 드리지? 주웠다고 할까?"

"……그렇군. 알겠네. 시키는 대로 하지. 다른 요구는?"

"그뿐이야. 당신은 다시 유능한 사장, 좋은 남편으로 돌아가서 살면 그뿐이야."

이야기를 마친 다케시는 돌아서더니 왔던 길을 향해 걷기 시작했다. 당황한 나카조는 "잠깐만 기다려 줘."라고 외쳤다.

"다시는…… 못 만나는 건가?"

다케시는 돌아서지 않은 채 대답했다.

"말했잖아. 우리와 당신은 아무 관계도 없는 사람들이라고. 아무 관계도 없는 사람들이 왜 만나야 하지?"

"……."

"다시 말해 두는데, 당신이 여기 오는 것도 오늘이 마지막이야. 모르는 사람의 묘를 찾는 건 이상한 일이잖아. 안 그래? 당신은 이미 한 번 우리와의 약속을 깼어. 설마 이번 약속만은 무슨 일이 있어도 지켜 주겠지."

그리고 다시 걷기 시작했다. 나카조는 다시 한 번 그를 불렀다. 그러나 그는 멈춰 서지 않았다.

자갈 밟는 소리가 서서히 멀어졌다.

6

이야기를 마친 뒤에도 나카조는 흐르는 눈물을 멈출 수 없었다. 무엇 때문인지는 그 자신도 알지 못했다.

"그 이틀 후 다케시가 살해됐다는 걸 알게 됐습니다. 믿을 수 없었어요. 다시 만날 수는 없다 해도 숨어서라도 지켜 주리라 결심했는데."

다케시의 죽음이 자신과 관련된 것은 아닌지, 나카조는 그게 몹시 마음에 걸렸다. 다케시가 살해되기 직전에 자신을 찾아온 것에 어떤 의미가 있는지 생각해 보기도 했다.

"그건 그가 죽음을 각오했기 때문입니다."

다카마가 말했다.

"그럼 다케시는 살해될 줄 알면서 범인을 만나러 갔고, 그 전에 저를 만나러 왔다는 겁니까?"

다카마는 잠시 생각해 보더니 고개를 끄덕였다.

"그렇다고 할 수 있습니다."

"어째서 그런⋯⋯."

"매우 복잡한 사정이 있습니다. 지금 다 말씀드릴 수는 없지만."

"혹시 범인을 알고 계십니까?"

다카마는 대답을 망설이는 듯 잠시 시선을 돌렸다가 입을 열었다.

"그렇습니다."

"아⋯⋯."

나카조는 자신이 할 수 있는 일이 무엇인지 생각해 보았다. 그러나 아무것도 떠오르지 않았다. 다카마가 말한 '복잡한 사정'이라는 게 무엇인지 짐작도 가지 않았다. 즉 다케시는 그가 짐작도 못할, 그런 세계를 살아왔던 것이다.

"그렇군요. 그럼 범인이 잡히는 대로 연락 부탁드립니다."

나카조가 할 수 있는 말은 고작 그것뿐이었다.

"장례식 날 스다의 집에 나타난 수수께끼의 인물은 사장님이시죠?"

"그렇습니다. 다케시와 약속한 건 10만 엔이었지만."

"스다의 가족은 10만 엔이 필요했습니다. 빚이 있었거든요."

이야기를 마친 형사들이 돌아가려 했을 때 나카조는 갑자기 생각난 것이 있는 듯 그들을 다시 불러 앉히고 잠깐만 기다리라고 하더니 서재로 가서 무언가를 가져왔다.

"저와 아키요가 함께 살았을 때의 사진입니다. 혹시 참고가 될까 해서요."

나카조는 사진을 다카마에게 건넸다. 대나무 공예품을 만들고 있는 아키요와 나카조의 모습이었다. 그들의 뒤쪽에 갓난아기 다케시가 누워 있었다.

"흠……."

다카마와 우에하라는 신기한 것이라도 보는 듯한 표정이었다. 크게 참고될 건 없을 것이라고 나카조가 생각하고 있는데 다카마가 갑자기 "앗." 소리를 냈다.

"왜 그러십니까?"

우에하라가 물었지만 다카마는 사진에서 눈을 떼지 않고 "이거야!"라고 외쳤다.

"이 사진에 무슨?"

나카조는 불안해졌다. 자신이 뭔가 귀찮은 문제를 일으킨 건 아닐까 하는 생각이 들었다.

그의 질문에 대답하는 대신 다카마는 "이 사진, 잠깐 빌려도 되겠습니까?"라고 물었다. 나카조는 물론이라고 대답했다.

"그럼 잠시 빌리겠습니다."

자리에서 일어선 형사들은 서둘러 현관으로 향했다. 나카조로서는 도무지 뭐가 뭔지 알 수 없었다.

"그 사진이 도움이 됩니까?"

마지막으로 다시 한 번 그렇게 물었다. 그러자 다카마가 그를 돌아보며 대답했다.

"네, 아마도."

"그렇습니까. 잘됐네요."

"나카조 씨."

다카마가 다소 굳어진 얼굴로 나카조를 불렀다.

"당신이 지은 죄는 상상 이상으로 무겁습니다."

나카조가 얼어붙은 듯 서 있는 동안 형사들은 그 자리를 떠났다.

오른팔

1

"나카조 사장이 실토했어. 협박장을 보낸 사람이 스다 다케 시라고."

아시하라가 취조실로 불려 가 두 형사 앞에 마주 앉자 다카 마가 그렇게 말했다. 아시하라는 그의 얼굴을 물끄러미 바라 보다가 입을 열었다.

"……그랬군. 역시 그 녀석 짓이었어."

"몰랐나?"

우에하라가 물었다.

아시하라는 고개를 끄덕였다. 정말로 몰랐다.

"복잡한 사정이 있더군."

다카마가 말했다.

"어쨌든, 이렇게 된 이상 당신과 다케시의 관계도 확실히 밝혀 줘야겠어. 다케시가 당신과 손잡았다는 사실은 알고 있 어."

형사들의 눈이 아시하라에게 꽂혔다. 그는 양 팔꿈치를 책상 위에 얹더니 손을 깍지 껴 이마에 대고 잠시 생각한 후 입을 열었다.

"그 녀석은 말려들게 하고 싶지 않았어요. 그래서 나 혼자 했다고 한 겁니다. 아무리 죽은 녀석이라고 해도 말이에요."

그리고 아시하라는 혼잣말처럼 중얼거렸다.

"좋은 녀석이었는데……."

"잠깐 쉬었다 하지."

우에하라가 그렇게 말하고는 담뱃갑을 내밀었다. 아시하라는 말없이 담배 한 대를 뽑았다.

소년들이 달리는 모습을 바라보고 있는데 뒤에서 부르는 소리가 들렸다. 아시하라가 돌아보니 색 바랜 운동복에 점퍼를 걸치고 야구 모자를 푹 눌러쓴 젊은이가 백네트 뒤에 서 있었다. 며칠 전부터 종종 모습을 보여 안 그래도 신경이 쓰이던 참이었다. 가이요 고등학교의 스다 다케시라는 건 알고 있었지만 그가 직접 말을 걸어오기는 처음이었다.

"도자이 전기에 계시던 아시하라 씨 맞죠?"

다케시가 아시하라 쪽으로 걸어오면서 그렇게 물었다. 아시하라는 성가시다는 표정을 지었다. 친한 사람이 그래도 싫을 텐데 하물며 잘 모르는 사람이 옛날 얘기를 꺼내다니 불쾌한 생각이 들었다.

"그런데?"

"가이요의 스다입니다."

"알고 있네. 그래서?"

가능한 한 퉁명스럽게 쏘아붙였지만 다케시는 조금도 기가 꺾이는 것 같지 않았다. 그는 네트에 코를 박다시피 바짝 들이대고 잡담이라도 하는 투로 말했다.

"아시하라 씨, 그 공 어떻게 됐어요?"

"그 공이라니?"

그러자 다케시는 가볍게 공 던지는 시늉을 하며 "흔들리면서 떨어지는 공요."라고 대답했다.

"쓸데없는 소리."

아시하라는 운동장 쪽으로 시선을 돌렸다. 그 공을 가벼운 얘깃거리로 삼고 싶지는 않았다.

"제가 도자이 야구팀 연습을 보러 갔던 거 기억하십니까? 그때 투구 연습장에 계셨는데요."

"기억하지. 대단한 녀석이 들어올지도 모른다고 감독을 비롯해서 다들 난리를 피웠으니까. 결과적으로 자네가 우리를 갖고 논 셈이 됐지만."

"갖고 놀았다고요?"

다케시가 피식 웃는 것 같았다.

"그런지도 모르죠. 그때는 도자이 전기라는 회사에 약간 흥

미가 있어서 선배에게 견학시켜 달라고 부탁했으니까. 야구
연습을 보겠다는 건 부록이었다고 할까."

홍, 아시하라도 콧방귀를 뀌었다.

"부록밖에 못 돼서 미안하군."

"하지만 코치님의 그때 그 공은 수확이었어요. 제게 특기가
하나 있는데, 좋은 공을 영원히 잊지 않는 거죠. 그 후로 몇 번
인가 도자이의 시합에 가서 공 던지시는 걸 봤어요. 유감스럽
게도 어느 날 갑자기 야구를 그만둬 버리셨지만."

"이 다리를 보면 왜 그랬는지 알겠지?"

그러면서 아시하라는 지팡이로 땅을 콩콩 두드렸다.

"다 끝났어. 지금은 아이들에게 야구를 가르치는 걸로 욕구
나 충족시킬 뿐이라네."

그리고 그는 다케시 쪽으로 고개를 살짝 돌리며 말했다.

"그러니까 방해하지 말아 줘."

"방해할 생각은 없습니다. 그 공을 배우고 싶을 뿐이에요."

"다 잊었다니까."

"그 공을 아시하라 씨 가슴속에만 간직하긴 아깝지 않나요.
제게 가르쳐 주시면 가치를 발휘하도록 해 드리겠습니다."

"자신만만하군."

"그런가요?"

"그 정도 실력이면 충분한 거 아닌가. 천재 스다가 사회인

야구의 퇴물한테 한 수 가르쳐 달라고 애걸하다니, 보기 민망하군."

"어떻게 보이든 상관없습니다."

"음……."

아시하라는 그 이상 아무 말도 하지 않고 달리기를 마친 소년들 쪽으로 걸어갔다. 그리고 야기 감독과 함께 학생들에게 수비 연습을 시키기 시작했다. 스다 다케시는 백네트 뒤에 그대로 서 있다가 잠시 후 그 자리를 떠났다.

그 뒤에도 다케시는 종종 찾아왔다. 본인도 같은 소년 야구팀 출신이었던 다케시는 이따금 아이들에게 조언을 한두 마디 할 뿐 훈련을 방해하지는 않았고, 소년들은 당연하게도 그를 알고 있었기 때문에 그의 말에 귀를 기울였다.

"아무리 찾아와도 소용없어."

하루는 단둘이 있을 때 아시하라가 다케시에게 그렇게 말했다.

"나는 지금까지 아무에게도 그 공에 대해 가르쳐 주지 않았고, 앞으로도 가르쳐 주지 않을 생각이야. 그건 천재 스다라 해도 마찬가지라고."

그래도 다케시는 아무 말 없이 대범한 웃음만 지을 뿐이었다.

무시해야지, 아시하라는 그렇게 생각했다. 저런 녀석 따위

신경 끊으면 그뿐이다.

그러던 어느 날 아시하라에게 뜻밖의 사건이 일어났다. 소년 야구 코치직에서 돌연 해임된 것이다. 야기 감독은 이런저런 이유를 갖다 댔지만 아무래도 석연치 않았다. 학부모들 중에 전에 아시하라에게 잘못을 뒤집어씌웠던 도자이 안전 조사부 니시와키가 있고, 그가 아시하라를 코치직에서 해임하도록 선동했다는 사실은 나중에야 알게 됐다.

그 사실을 안 뒤 아시하라는 잊었던 증오심이 되살아났다.

'내 인생을 부서뜨린 니시와키, 그 녀석이 이번에는 인생의 마지막 보람마저 빼앗아 갔어.'

치밀어 오르는 분노와 증오심을 곱씹으면서 아시하라는 술에 절어 나날을 보냈다. 일도 하지 않고 하루 종일 마시기만 했다.

그렇게 몹시 괴로운 나날을 보내고 있을 때 다케시가 그의 아파트로 찾아왔다.

"잘렸다면서요?"

다케시가 그의 속을 긁었다. 비위가 상한 아시하라는 옆에 있던 유리컵을 집어 던졌다. 컵은 현관문에 부딪혀 산산조각 났다.

"네가 무슨 상관이야."

"당신을 자르다니, 그 감독, 어떻게 된 거 아니야?"

"감독이 그런 게 아니야. 니시와키란 놈, 사람을 이렇게까지……."

그러고서 아시하라는 입을 다물었다. 다른 사람이 그 일을 알도록 하고 싶지는 않았다.

하지만 다케시는 그의 말을 듣고 "재미있겠는데, 그 얘기?" 하며 아시하라 쪽으로 바짝 다가왔다.

"니시와키라는 사람과 무슨 일이 있었는데요?"

평소의 아시하라라면 상대도 하지 않았을 것이다. 그러나 당시의 그는 누구에게라도 하소연하고 싶은 심정이었고 게다가 취해 있었다. 니시와키의 이름을 꺼내는 순간 술이 확 오르는 느낌이었다.

아시하라는 자신이 회사에서 해고당한 경위와, 그 가증스러운 안전 조사부의 우두머리가 니시와키라는 사실을 다케시에게 털어놓았다.

"어떻게 그대로 그냥 회사를 그만둘 수 있나요. 억울함을 호소할 방법이 없었어요?"

"증거가 전혀 없었거든. 증인들까지 미리 손을 써 놔서 나 혼자 아무리 날뛰어도 소용없었어."

아시하라는 한 되는 됨직한 정종을 병째 들고 꿀꺽꿀꺽 마셨다. 죽을 것처럼 가슴이 답답했다.

"하지만 말이야, 나도 복수를 생각하고 있어."

"복수?"

"응. 그것도 아주 화려한."

그러더니 아시하라는 방 한구석에 놓여 있는 종이 상자를 열고 다케시에게 와서 보라고 했다. 그 안을 들여다본 다케시의 얼굴이 굳어졌다.

"진짜라고, 이거. 그때 이걸 몸에 두르고 회사에 뛰어들 작정이었어. 자살 특공대처럼. 하지만 그러지 않았어. 그런 놈들 때문에 죽는 건 너무 억울하다 싶더군."

다케시는 다이너마이트 하나를 꺼내 들고 신기한 듯 들여다봤다. 그런 그를 바라보던 아시하라는 문득 그에게 모든 걸 털어놓은 자신이 어리석었다는 생각이 들었다.

'역시 남에게 할 얘기는 아니었어.'

"내가 자네에게 별 쓸데없는 얘기를 다 했군. 잊어버리게."

아시하라가 상자 뚜껑을 닫으려 할 때였다. 다케시가 불쑥 이런 말을 꺼냈다.

"한번 해 볼까요?"

아시하라가 그를 쳐다봤다.

"뭐?"

"특공대요. 하지 않을래요?"

"나더러 그걸 하라고?"

"그런 게 아니고, 이대로 넘어가는 건 너무 억울하지 않나요?"

아시하라가 다시 술병을 입에 대고 꿀꺽 한 모금을 삼켰다. 그리고 입 주위를 닦은 뒤 다케시를 노려봤다.

"그럼 도대체 어떻게 하라는 거야?"

"어떻게 하라기보다……."

다케시는 잠시 박스 안을 들여다보더니 아시하라에게 말했다.

"이렇게 좋은 소도구를 활용하지 않다니 너무 아깝다는 거죠. 예를 들어, 이걸 놈들의 회사에 설치하는 건 어떨까요?"

"폭탄을?"

아시하라가 허공을 바라봤다. 그런 생각은 못 해 봤다. 그러나 그는 퍼뜩 제정신을 차리고 다급히 고개를 저었다.

"안 돼. 지금 무슨 말을 하는 거야!"

"싫으면 됐어요."

다케시는 선뜻 그렇게 말하고 상자 뚜껑을 닫았다.

정직히 말하면 아시하라의 마음은 동요하고 있었다. 놈들에게 아무런 복수도 하지 않은 채 끝내고 싶지는 않았다. 그래도 특공대는 할 수 없었다. 그러고 보면 다케시의 제안은 묘안 같기도 했다.

"하지만 폭탄을 설치하는 건 쉬운 일이 아니라고."

아시하라는 결국 그렇게 반승낙하고 말았다.

"외부인의 출입이 엄격히 통제되는 곳이야. 게다가 보다시피 나는 한쪽 다리가 불편하고. 단번에 의심받을 거야."

"그래서,"

다케시가 천천히 입을 열었다.

"내가 도와 드릴까 하는데요. 폭탄은 내가 놓고 올 테니 그 대신."

아시하라가 그의 얼굴을 쳐다봤다.

"대신?"

다케시는 고개를 한 번 끄덕하더니 이렇게 말했다.

"가르쳐 주세요. 그 공을."

"뭐, 겨우 그걸 조건으로 범죄에 가담한단 말이야?"

"제게도 사정이 있어요."

다케시는 코 밑을 한두 차례 문지르더니 이렇게 덧붙였다.

"그리고 당신이 안됐어요. 진심으로."

아시하라는 어금니를 꽉 깨물고 천천히 한숨을 내쉬었다.

"좋아. 하지만 자네가 알아 둬야 할 게 있어. 내가 그 공을 가르쳐 줄 수 있을지 어떨지 보장은 할 수 없다고."

그러자 다케시가 고개를 갸웃했다.

"그게 무슨 말이죠?"

"나 자신도 아직 그 공을 완전히 파악한 건 아니란 말이야."

그러고서 아시하라는 다케시의 눈앞에 자신의 오른손을 펼쳐 보였다.

아시하라가 펼친 손을 본 다카마와 우에하라는 허를 찔린
듯한 표정이었다. 그들을 바라보며 아시하라는 왼손 집게손
가락으로 오른손 가운뎃손가락 끝 부분을 톡톡 건드렸다.

"여기 작은 상처가 있죠? 도자이에서 근무할 때 절단기에
스쳤어요. 그때도 안전 조사부 놈들이 알면 안 좋을 것 같아
서 몰래 치료받았지요."

그는 오른손을 쥐었다 폈다 해 보였다.

"실은 제가 특이한 공을 던질 수 있게 된 것도 이 손가락을
다치고 난 후부터예요. 직구를 던지려고 했는데 갑자기 손끝
이 저리는 듯한 통증이 일어나서 힘을 많이 못 주고 공을 던
진 일이 있었어요. 그런데 그 공이 이상하게 변화하더니 포수
가 공을 놓치는 거예요. 그런 일이 몇 번 되풀이되자 '아니, 이
공은 대체 뭐지?' 싶더라고요. 사람들은 그 공을 저의 주특기
라고 하지만 저로서는 우연의 산물에 지나지 않았죠. 자유자
재로 조절할 수 있는 것도 아니고, 손가락 통증이 언제 올지
도 알 수 없었으니까요. 물론 시간이 좀 흐른 후에는 어느 정
도 의식적으로 던질 수 있게 됐지만, 돌발적으로 통증이 일어
나서 저도 모르게 던진 경우 변화가 훨씬 컸어요. 말하자면
던지는 순간 가운뎃손가락을 경직시키는 게 요령인데, 그걸

어느 정도 조절해야 하는지는 정확하게 터득하지 못했어요."

그러고서 아시하라는 홋, 짧게 소리 내어 웃더니 이렇게 덧붙였다.

"생각해 보니 그야말로 마구더군요. 제 의사와는 상관없이 솟거나 뚝 떨어지거나 하니까요. 저는 말이죠, 그게 하느님이 선심 쓰듯 제게 툭 던져 준 선물 같아요. 별 재능도 없는 주제에 죽도록 야구만 해 온 남자에게 조금은 좋은 일도 있으라고 내려 준 신의 선물 같은 거요."

"그렇다면 스다 군에게는 어떻게 가르쳤지?"

다카마가 물었다.

"그러니까 시행착오가 있었던 거죠. 제 자신도 완전히 파악하지 못했으니까요."

"스다 군이 그걸 납득했나?"

"납득하지 못해도 어쩔 수 없었을 겁니다."

아시하라가 다카마에게 말했듯이 그것은 정말로 시행착오의 반복이었다. 다케시가 학교에서 돌아오면 이시자키 신사 경내에서는 그 끝을 알 수 없는 노력이 이어졌다. 다케시는 물론, 아시하라도 필사적이었다. 다케시의 기백에 이끌린 점도 있지만, 야구에 관련된 일을 하는 건 이번이 마지막일지 모른다는 생각이 그를 그렇게 몰아붙였다.

그러나 '마구'는 재현되지 않았다. 아시하라도 지난날을 떠올리며 던져 보았지만 공에 아무런 변화가 일어나지 않았다. 그때의 일은 꿈이었다는 듯 공은 그저 똑바로 나아가 똑바로 떨어질 뿐이었다.

아시하라가 기타오카 아키라를 만난 건 그 무렵이었다. 다케시와의 연습을 마치고 아파트로 돌아오는데 누군가 자신을 불러 세웠다.

기타오카는 자기소개를 하고 나서 아시하라가 다케시와 연습하는 이유를 물었다. 자신은 볼일이 있어서 다케시네 집에 갔다가 그가 신사에 있을 거라는 말을 듣고 가 보니 두 사람이 연습을 하고 있더라고 했다.

하는 수 없이 아시하라는 사실을 이야기해 줬다. 물론 폭파 계획까지 털어놓지는 않았고, 전에 자신이 던졌던 변화구를 연습시키는 거라고만 했다.

"나한테도 그 공에 대해 알려 줬으면 좋았을 텐데."

기타오카는 섭섭한 표정을 지었다.

"변화구를 터득하고 나서 이야기하려고 했겠지. 그 공을 받아 내는 것도 보통 일은 아니니 포수도 특별 훈련을 해야 하거든."

"그렇게 대단한 공인가요?"

기타오카가 놀라며 물었다.

"그러니까 마구라고 하는 거지."

아시하라는 익살맞은 표정으로 말했다.

"마구……."

"물론 완전히 터득한 다음의 일이지만 말이야."

"언제쯤 그렇게 될까요?"

"그야 모르지. 영원히 불가능할 수도 있어."

농담이 아니야, 아시하라는 그렇게 덧붙였다. 그리고 오늘 이렇게 이야기를 나눈 건 다케시에게는 비밀로 해 달라고 부탁했다.

그리고 얼마 후 금요일, 다케시가 아시하라의 아파트를 찾아왔다.

"이런 걸 만들 겁니다."

다케시는 아시하라 앞에 종이를 펼쳐 놓았다. 포장지 뒷면에 그린 일종의 도면이었다.

"뭔데, 이게?"

아시하라는 그렇게 물으며 그 그림을 들여다보았다. 네모난 상자 안에 스프링을 장착한 물건이 그려져 있었다.

"아주 간단한 시한 발화 장치예요."

"발화 장치?"

아시하라는 움찔하며 도면을 내려다보았다. 손으로 대충 그리긴 했지만 세세한 수치까지 적혀 있었다. 다케시는 손가락으로 도면을 짚어 가며 설명했다.

"이 부분에서 코드를 뽑아 건전지에 연결하는 거예요. 이쪽
에는 드라이아이스를 넣고요. 시간이 흘러 드라이아이스가
녹으면 스위치가 켜지는 거죠."

"호오……"

아시하라는 꿀꺽 침을 삼켰다.

"언제 할 거지?"

아시하라가 디데이를 물었다. 다케시는 미리 생각해 두었
던 듯, 3일 후라고 대답했다.

문제의 3일 후, 아시하라는 아침부터 안절부절못했다. 방에
틀어박혀 라디오에 온 신경을 집중했다. 다케시가 구체적인
계획을 말해 주지 않았기 때문이다. 폭탄을 어디에 어떻게 설
치해야 하는지는 아시하라가 지시했지만, 그것을 터뜨리는
타이밍은 다케시에게 맡겼다. 다케시는 끝까지 타이밍에 관
해서 말해 주지 않고 그저 자기가 알아서 하겠노라고만 했다.

아시하라는 라디오에서 사건이 보도되기를 기다리는 것 외
엔 아무것도 할 수 없었다. 그러면서 자신의 마음속에 죄책감
이 자라나고 있다는 것을 확실하게 깨달았다. 그 정도의 다이
너마이트가 폭발하면 얼마만큼의 피해가 발생할지 짐작도 할
수 없었다. 몇 사람이나 죽을까, 어쩌면 나와 무관한 사람들
까지 피해를 입을 수도 있다, 그런 생각이 들었다.

시계를 보니 어느덧 점심시간이 되어 가고 있었다. 슬슬 폭발할 시간이 되지 않았나 싶었다. 다케시가 얼마나 큰 드라이아이스를 손에 넣었느냐에 달린 일이었다. 그러고 보니 다케시는 드라이아이스를 어디서 살 것인지도 얘기해 주지 않았다.

불안한 시간이 흘렀다. 심장의 고동이 불규칙하게 뛰고, 손바닥은 닦아도 닦아도 땀으로 흥건했다.

하지만 결국 도자이 전기에서 폭발 사건이 발생했다는 뉴스는 나오지 않았다. 대신 그날 밤 뉴스에서는 도자이 전기에서 폭발하지 않은 폭탄이 발견됐다는 소식이 전해졌다.

"어떻게 된 거야?"

다음 날 찾아온 다케시를 아시하라가 다그치자 그는 태연한 얼굴로 이렇게 대답했다.

"폭탄을 설치하겠다고 했지 폭파한다고는 안 했거든요. 한번도 그렇게 말한 적은 없어요."

"나를 속였군. 처음부터 그럴 작정이었어."

"속인 게 아니라, 당신의 복수심을 만족시켜 주고 싶었을 뿐이에요. 당신, 어제 심정이 어땠죠?"

"……"

"후회하지 않았나요? 저런 놈이 꼬드기는 말에 넘어가는 게 아니었는데, 그렇게 생각하지 않았어요? 자신 때문에 사람들이 죽을지도 모른다고 생각하니 두려웠죠? 그렇게 생각한 순간 당신의 복수는 끝난 거라고요."

아시하라는 입술을 깨물며 다케시를 노려봤다. 분하지만 맞는 말이었다. 그에게 놀아났다고 생각하면 속이 부글거리지만, 이 정도로 마무리된 것에 안도하고 있는 것도 사실이었다.

"그러니까 말이죠,"

다케시가 말을 이었다.

"과거의 원한 따위는 잊어버리고 앞으로는 내게 마구를 가르치는 일에 전념하는 게 좋아요. 나는 프로 구단으로 갈 거예요. 계약금을 잔뜩 받고. 그렇게 되면 당신에게도 사례를 하겠어요."

"그럼 하나만 묻겠는데,"

아시하라가 말했다.

"처음부터 이럴 작정이었다면 왜 진짜 폭탄을 설치한 거지? 이럴 거라면 폭탄을 설치하겠다고 협박만 해도 충분했을 텐데."

"폭탄을 설치하겠다고 당신과 약속했잖아요. 나는 약속을 지키는 사람이에요."

그 후로도 두 사람의 특별 훈련은 계속됐지만 여전히 진전은 없었다. 그리고 봄 고시엔 대회가 끝난 후 어느 날, 다케시는 아시하라와의 연습을 당분간 중단하겠다고 했다. 대신 기타오카와 함께 연습하겠다는 것이었다.

"기타오카가 같이 했으면 좋겠다고 해서 그러기로 했어요. 그 녀석이 내가 당신과 연습한다는 걸 안 것 같아요. 신사에 갔다가 우연히 봤나 봐요."

아시하라는 그것도 나쁘지 않겠다고 생각했다.

"분위기도 전환할 겸 그러는 것도 괜찮겠어."

"그러다가 다시 당신한테 부탁할지도 몰라요."

"언제든지."

"그동안 신세 많았습니다."

"나 역시."

"그게 마지막이었죠."

아시하라는 팔짱을 끼며 한숨을 크게 내쉬었다.

"생각할수록 재미있는 녀석이었는데……."

다카마는 손가락으로 볼펜을 뱅글뱅글 돌리며 듣고 있다가 갑자기 그 볼펜 끝을 아시하라에게 겨누더니 말했다.

"고시엔 경기 봤나? 가이요 고교가 출전한."

"보진 못하고 라디오로만 들었어요. 스다답지 않게 폭투로 막을 내렸잖아요."

"그 폭투 말인데, 어떻게 생각해? 그게 바로 그 변화구였다고는 생각하지 않나?"

"그 공이?"

아시하라는 고개를 갸웃거렸다.

"직접 보지 못했으니 뭐라 말하기가……. 만일 그렇다고 한다면 마지막 순간에 마구가 완성됐다는 건데, 그렇게 결정적인 상황에서 그런 모험을 했을까요?"

"기타오카가 그날 '마구를 봤다'라는 글을 남겼어. 적어도 그는 마지막의 폭투가 당신과 다케시가 연습하던 마구라고 생각한 거야. 그래서 다케시의 연습 상대를 자청한 것 아닐까?"

"그럴지도 모르죠."

그리고 아시하라는 생각했다. 그런 긴박한 상황에서 새로 터득한 변화구를 시험 삼아 던질 사람은 스다밖에 없을 거라고.

"아, 그리고,"

다카마는 의자에 앉은 채 허리를 쭉 펴더니 아시하라를 똑바로 바라보며 말했다.

"마구에 대해서는 알겠어. 폭탄 사건도 그렇고. 그런데 한 가지, 당신이 거짓말하고 있는 게 있어. 아니, 거짓말이라는 표현은 적당치 않겠지. 숨기고 있다고 하는 게 옳을 거야. 당신이 지금까지 장시간에 걸쳐 이야기한 내용은 가장 중요한 비밀을 감싸고 그 주위를 맴돈 것에 불과해. 의식적으로 그 부분을 피하고 있다고. 아닌가?"

다카마의 말이 끝나자 취조실은 침묵에 휩싸였다. 먼지를 머금은 공기가 천천히 책상 위에 내려앉았다.

"당신이 왜 그걸 감추려고 하는지 나는 알 것 같아. 그 마음을. 하지만 피할 수만은 없는 일이야."

그리고 다카마는 조용히 덧붙였다.

"오른팔 말이야."

2

다지마 교헤이는 시험공부를 잠시 멈추고 창밖을 내다봤다. 전신주를 통과하는 전선 몇 가닥이 보이고 그 너머에 달과 별이 떠 있었다. 달에 구름이 살짝 걸려 있다.

스다 다케시의 얼굴이 떠올랐다. 내일 있을 야구부 연습을 생각했기 때문일까.

야구를 생각하면 머리가 아팠다. 지금까지의 추억이 모두 빛을 잃어버리는 느낌이었다. 나는 지금까지 뭘 해 왔던 것일까.

다지마는 이제 공을 쥘 용기가 없었다. 그 일을 알고 난 뒤 그렇게 된 것이다.

그가 그 사실을 알게 된 것은 얼마 전에 있었던 홍백전 때였다. 논쟁이 벌어졌을 때 나오이가 무심코 내뱉은 한마디가 계기가 되었다.

스다의 오른팔을 도둑맞았으니 우리에겐 아무것도 남은 게 없다…….

그의 말은 가이요에 아무것도 남지 않았다는 뜻이었지만, 다지마는 다른 것을 떠올렸다. 즉, 스다도 오른팔이 없어지면 아무것도 남지 않는 것 아닐까 하는 생각이었다.

그런 생각을 떠올린 데는 이유가 있었다. 우선, 다카마라는 형사가 스다가 변화구 특별 훈련을 했을 가능성을 암시했기 때문이다. 엄청난 강속구를 던지는, 그리고 변화구에는 한 번도 의존한 적이 없는 스다가 이제 와서 그런 훈련을 한 이유가 뭘까. 혹시 자신의 투구에 한계를 느낄 만한 어떤 일이 일어난 것 아닐까.

또 하나는 기타오카가 도서관에서 빌린 두 권의 책 때문이었다. 그 두 권은 모두 스포츠 장해에 관한 책이었다. 다지마는 도서관에서 그것과 비슷한 내용의 책들을 조사해 봤다. 『운동과 신체』『스포츠 외상(外傷)』『스포츠 장해 대책』…….
전부 기타오카가 최근에 빌렸다는 기록이 있었다. 그가 신체의 장해에 대해 조사한 것은 분명했다. 도대체 왜?

혹시 스다의 오른팔이나 어깨가 고장 났던 것 아닐까, 이것이 다지마가 내린 결론이었다. 그리고 그렇게 생각하면 앞뒤가 들어맞았다.

예를 들어 기타오카가 피살되고 나서 며칠 후, 3학년 야구부원들이 모인 자리에서 사와모토는 기타오카가 연습 시합 멤버를 정할 때 다지마와 사와모토 배터리를 선발로 내보내자고 했다고 말했다. 당시 사와모토는 기타오카가 두 사람을 놀린다고 생각하고 화를 냈다지만 혹시 그것이 진심은 아니었을까. 조금이라도 스다의 부담을 줄여 주려는 기타오카의 배려였을지도 모른다.

오랫동안 혼자서 던질 수밖에 없었던 스다가 결정적인 순간 난관에 부딪힌 것이다. 그리고 그걸 극복하기 위한 비장의 카드로 마구를 생각해 낸 것이다.

다지마의 가슴에 또다시 슬픔이 밀려왔다. 자신도 이해할 수 없을 정도의 슬픔이었다. 스다와 특별히 친했던 것도 아니고, 그의 죽음이 그토록 슬픈 것인지에 대해서도 자신이 없었다. 그렇다 하더라도 지금의 슬픔은 진심이었다.

다지마는 자신의 추론을 다카마 형사에게 들려줬다. 그 자리에 유키도 동석했다. 형사와 유키는 그의 얘기에 끝까지 진지하게 귀를 기울였다. 형사는 때때로 고개를 끄덕이거나 감탄사를 내뱉기도 했다. 그러나 유키는 내내 한마디도 하지 않왔다.

형사에게 한 얘기가 맞는 것인지 아닌지는 그로서도 알 수 없다. 그리고 형사에게 얘기하지 않은 것도 한 가지 있다. 그건 너무 불확실한 추리이기 때문이다.

'하지만……'

형사는 눈치챘을 것이다. 그 증거로, 헤어질 때 형사의 눈이 매우 슬퍼 보였다.

3

데즈카 마이코의 집으로 향하면서 다카마는 어떻게 말을 꺼내야 할지 고민했다. 그녀가 마음 놓고 이야기할 수 있도록 분위기를 조성해야 하는데, 그 방법이 떠오르지 않았다.

오늘 아침 가이요 고등학교에 연락해 보니 마이코는 여전히 휴직 중이라고 했다. 그녀가 어떤 상태인지 물어보기 위해 모리카와를 바꿔 달라고 했지만 그 역시 결근이었다.

"데즈카 선생님이 오늘 나가노에 있는 친척 집에 간다고 했어요. 당분간 돌아오지 않을 예정이라 모리카와 선생님이 배웅하러 간 거 아닐까 싶은데요."

전화를 받은 직원은 말이 많았고, 덕분에 다카마는 상당히 귀중한 정보를 얻을 수 있었다. 그래서 오노와 함께 서둘러 마이코의 집으로 향했던 것이다.

집 앞에 도착한 다카마는 벨을 눌렀다. 안에서 대답하는 소리가 들리더니 잠시 후 문이 열리고 마이코가 하얀 얼굴을 내밀었다. 다카마를 본 그녀는 놀란 얼굴로 아, 하고 조그맣게 소리를 냈다. 외출할 참이었는지 곱게 화장한 모습이었다.

"잠깐 드릴 말씀이 있는데, 괜찮겠습니까?"

"저, 그게……."

그녀는 뒤를 살짝 돌아다봤다.

"모리카와가 있군요? 저희는 상관없습니다."

그때 닫혀 있던 방문이 열리고 모리카와가 안에서 나왔다.

"역시 자넨가."

그는 쓴웃음을 지었다.

"아직도 볼일이 남았어?"

"응. 잠깐 실례해도 되겠어?"

그러자 모리카와는 "괜찮지 않을까?"라며 마이코에게 허락을 구했다.

그녀는 고개를 숙인 채 잠시 생각하는 듯하더니 이윽고 조그만 소리로 "들어오세요."라고 말했다.

방 안은 깨끗이 정돈되어 있었다. 낮은 탁자는 남아 있었지만 다카마가 전에 왔을 때 본 앉은뱅이책상과 옷장은 사라지

고 없었다. 물어보니 골동품 가게에 팔았다고 한다. 방 한구
석에 커다란 보스턴백과 그보다 좀 작은 스포츠 백들이 나란
히 놓여 있었다.

"나가노 쪽으로 가신다고요."

다카마가 묻자 마이코는 무릎을 꿇고 앉은 채 고개를 끄덕
였다.

"마지막으로 다시 한 번 설득하고 있었어. 가지 말라고. 굳
이 학교를 쉬면서까지 말이야."

마이코는 아무 말이 없었다.

"이유가 뭐죠?"

다카마가 물었다.

그녀는 잠시 무릎 위에 놓은 손바닥을 마주 비비다가 이렇
게 툭 내뱉었다.

"지쳤어요."

"지쳤다니, 일에요?"

"……이것저것요."

"선생님과 모리카와의 일로 학교에 소문이 돈다는 얘기는
들었습니다. 그 일을 문제 삼는 사람들이 있다는 얘기도요.
그게 이유입니까?"

"무시하면 되잖아, 그까짓 거."

모리카와가 갑자기 옆에서 끼어들었다.

"아무리 교사라도 연애는 할 수 있는 거 아냐. 당당히 나가면 돼. 시간이 지나면 다들 무관심해질 텐데, 뭐."

"그게 아니에요!"

갑자기 마이코가 목소리를 높였다. 다카마도 모리카와도 놀라 그녀를 바라봤다.

그녀는 큰 소리를 낸 것이 부끄러운지 손으로 뺨을 감쌌다. 그리고 잠시 후 다소 흥분이 가라앉은 목소리로 다시 한 번 "그게 아니에요."라고 말했다.

"그럼 뭔데?"

모리카와가 조바심을 내며 물었다.

"생각을 좀 하고 싶어서요."

마이코는 뺨에 손을 댄 채 그렇게 중얼거렸다. 그녀의 눈가와 귀 주변이 점차 붉게 물들었다. 워낙 피부가 하얘서 붉은 빛이 더욱 도드라져 보였다.

"교사의 역할이라든가 교육이라든가…… 그런 거요. 지금 이대로는 교단에 설 수 없을 것 같아요."

"왜 갑자기 그런 말을 하는 거야. 무슨 일이 있었어?"

"그건……."

마이코는 무릎 위에 놓인 두 주먹을 꼭 쥐었다. 그 손이 마치 '말할 수 없어요.'라고 대답하는 것처럼 보였다.

그녀의 마음의 벽을 허물 수 있을 것 같다고 다카마는 생각했다. 그녀의 마음은 지금 흔들리고 있다.

"그럼 먼저 저희의 질문에 대답부터 해 주시겠습니까?"

다카마의 말에 그녀가 고개를 들었다. 그리고 다카마가 다음 말을 꺼내려고 했을 때였다. 방 한구석에 놓인 전화가 울렸다. 마이코가 가서 수화기를 들었다.

'하필 이런 때에.'

다카마는 내심 짜증이 났다.

"다카마 씨, 전화 좀 받아 보세요."

송화구를 손으로 막은 채 그녀가 뒤돌아보며 말했다. 아마도 수사본부일 것이다. 다카마는 수화기를 받아 들었다. 모토하시의 목소리가 그의 귀에 날아들었다.

"스다 유키가 병원에 실려 갔어."

"네?"

"학교에 가던 도중 습격당했대. 왼팔에 상처를 입었는데 다행히 생명에는 지장이 없다는군."

"반장님, 그건……."

"그래, 아마 자네 생각이 맞을 거야. 지금 현장 부근을 샅샅이 뒤지고 있어. 그건 그렇고, 그쪽은 어때?"

"이제 시작입니다."

"그래? 그쪽에서 매듭지어 주면 좋을 텐데."

"그렇게 될 것 같습니다."

전화를 끊은 다카마는 오노에게 "스다 유키가 습격당해서 팔을 다쳤다는군." 하고 전했다. 옆에서 듣고 있던 마이코와 모리카와의 안색이 변했다.

다카마는 마이코에게 가까이 다가가 앉았다.

"저희는 기타오카를 죽인 범인이 누군지 대충 짐작하고 있습니다. 그리고 선생님이 범인을 안다는 것도요. 제 말이 틀립니까?"

그러자 그녀는 고개를 푹 꺾었다.

"저는 아무것도……."

"이봐, 다카마. 지금 뭐하는 거야?"

모리카와가 힐난하는 투로 말했지만 다카마는 멈추지 않았다.

"선생님이 거짓말을 하시는 건 교육적 입장 때문이겠지요. 하지만 이제는 모두 의미가 없어졌습니다. 비극만 연장시킬 뿐이에요. 그건 선생님 자신이 제일 잘 알고 계시지 않습니까."

"저는……."

그렇게 말하다 말고 그녀는 얼어붙은 듯 움직임을 멈췄다. 그리고 초점 잃은 그녀의 눈에서 주르르, 눈물이 흘러내렸다.

유키가 입원한 곳은 대학 병원 외과 병동이었다. 다카마와 오노가 서둘러 도착하니 동료 수사관 소마가 기다리고 있었다.

"305호실에 있어. 어머니와 함께."

"상태는?"

"여기를."

소마는 왼쪽 어깨 부근을 가리켰다.

"칼에 찔렸는데 다행히 상처가 깊지는 않아. 집에서 300미터쯤 떨어진 골목에서 습격당했대. 인적이 드문 곳이야. 자전거를 타고 가는데 갑자기 후미진 곳에서 나타나 찔렀다더군. 자전거에서 굴러 떨어져서 바닥에 쓰러진 채 도와 달라고 소리 질렀대. 범인은 신장 170센티미터 정도, 나이는 30세 전후. 얼굴은 확실히 보지 못했고, 덤벼들면서 '형 다음은 너다.'라고 외쳤다는군."

"형 다음은 너라……."

다카마는 오른손으로 자신의 왼쪽 어깨를 비볐다. 저도 모르게 한숨이 나왔다.

"흉기는?"

"현장에 칼이 떨어져 있었어. 과도 같은 건데 새것처럼 보였어. 새로 샀겠지, 뭐. 오늘 일에 대비해서."

소마는 시니컬한 투로 말했다.

"그리고……, 아직 감식반에서 조사 중이긴 한데, 지문은 안 나왔대. 그리고 기타오카 아키라나 스다 다케시 때의 상처와는 공통점이 없고."

"목격자는?"

"없어."

"알았어. 가서 한번 만나 볼게. 305호라 그랬지?"

돌아서서 유키의 병실로 향하는 다카마 일행의 등 뒤에 대고 소마가 이렇게 외쳤다.

"잘 부탁해. 모두들 자네에게 기대를 걸고 있어. 이제 그만 이 사건에서 손을 떼고 싶다고."

멀어져 가던 다카마는 그대로 오른손만 살짝 들어 소마의 말에 답했다. 수사관들 모두 사정을 헤아리고 있는 것이다.

병원 특유의 약 냄새 나는 복도를 지나 맨 구석에 있는 305호실 앞에 이른 다카마는 일단 심호흡을 한 번 하고 병실 문을 노크했다. 문을 열어 준 사람은 스다 시마코였다.

"아, 형사님."

"많이 놀라셨죠."

다카마가 차분한 목소리로 말했다. 시마코는 안색이 별로 좋지 않았다. 다케시가 살해되고 나서 유키마저 습격당했으니 안 그런 게 이상한 일일 것이다.

"들어가도 되겠습니까?"

"네, 들어오세요."

"그럼, 실례하겠습니다."

병실에 들어서자 벽에 걸린 교복이 맨 먼저 눈에 들어왔다. 찢어진 왼쪽 어깨 주위가 불그레한 색으로 물들어 있었다. 아마도 혈흔일 것이다.

유키는 침대 위에서 상반신을 일으켜 앉은 채 다리에 담요를 덮고 있었다. 왼쪽 어깨에 붕대를 감은 모습이 애처로워 보였다. 형사들을 본 유키는 다소 긴장한 표정을 지었다.

다카마가 시마코를 돌아보며 말했다.

"죄송하지만 잠시 저희들끼리 있었으면 합니다. 이것저것 물어볼 게 있어서요."

"아, 그러세요……."

시마코는 당황스러워했다. 소마 형사가 조사할 때는 그녀도 자리를 함께했을 것이다. 그럼에도 그녀는 아무것도 묻지 않고 "무슨 일이 있으면 부르세요. 휴게실에 있겠습니다."라고만 하고 방을 나갔다.

병실에 유키와 형사들만 남았다.

다카마는 담배를 꺼내려고 양복 안주머니에 손을 넣었다가, 이곳이 병실이라는 사실을 깨닫고 얼른 손을 뺐다. 그리고 창문 쪽으로 다가가 잠시 바깥을 내다봤다. 창 아래로 회색 기와지붕들이 빼곡히 들어차 있었다. 몇몇 집 건조대에서 빨래가 바람에 나부끼는 것이 보였다.

"다친 데는 많이 아프니?"

다카마가 침대 곁으로 다가가며 물었다.

"조금요."

유키는 다카마를 외면한 채 대답했다. 목멘 소리였다.

"갑자기 나타난 거야?"

"네?"

"범인 말이야, 유키 군을 찌른 범인. 갑자기 나타났어?"

"아, 네."

유키는 붕대를 감은 왼쪽 어깨를 살며시 어루만졌다.

"왼쪽에서? 아니면 오른쪽에서 나타났나?"

유키는 입을 약간 벌린 채 머뭇거리다가 "생각이 잘 안 나요."라고 대답했다.

"너무 순식간에 일어난 일이라 잘 모르겠어요. 아무 생각 없이 페달을 밟고 가다가 정신을 차린 순간 눈앞에 누가 있었어요. 그래서 허둥지둥 브레이크를 잡은 거예요."

"그랬더니 칼을 가지고 덤벼들었다, 그런데 얼굴은 기억나지 않는다?"

"너무 갑작스러워서…… 그리고 금방 도망쳐 버려

서……."

"그래? 갑자기 나타났다가 순식간에 사라져 버렸다는 거군. 마치 유령처럼 말이야."

다카마가 그렇게 말하자 순간 유키의 눈에 불안감이 스쳤다. 그의 오른손이 담요를 꽉 움켜쥐는 것을 다카마는 놓치지 않았다.

"범인이 형 다음은 너라고 했어요. 그래서 그 사람이 형을 죽인 범인이라고 생각했어요."

유키의 말에 다카마는 아무 말 없이 다시 창밖으로 시선을 돌렸다. 푸른 하늘에 회색 연기가 피어오르고 있었다.

"아니야. 그렇지 않을 거야."

다카마는 유키에게 옆모습을 보인 채 나지막한 소리로 말했다.

"형을 죽인 자는 기타오카를 살해한 범인과 같은 인물이야. 유키 군의 팔을 찌른 자와는 다른 사람이지."

"그게 아니라…… 모두 같은 범인일 거예요."

"아니야."

다카마는 고개를 돌려 유키의 눈을 바라봤다.

"실은 말이야, 여기로 오기 전에 기타오카 군을 살해한 범인을 목격했다는 사람과 만났어. 그 사람은 사정이 있어서 지금까지 입을 닫고 있었지만 결국은 진실을 말했지."

그리고 다카마는 유키의 침대 옆 의자로 가서 앉았다. 이를 악물고 있어서인지 유키의 입가가 경련을 일으키고 있었다.

"범인은, 스다 다케시야."

"거짓말!"

유키가 격렬하게 고개를 저었다. 그 바람에 상처 입은 곳에 통증을 느꼈는지 그는 얼굴을 찡그렸다.

"거짓말이 아니라는 건 유키 군이 제일 잘 알 거야. 자네 형은 기타오카 군을 살해했고, 그 때문에 자살한 거야. 좀 전에 말했잖아, 기타오카를 죽인 사람도, 다케시를 죽인 사람도 같은 인물이라고."

"그럼 오른팔은 왜 없어졌죠?"

다카마는 그 질문에는 대답하지 않고 유키에게 되물었다.

"유키 군, 혹시 도자이 전기의 나카조 겐이치라는 사람 알아?"

유키는 고개를 저었다.

"다케시 군의 친아버지야."

"네에?"

"형은 죽기 직전에 그 사람을 만나러 갔어."

"형이 친아버지를……."

"우리도 이것저것 조사하다가 알게 됐어."

폭탄 사건에 얽힌 복잡한 내막을 이야기하는 것은 나중으로 미루기로 했다. 유키가 좀 더 진정되고 나서 하는 편이 좋을 거라고 판단했기 때문이다.

"우리들은 그 의미에 대해 곰곰이 생각해 봤어. 그리고 거기서 처음으로 그의 죽음이 자살일지도 모른다는 생각이 떠올랐지. 죽기 전에 친아버지를 만나 두려고 한 것은 아닐까 하고 말이야. 그렇다면 그는 왜 죽어야 했을까, 기타오카의 죽음과 관련이 있는 것은 아닐까, 그런 생각을 하던 중에 다지마 군의 이야기를 듣게 됐어. 그리고 확신했지. 다케시가 기타오카를 죽였다고."

"아니야. 형이 그런 짓을 했을 리 없어!"

유키가 등을 휙 돌렸다. 그 등이 가늘게 떨리고 있었다.

"결정적인 증거는 흉기였어. 기타오카와 다케시를 죽음에 이르게 한 흉기는 무엇일까, 그게 열쇠가 됐지. 참 멍청했어, 나도. 그 흉기가 있던 장소를 봐 놓고도 그걸 깨닫지 못하다니."

그리고 그는 품속에서 사진 한 장을 꺼내 유키 앞에 놓았다. 나카조에게 빌린 것이었다. 거기에는 나카조와 함께 죽세공품을 만들고 있는 아키요의 모습이 찍혀 있었다.

"이분들은 스다 군의 친부모님이야. 그런데 이 여인을 잘 봐. 오른손에 조그만 칼을 들고 있지? 대나무를 깎거나 자르는 데 쓰는 거라더군. 이 칼이 바로 이번 사건에 사용된 흉기였어."

사진을 내려다보고 있는 유키는 아무 반응이 없었다. 다카마는 개의치 않고 계속했다.

"다케시 군이 소중하게 여기던 물건들을 언젠가 보여 준 적이 있어. 친어머니의 유품이더군. 부적과 대나무 인형, 죽세공 도구 같은 것들이었는데 그중에 이 칼은 없었어. 왜 없었을까? 그건 범행에 사용한 뒤 없애 버렸기 때문이야. 죽세공에 칼이 필요하다는 걸 좀 더 일찍 깨달았어야 하는 건데. 명청했다는 건 그 얘기야."

"그 칼이 사용됐다는 증거라도 있나요?"

"물론 있지. 어젯밤 수사관이 다케시 군의 유품을 빌리러 갔었지? 그중에 아까 말한 친어머니의 유품 상자도 있었는데, 조사 결과 혈액 반응이 나왔어. 기타오카의 혈액형과 일치했지. 아마도 다케시 군이 기타오카를 찌른 뒤 그 칼을 잠시 상자에 넣어 놓았기 때문일 거야."

다카마는 옛날 기록들을 뒤져 스다 아키요가 손목을 그어 자살했을 때 사용한 흉기를 조사했다. 예상대로 그것은 문제의 칼이었다. 그 형태와 길이 등이 기록으로 남아 있었다. 부검의에게 그 기록을 보여 주고 자문한 결과 기타오카와 다케시를 살해하는 데 사용된 칼과 모양과 크기가 같다는 답변을 받았다.

"자, 이제 사실을 얘기해 주겠어?"

다카마는 의자에서 일어나 유키를 내려다보았다.

"유키 군은 모든 걸 알고 있어. 형의 오른팔을 잘라 낸 것도 바로 자네야. 자네 외에는 그런 일을 할 수 있는 사람이 없으니까. 아니, 그렇다기보다."

거기서 다카마는 목소리를 조금 낮추었다.

"다케시 군이 그런 일을 부탁할 만한 사람이 자네밖에 없었을 테니까."

가늘게 떨리던 유키의 등이 움직임을 멈췄다. 다카마는 유키를 가만히 내려다보며 말없이 기다렸다. 병실 안에 정적이 흘렀다. 복도에서 누군가 뛰어가는 소리가 텅 빈 공간에 울렸다.

"형의……"

마침내 유키가 입을 열었다. 다카마는 선 채로 두 주먹을 꽉 움켜쥐었다.

"형의 처음이자 마지막 부탁이었어요."

유키는 울음을 터뜨렸다. 오른팔에 얼굴을 묻고 마치 뭔가를 토해 내듯 크게 소리 내어 울었다. 형사들은 그의 그런 모습을 그저 바라보고 있을 수밖에 없었다.

"그날 학교에서 돌아와 보니 책상 위에 메모가 놓여 있었어요. 형 글씨였어요."

한참 동안 울고 나서 유키는 천천히 이야기를 시작했다. 마음의 응어리가 풀려서인지 말투가 비교적 차분했다.

"뭐라고 쓰여 있었지?"

"8시에 집 근처 메밀국수 집 앞 공중전화 부스에서 기다려 달라고요."

"그래, 공중전화 부스란 말이지. 그래서, 그대로 했나?"

"네. 그랬더니 거기로 전화가 걸려 왔어요."

다카마는 고개를 끄덕였다. 예상했던 대로다. 나카조에게 연락한 방법과 같았다.

"형은 앞으로 30분쯤 뒤에 큰 비닐 봉투와 신문지를 가지고 이시자키 신사 뒤 숲으로 오라고 했어요. 절대 사람들 눈에 띄지 않도록 하라면서요. 이유를 물었지만 가르쳐 주지 않았어요. 오면 안다, 그럼 기다리겠다, 그렇게만 말했어요."

"기다리고 있겠다?"

"네. 그래서 대체 무슨 일일까 생각하면서 집에 들어가 신문지와 비닐 봉투를 가지고 나왔어요. 정각 8시 30분에요."

유키는 아득한 눈길로 그렇게 이야기를 시작했다.

5

이시자키 신사 일대는 낮에도 오가는 사람이 별로 없고 밤 9시만 되면 깜깜해서 혼자 다니기 불안한 곳이었다. 유키는 다케시가 시킨 대로 비닐 봉투와 신문지를 들고 긴 언덕길을 올라갔다. 길 저 끝으로 이시자키 신사의 등불이 어슴푸레하게 비치자 유키는 그 불빛을 목표로 부지런히 걸음을 옮겼다. 4월이라고는 해도 밤공기는 여전히 차가웠다.

신사 정문 기둥을 지나 경내로 들어섰지만 아무도 보이지 않았다. 유키는 좀 더 안으로 들어가 신전의 새전함 앞에 서서 주위를 둘러봤다. 불빛이 닿는 범위에는 사람의 모습이 없었다.

'맞아, 형이 신사 뒤 숲에서 기다리겠다고 했지.'

왜 그런 곳에서 기다리는지 의아했지만, 아마 특별 훈련을 하느라고 그러는가 보다 생각했다. 그러나 곧 유키는 그런 어두운 곳에서는 연습이 불가능하다는 사실을 깨달았다.

신전을 돌아 신사 뒤편에 이르자 갑자기 깜깜해지면서 발 밑조차 보이지 않았다. 그래도 천천히 조금씩 앞으로 나아가자 얼마 안 있어 소나무 숲이 끝나고 널따란 공터가 나왔다. 그곳은 달빛이 비쳐 물체들이 어슴푸레하게 보일 정도는 되었다.

"형! 어디야?"

큰 소리로 불러 봤지만 대답이 없었다. 어둠 속에 자신의 목소리만 메아리쳤다.

몇 걸음 더 내딛던 유키의 눈에 저 앞 소나무 밑에 허연 물체가 있는 것이 들어왔다. 다가가 보니 그것은 웅크리고 있는 사람이었다. 그런데 운동복을 입은 뒷모습이 눈에 익었다. 다케시가 분명했다.

"형! 왜 그래?"

그렇게 불러 보았지만 다케시는 움직이지 않았다. 형답지 않게 장난이라도 치는 건가 생각했다.

"대체 뭐하는……?"

유키가 갑자기 말을 멈췄다. 그의 눈길이 다케시의 오른손에 닿았다. 피투성이인 그 손에는 칼 같은 것이 쥐어져 있었다.

무언가가 목구멍까지 차오르는 것을 느끼며 유키는 형에게 다가갔다. 다케시는 책상다리를 한 채 앞쪽으로 푹 고꾸라져 있었다. 그의 상체를 일으켜 세우자 걸쭉한 핏덩이가 아랫배에서 흘러내렸다.

유키의 가슴속에서 무언가가 폭발했다. 그는 미친 듯이 울부짖었다. 그 소리가 마치 어딘가 다른 세계에서 들려오는 것처럼 느껴졌다. 목소리뿐이 아니었다. 이 모든 것이 현실로 느껴지지 않았다.

그런 그를 제정신으로 돌아오게 한 것은 크게 부릅뜬 다케시의 눈이었다. 그 눈을 본 순간 유키는 아무런 소리도 낼 수 없었다. 다케시의 눈이 마치 "떠들지 마!"라고 꾸짖고 있는 것 같았기 때문이다.

"형, 도대체 왜……."

유키는 다케시의 등에 손을 얹고 하염없이 눈물을 흘렸다.

그렇게 한참을 울던 유키는 형 옆에 흰 종이 같은 것이 놓여 있는 것을 발견했다. 펼쳐 보니 그것은 '유키에게'로 시작되는 형의 편지였다.

"제 교복에 부적 주머니가 들어 있어요. 좀 꺼내 주시겠어요?"

유키의 말에 오노 형사가 벌떡 일어서서 유키의 교복 주머니를 뒤졌다.

"그 안에 형 편지가 들어 있어요."

"봐도 될까?"

다카마가 물었다.

"그러세요."

유키에게

시간이 얼마 남지 않아 요점만 적는다. 너에게는 몹시 괴로운 내용이겠지만 아무쪼록 참고 받아들여 주었으면 한다. 그리고 여기 적힌 것들은 모두 네 마음속에만 담아 두기 바란다.

기타오카는 내가 죽였다.

거기에는 사정이 있었지만 그것을 여기 적을 필요는 없을 것 같다. 그걸 네가 알게 된다 해도 어쩔 도리가 없을 것이다.

지금 중요한 것은 그것보다 이대로 가다가는 내가 범인이라는 사실을 경찰이 곧 알게 된다는 것이다. 그렇게 되면 우리에게는 미래가 없다. 어렸을 적부터 우리 형제가 쌓아 온 모든 것이 한순간에 무너지게 될 것이다. 나는 감옥에 들어가게 되고 너의 앞길도 막혀 버릴 것이고, 또 어머니는 깊은 슬픔에 빠지시겠지.

그렇게 되는 걸 막으려면 사람들이 결코 내가 범인이라고 의심하지 못하도록 만들어야 한다. 그래서 나는 한 가지 방법을 생각해 냈다. 이제는 이 방법밖에 없다.

그것은 나 자신도 누구에겐가 살해당한 것처럼 보이도록 하는 것이다. 그렇게 되면 경찰은 이 사건이 기타오카와 스다, 즉 가이요 고교의 배터리를 노린 연쇄 살인 사건이며 범인은 동일 인물이라고 파악할 것이다. 나는 기타오카를 살해했다는 혐의를 벗을 것이고, 너와 어머니도 살인범의 가족이라는 멍에를 지지 않아도 되겠지.

나는 이제 삶에 별다른 미련이 없다. 다만 한 가지, 어머니께 은혜를 갚지 못한 것은 마음에 걸리는구나. 그분은 자신과 피 한 방울 섞이지 않은 나를 친자식처럼 길러 주셨다. 나는 평생이 걸리더라도 그 은혜를 갚을 작정이었어. 야구를 선택한 것도 그 때문이었고.

하지만 이런 일이 벌어져 버렸으니 이제는 어머니께 은혜를 갚는 것이 불가능해졌구나. 폐만 끼치고 떠나게 되어 마음이 괴롭지만 어쩔 도리가 없다.

앞으로의 일은 모두 네게 맡기겠다. 다행히 너는 나와 달리 아버지를 닮아 머리가 좋으니 틀림없이 어머니를 행복하게 해 드리는 사람이 될 것이다. 이대로 1년만 더 있으면 어머니와 너를 위해 약간의 목돈을 마련할 수 있었을 텐데 결국은 그것도 못하게 되었구나. 너에게는 미안하지만, 앞으로도 지금까지 그랬던 것처럼 어머니와 힘을 합쳐 잘 살아가기 바란다. 나는 장남이었지만 장남으로서 한 일이 아무것도 없다. 앞으로는 네가 장남이니 내 몫까지 다해 주었으면 한다.

시간이 없구나. 서둘러야겠다.

앞에서 말한 이유로 나는 이제 목숨을 끊으려 한다. 그것은 내가 저지른 일을 스스로 매듭짓는 것이다. 세상에서 말하는 자살과는 다르다. 그래서 형으로서 마지막으로 부탁하는데, 내가 매듭짓는 것을 좀 도와주었으면 한다. 결코 쉽다고는 할 수 없는 일이다.

내 오른팔을 자른 후 절대 발견되지 않도록 처리해 주기 바란다. 그렇게 하면 내 죽음은 어디로 보나 타살로 여겨질 것이다. 자르는 데 필요한 톱은 옆에 놔두었다.

여기서 중요한 점은 반드시 오른팔을 잘라야 한다는 것이다. 설명은 생략하겠지만, 반드시 지켜 주기 바란다.

그리고 오른팔과 함께 톱과 칼을 모두 처분해야 한다. 그것들이 발견되면 이 계획이 수포로 돌아갈 가능성이 크다.

내가 너에게 부탁할 것은 그뿐이다. 아마도 납득하기는 힘들겠지만 부디 이해해 주기 바란다. 사건의 진상 따위는 너의 남은 인생을 생각하면 사소한 것에 불과하다. 그저 형은 귀신에게 홀려 죽게 된 거라고 생각하려무나. 그 귀신의 이름은 마구라고 해 두자. 그것을 만나지만 않았다면 나도 조금은 다른 길을 생각했을지도 모르겠구나.

마지막으로 너에게 고맙다는 말을 하고 싶다. 네가 있어서 나는 마음의 휴식을 얻을 수 있었고 괴로움을 참고 견딜 수 있었다. 진심으로 감사한다.

이제 더는 쓸 말이 없구나. 내가 지금 제일 걱정되는 것은 네가 과연 이 일을 순조롭게 완수할 수 있을까 하는 점이다. 하지만 너라면 할 수 있을 거라고 믿는다.

그럼 잘 부탁한다.

하얀 편지지에 쓰인 유서를 읽는 동안 유키의 눈에서는 끊임없이 눈물이 흘렀다. 글자가 뿌옇게 보이고 편지지를 쥔 손이 가늘게 떨렸다.

'그럼 잘 부탁한다.'

마지막 그 한마디가 마음 저 깊은 곳에 묵직하게 내려앉았다. 지금까지 한 번도 동생에게 부탁이란 걸 한 적이 없던 형이 마지막으로, 그야말로 마지막으로 부탁을 한 것이다.

유키는 유서를 바지 주머니에 넣고 옷소매로 눈물을 훔치며 일어섰다. 형의 말대로 시간이 없었다. 처치가 늦어지면 다케시가 목숨을 건 행위가 허사로 돌아갈지도 몰랐다.

유서에 적힌 대로 형의 사체 옆에 접이식 톱이 놓여 있었다. 새로 샀는지 가격표가 그대로 붙어 있었다.

스웨터와 바지를 벗고 신발까지 벗어 놓은 뒤 유키는 톱을 집어 들었다. 그리고 형의 오른쪽 어깨 부근에 갖다 댔다. 그 자세로 그는 다시 한 번 형의 얼굴을 보았다. 그 얼굴이 마치 "빨리 해!"라고 재촉하는 것만 같았다.

눈을 감고 톱을 힘껏 끌어당겼다. '지익' 소리가 나더니 톱이 더 이상 당겨지지 않았다. 눈을 떠 보니 톱이 옷에 걸려 있었다. 그는 다케시의 오른손에 쥐여 있던 칼을 빼내 우선 옷소매를 잘라 냈다. 다케시의 울룩불룩한 팔 근육이 드러났다.

다시 톱을 갖다 댔다. 이번에는 피부가 썰려 나갔다. 두려움을 잊으려고 무작정 팔을 움직였지만 얼마 안 가서 톱은 다시 멈춰 섰다. 이번에는 톱날에 피부와 살점이 달라붙었기 때문이었다.

그 뒤론 정신없이 톱질을 했다. 몇 번이고 톱날을 뗐다가 다시 자르곤 했다. 이따금 톱날에 달라붙은 살점을 떼어 내고 피를 닦아 내기도 했다. 그러는 사이 힘으로만 자르려 해서는 안 된다는 걸 알게 되었다.

시간이 얼마나 지났을까. 간신히 팔을 잘라 냈을 때는 온몸이 땀에 흠뻑 젖고 심신이 지칠 대로 지쳐 있었다. 도중에 몇 번이나 구토가 일었지만 이를 악물고 참았다.

주위가 온통 피로 물들어 있었다. 떨어진 오른팔을 주워 비닐 봉투에 넣은 후 다시 신문지로 쌌다. 톱과 칼도 함께 넣었다. 다케시가 비닐 봉투와 신문지를 가져오라고 한 이유를 유키는 그제야 이해했다.

손과 발에는 피가 튀어 있었지만 셔츠와 팬티는 비교적 깨끗했다. 다만 양말이 심하게 더럽혀져 있어서 그것도 벗어서 신문지에 쌌다. 그런 다음 자신의 다리 등 피가 묻은 곳을 다케시의 옷으로 닦고(이때 유키는 형에게 좀 미안했지만 형도 이해해 주겠지 생각했다.) 스웨터와 바지를 입은 후 맨발에 운동화를 신었다.

신발을 벗고 작업했기 때문에 양말로 땅을 디딘 흔적이 남

아 있었다. 유키는 그것을 꼼꼼히 지웠다. 그리고 신발 자국
도 웬만큼 지웠다. 하지만 신발 자국은 크게 신경 쓸 필요가
없을 것 같았다. 다케시와 유키는 최근에 산 같은 종류의 신
발을 신고 있는 데다 사이즈까지 똑같았기 때문이다. 아마도
닳은 자국까지 비슷할 것이라고 유키는 생각했다.

모든 것을 마무리하고 현장을 떠나려던 그의 머리에 아이
디어가 하나 떠올랐다. 당시에는 그것이 묘안이라고 생각했
다. 그는 다케시 옆 땅바닥에 '마구'라는 글자를 써 놓고 그 자
리를 떠났다.

그 뒤의 일은 정신없이 흘러갔다. 사람들 눈에 띄지 않도록
조심하면서 마을을 통과해 집으로 돌아왔다. 어머니가 아직
돌아오시지 않았으리라는 것은 알고 있었다. 신문지로 싼 것
은 일단 집 근처 쓰레기통 뒤에 숨겨 놓았다. 오늘 밤 안으로
기회를 보아 처리할 생각이었다.

집에 들어온 유키는 옷을 벗어서 더러워진 곳이 없는지 살
폈다. 셔츠 어깨 부근에 혈흔이 살짝 묻어 있을 뿐이었다. 이
정도라면 어머니도 알아차리지 못할 것이라고 생각했다. 검
붉게 물든 손톱 끝은 씻어도 완전히 깨끗해지지 않아 손톱깎
이로 잘라 내 버렸다.

잠시 후 시마코가 돌아왔다.

6

"형이 돌아오지 않아 걱정된다며 찾으러 가겠다고 했어요. 그리고 신사에 가는 척하며 도중에 신문지에 싸 놓았던 것을 집어 들고 아이자와 강으로 갔습니다. 따로 준비해 온 비닐 봉투에 그걸 넣고 돌도 가득 주워 넣은 후 다리 위에서 강물로 떨어뜨렸어요. 발견되지 않을 거라는 자신은 없었지만 다른 방법이 떠오르지 않아서……. 아직까지 발견되지 않은 건 행운이에요."

유키는 후, 한숨을 내쉬었다. 모든 것을 다 털어놓은 뒤 마치 그것을 멀리 떠나보내기라도 하는 듯한 한숨이었다.

"이게 그날 밤 일어난 일이에요."

그렇게 말하는 유키의 얼굴에 고통의 빛은 사라지고 없었다.

이야기를 다 들은 다카마는 다시 한 번 스다의 유서를 읽어 보았다. 담담하게 써 내려가긴 했지만 그의 괴로움을 충분히 느낄 수 있었다.

"하나만 더 묻겠는데, 유키 군이 그 메시지를 남긴 이유가 뭐지? 마구라는 글자 말이야."

그러자 유키는 눈을 감더니 고개를 천천히 가로흔들었다.

"지금 생각해 보면 정말 쓸데없는 짓이었어요. 하지만 그때 저는 사건의 진상을 알고 싶었어요. 단서는 '마구'라는 단어인데, 저로서는 무슨 의미인지 짐작조차 가지 않았어요. 그래서 그런 짓을 한 거예요. 그렇게 하면 경찰이 그 의미를 조사해 줄 것 같았어요. 그걸 들으면 저만은 진상을 알 수 있을 거라고 생각했죠. 형이 피해자라고 여겨지는 한 경찰이 사건의 진상을 눈치챌 우려는 없다고 생각했고요."

유키는 작은 소리로 "왜 그런 생각을 했는지……."라고 후회스러운 듯 덧붙였다.

그리고 그는 다시 침묵에 빠졌다. 하지만 이번에는 전처럼 고통스러운 침묵이 아니라, 할 말을 다 하고 나서 잠시 쉬는 듯한 느낌이었다. 조용한 병실 안에는 오노가 메모하는 소리만 사각거렸다.

그 소리가 멈추자 다카마는 기다렸다는 듯 "그래서, 유키 군은 진상을 알게 됐어?"라고 물었다. 유키는 잠시 뜸을 들였다가 "네, 알게 됐어요."라고 대답했다.

"하지만 우리까지 그 진상을 알게 되면 곤란하다고 생각해서 그런 연극을 한 건가?"

다카마는 붕대가 감긴 유키의 왼쪽 어깨를 가리키며 물었다.

"일부러 자신의 몸에 상처까지 입히면서 말이야."

"너무 늦어 버렸어요."

유키는 머리를 저었다.

"유키 군이 어떻게 하든 결과는 마찬가지였을 거야. 혹시 들려줄 수 있겠나, 알아냈다는 사건의 진상이라는 것을?"

그러자 유키는 희미하게 미소를 지어 보였다.

"형사님도 다 아시잖아요."

"자네의 생각을 듣고 싶어. 얘기해 줄 수 있겠어?"

유키는 잠시 생각하다가 고개를 끄덕였다.

"다지마 선배의 얘기를 듣고 모든 걸 알게 됐어요."

"오른팔 얘기?"

"네. 기타오카 선배는 형의 오른팔 문제를 모리카와 선생님께 의논하려고 했던 것 같아요. 그날 밤 기타오카 선배는 그것 때문에 집에서 나왔던 거예요."

"그 사실을 형은 알고 있었을까?"

"아니요."

유키는 고개를 저었다.

"처음에는 몰랐을 거예요. 형은 자신의 오른팔에 문제가 있다는 걸 기타오카 선배가 남들에게 알리지 못하도록 했을 거예요. 하지만 기타오카 선배는 그 사실을 숨기면서까지 형이 계속 던지도록 하는 게 괴로웠겠죠. 그래서 선생님을 찾아가기로 했을 거예요. 다만 그런 사실을 형에게 전혀 알리지 않았을 거라고는 생각하지 않아요. 이건 제 상상일 뿐인지도 모르지만, 선생님께 의논하러 간다는 내용을 적은 메모를 이시자키 신사의 경내 어딘가에 놔두었던 것 아닐까요?"

유키의 질문에 다카마는 고개를 끄덕였다. 이 부분은 다카마 자신의 추리와 대체로 일치했다.

"형이 그 메모를 보고 기타오카 선배를 제지하려고 쫓아간 것 같아요. 형은 오른팔에 문제가 있다는 사실이 세상에 알려지면 곤란하다고 생각했을 거예요. 그렇게 되면 프로 구단에 들어갈 수 없으니까요. 그러다가 충동적으로 죽여 버린 것 아닐까요?"

그렇게 말하고 나서 유키는 오른손 엄지와 검지로 양쪽 눈머리를 가볍게 눌렀다.

다카마도 눈을 감고 고개를 전후좌우로 돌렸다. 목에서 '우두둑' 소리가 났다.

"분명히,"

그렇게 말하고 다카마는 눈을 떴다.

"다케시 군은 오른팔의 문제를 사람들에게 알리지 않으려고 했어. 적어도 프로 구단에 입단할 때까지는."

다카마는 이 부분을 아시하라에게 확인했다. 아시하라 역시 다케시의 오른팔 문제를 이미 눈치채고 있었다.

"다케시는 말이지, 자신의 오른팔이 회복될 수 없다는 걸 알고 있었던 것 같아. 하지만 그는 그런 사실을 숨기고 프로 구단에 들어갈 방법을 찾고 있었어. 그걸 목표로 어린 시절부터 엄청난 노력을 기울여 왔으니까. 그래서 뭔가 다른 무기를 얻음으로써 팔의 고장을 감추려고 한 거야. 그가 얻으려고 했던 무기가 바로 유서에 쓰여 있던 마구였던 거지. 다케시 군은 만일 프로에서 활약하지 못하게 될 경우 계약금이라도 받으려고 했었나 봐. 막대한 계약금으로 유키 자네와 어머니에게 풍족한 생활을 누리게 해 주고 싶어서 그랬겠지. 이건 스카우터들에게 들은 얘긴데, 그는 한시라도 빨리 계약을 하고 싶어 했다더군. 그만큼 오른팔의 문제가 알려지는 걸 두려워했던 거야."

평생 오른팔을 쓰지 못하게 되어도 상관없다, 다만 프로 입단 계약을 끝마칠 때까지는 숨겨야 한다, 나에게 야구란 그런 존재다, 다케시는 아시하라에게 그렇게 말했다고 한다. 자신도 신체의 장애 때문에 야구를 포기해야 했던 아시하라는 그 말에 마음이 움직였던 것이다. 그리고 그는 약속했다. 무슨 일이 있어도 비밀을 지키겠노라고.

"다케시 군은 당연히 기타오카 군에게도 약속을 받아 냈을 거야. 오른팔 문제를 아무에게도 얘기하지 않겠다고. 그래서 기타오카 군이 모리카와 선생에게 상담하러 가겠다고 알렸을 때 충격을 받았던 거고. 하지만 말이야."

거기서 다카마는 말을 멈추고 유키의 얼굴을 가만히 바라봤다.

"다케시 군은 그런 일로 살의를 품을 만큼 저급한 인간은 아니야. 유키 군은 형이 소년 야구팀에 있을 때 벌어진 '글러브 사건'이라는 걸 아나?"

유키는 모른다고 대답했다. 그러자 다카마는 소년 야구팀 감독에게 들은 얘기를 그에게 해 주었다.

"……그런 일이 있었군요."

"그 사건이 형의 강한 개성을 잘 보여 준다고 생각해. 형은 말이지, 약속을 지키지 않은 상대에게는 어떻게 해서든 보복할 필요가 있다고 생각한 거야. 그 사건의 경우에는 글러브를 찢는다는 행위로 보복했지. 그리고 이번에는 기타오카 군의 애견을 찔러서 보복하려고 했어."

"……네?"

유키가 깜짝 놀라 그렇게 되물었다.

"그래, 다케시 군이 노린 것은 기타오카 군의 개였어. 개만 찌르고 도망갈 생각이었지. 그런데 기타오카 군이 가만있지 않았던 거야. 그가 형을 쫓아가는 바람에 몸싸움이 벌어졌어. 그리고 그 와중에 다케시 군의 칼이 기타오카 군의 배를 찌르게 된 거지."

다카마는 현장 부근에 격투의 흔적이 있었다고 설명했다.

"개가 먼저 찔렸다는 건 수사 초기에 이미 밝혀졌어. 그 이유에 관해 이런저런 추론이 나왔지만 하나같이 허점이 있었어. 그런데 방금 한 설명이라면 모든 게 들어맞거든."

다카마가 이야기를 마치자 또다시 병실은 정적에 휩싸였다. 어디선가 차임벨 소리가 들려왔다. 초등학교에서 들리는 소리인지도 몰랐다.

"형은,"

유키가 멍하니 창밖을 바라보며 말했다.

"언제나 혼자였어요."

에필로그

저녁 무렵 갑자기 비가 내리기 시작했다. 우산이 없는 다카마는 손수건을 머리에 얹고 뛰었다. 비포장도로라서 흙탕물이 바지 자락에 튀었지만 새로 산 웃옷을 적시는 것보다는 나았다.

목적지인 아파트에 도착한 그는 거칠게 문을 두드렸다. 안에서 누군가 큰 소리로 대답하더니 곧 문이 열리고 모리카와가 얼굴을 내밀었다.

"어, 비가 와?"

"장마가 오나 봐. 다 젖었다."

"형사는 걷는 게 일인데, 우산 정도는 가지고 다녀야 하는 거 아니야?"

"평소에는 젖어도 괜찮은 옷을 입고 다닌다고. 자, 위스키 사 왔어."

다카마가 안으로 들어서며 봉투를 내밀었다.

"고마워. 맥주는 준비해 뒀어."

다카마는 들어오자마자 상의를 벗어 옷걸이에 건 후 모리카와가 내어 준 타월로 머리와 바지를 닦고 나서 다다미 바닥에 책상다리를 하고 앉았다. 그리고 부엌에서 술잔을 준비하고 있는 모리카와의 등을 향해 "이번 여름 일은 유감이야."라고 말을 건넸다.

"여름? 아, 고시엔!"

조금 쓸쓸한 듯 웃으며 모리카와는 쟁반을 들고 돌아왔다. 그리고 다카마에게 맥주를 따라 주며 말했다.

"뭐, 그럴 것도 없어. 내 마음속에서 고교 야구는 이미 끝났거든. 하긴, 꽤 즐거운 추억도 많았는데……."

가이요 고교 야구부는 이번 여름 고시엔은 물론, 앞으로 1년간 모든 공식 대회에 참가하지 않기로 했다. '거듭되는 충격적인 사건으로 사회에 매우 큰 폐를 끼쳤다'는 것이 이유였다. 매스컴 등에서는 사건을 꽤 동정적으로 다루었지만, 고등학교 야구 연맹의 판정이 나오기도 전에 학교 측에서 먼저 사퇴를 결정한 것이다.

동시에 모리카와도 야구부 감독을 사임했다. 그리고 다지마 등 3학년생들도 조금 일찍 야구부 생활을 마무리했다.

"앞으로 어떡할 거야?"

"딱히 정한 건 없어."

잠시 후 주문한 생선초밥이 배달됐다. 모리카와는 "이 가게는 생선 질이 참 좋아."라고 말하며 탁자 위에 초밥 접시를 올려놓았다. 그리고 다카마의 빈 잔에 다시 맥주를 채웠다.

"참, 마이코 선생한테서는 연락 왔어?"

다카마가 김말이 참치 초밥을 입에 넣으며 물었다.

"편지가 왔어. 일주일쯤 됐나. 잘 지내고 있나 봐."

"일은?"

"지금 묵고 있는 숙모네 가게를 돕고 있대. 메밀국수 가게라나 봐."

"그래……."

무슨 말을 해 주어야 좋을지 알 수 없었다. 그 사건은 여러 사람을 슬픔으로 몰아넣었고 데즈카 마이코도 그중 한 사람이었다. 만일 그날 밤 그녀가 다케시나 기타오카와 맞닥뜨리지 않았다면 모리카와를 떠나는 일도 없었을 것이다.

사건이 일어난 날 밤 마이코는 모리카와의 아파트를 나와 자전거를 타고 집으로 돌아가는 길에 사건이 난 제방길을 지나게 되었다. 그때 그녀는 먼저 기타오카를 보았다. 같은 방향으로 걷고 있던 그를 지나쳐 간 것이다.

그리고 조금 더 가다가 이번에는 앞에서 걸어오는 사람을 보았다. 그녀는 자전거 라이트가 꺼져 있어서 상대편의 얼굴을 보지 못했다고 진술했지만 그것은 사실이 아니었다. 자전거 라이트는 켜져 있었고 그녀는 상대편의 얼굴을 보았다. 야구부의 스다 다케시였다.

사건 직후, 그녀만은 범인을 알고 있었지만 그 사실을 경찰에 말하기가 망설여졌다. 다케시는 자신의 학생이었다. 어떻게 해서든 그를 자수시키는 것이 교사의 의무라는 생각이 들었다. 그리고 그를 경찰에 넘기기라도 했다가는 편견 덩어리인 고참 교사들이 눈에 쌍심지를 켜고 그녀를 비난할 게 뻔했다. 역시 젊은 여교사는 진지하게 교육을 생각하지 않는다며.

그렇다면 어떻게 해야 자수를 시킬 수 있을까. 그녀는 우선 직접 만나서 설득하는 방법을 생각했다. 그러나 그것은 그의 자존심에 상처를 줄 것 같았다. 마이코는 가능하면 다케시가 자신의 의지로 자수하도록 만들고 싶었다.

그러는 사이 그날 밤의 행선지가 경찰에 알려져 그녀는 조사를 받게 되었다. 그때 그녀는 한 가지 아이디어를 생각해냈다. 그녀가 다케시의 얼굴을 보았다는 사실을 다케시 본인만 알 수 있도록 하자는 것이었다. 그 결과 나온 것이 예의 증언이었다.

"자전거 라이트가 꺼져 있어서 상대편 얼굴을 알아볼 수 없었습니다. 만약 라이트가 켜져 있었다면 분명히 상대의 얼굴을 알아봤을 것입니다."

야구부원인 다지마의 말에 따르면 그녀는 이런 내용을 다케시에게도 말했다고 한다. 아마도 다케시는 그녀의 말을 알아들었을 것이다. 그리고 그녀가 자신의 얼굴을 보았음에 틀림없다고 생각했을 것이다.

그때 다케시가 자수했다면 아무 문제가 없었다. 그러나 다케시는 다른 길을 택했다.

다케시의 시체가 발견된 날 아침, 마이코는 집 우체통에서 편지 한 통을 발견했다. 다케시가 보낸 것이었다. 거기에는 다음과 같은 내용이 적혀 있었다.

"저 나름의 방식으로 책임을 지겠습니다. 제 가족을 위해서라도 그 사건에 대해 발설하지 말아 주십시오. 제발 부탁드립니다."

예감이 안 좋았지만 그때는 사태의 중요성을 잘 몰랐다. 그걸 알게 된 건 출근해서 다케시가 죽었다는 것을 알았을 때였다. 충격이 너무 커서 그날 그녀는 조퇴하고 말았다.

자신의 대처 방법이 과연 잘못된 것인지 마이코는 결론을 내리지 못했다. 또 하나의 비극을 불러일으켰으니 잘한 일이라고는 할 수 없었다.

당분간 좀 쉬면서 생각해 보고 싶었다. 모리카와와의 결혼 문제까지 고려할 여유는 없었다. 그리고 동료 교사라고 생각하니 그의 얼굴을 보는 것조차 괴로웠다.

"시간이 필요해요."

그녀는 그렇게 말하고 모리카와를 떠났다.

"자, 그럼 슬슬 틀어 볼까."

생선초밥을 절반쯤 먹었을 때 모리카와가 일어서더니 벽장 속에서 가방 같은 것을 꺼내 왔다. 그 속에는 영사기와 8밀리 필름이 들어 있었다. 다카마가 오늘 모리카와의 아파트를 방문한 것도 그것 때문이었다.

"사진부 녀석들이 찍은 거야. 문화제에서 상영할 예정이었는데 그 사건 때문에 틀기가 어려워졌다면서 스다 어머니께 전해 달라더군."

모리카와는 스크린 대신 거실 벽에 영사기 불빛이 닿도록 한 후 전등을 껐다. 화면의 초점을 맞추자 '가이요 야구부, 그 격전의 기록'이라는 글자가 나타났다. 그리고 글자가 사라지자 눈에 익은 얼굴이 화면을 가득 메웠다. 가이요 고등학교의 교장이었다. 그는 야구부원들을 모아 놓고 무엇인가 이야기하고 있었다.

"고시엔으로 가기 전에 격려식을 하는 거야."

모리카와가 설명했다.

다음 장면은 버스 안이었다. 다카마도 몇 번 만난 적이 있는 얼굴들이 화면을 스쳐 지나갔다. 다지마, 사토, 나오이, 미야모토…….

다케시는 기타오카와 나란히 앉아 카메라를 외면한 채 창밖을 내다보고 있다. 기타오카는 뭐가 재미있는지 활짝 웃는 표정이었다. 다카마가 살아 있는 기타오카를 보는 건 이번이 처음이었다.

이어서 여관이 비치고 모리카와의 얼굴이 보였다. 부원들이 진지한 표정으로 그의 말을 듣고 있다. 시합에 앞서 훈시를 하고 있는 듯했다.

"저런 것까지 찍었어? 몰랐는데."

그러면서 모리카와는 겸연쩍은 듯 맥주를 꿀꺽 마셨다.

장면이 갑자기 교실로 바뀌었다. 학생들이 교실 스피커에서 흘러나오는 라디오 방송을 진지한 얼굴로 듣고 있었다. 함께 있는 교사는 데즈카 마이코였다. 그녀의 긴장된 얼굴이 클로즈업되었다.

"카메라를 네 대나 썼다더니, 한 대는 학교에서 찍었군."

모리카와는 그리움 가득한 얼굴로 그렇게 말했다.

다음 화면은 야구장. 가이요의 타자가 3자 범퇴당하는 장면과 그 순간 벤치의 표정, 아쉬워하는 응원단 모습 등이 차례로 비쳤다.

돌연 스다 다케시의 모습이 나타났다. 상대편 타자가 헛스윙을 한다. 스코어보드에 0이 또 하나 붙었다. 꽤 잘 찍은 화면이었다.

"그때의 긴장감이 되살아나네."

모리카와는 가이요가 소중한 1점을 얻는 장면에서 그렇게 말했다. 볼넷에 에러가 겹친 데다 적시타로 득점한 것이다. 환호하는 벤치와 응원석. 교실에서도 환호성이 쏟아진다.

그 뒤 계속된 다케시의 호투로 스코어보드는 9회 말에 이르기까지 0이 이어졌다. 그러나 9회 말 다케시는 이어지는 야수들의 에러로 만루의 핀치에 몰리게 된다. 혼신을 다해 한 구한 구 던지는 다케시. 그리고 화면은 다시 스코어보드를 비춘다. 스코어는 투 스리.

다카마는 그 장면에서 몸을 화면 가까이 들이댔다.

다케시가 공을 던지는 장면이 화면을 가득 메운다. 이어 타자가 헛스윙을 하고 공은 떼굴떼굴 굴러간다. 공을 쫓아가는 기타오카. 그러는 사이 3루 주자 홈으로 슬라이딩.

"잠깐, 스톱."

다카마가 외쳤다.

"왜, 금방 끝나는데."

"아니, 방금 그 장면 좀 다시 보여 줘. 다케시가 마지막 공을 던지는 장면."

"그래, 알았어."

모리카와는 필름을 뒤로 돌리다가 다케시가 던지기 직전의 장면에서 멈췄다.

"여기부터 보면 되지?"

"응. 혹시 느린 장면도 가능해?"

"가능하지."

영상이 느린 속도로 흘렀다. 다케시가 팔을 치켜들었다가 힘차게 내리꽂는다.

"거기!"

다카마가 다급히 외쳤다. 모리카와는 황급히 버튼을 눌렀다. 다케시가 공을 던지고 난 직후의 모습에서 화면이 정지되었다.

"왜 그래?"

"다케시의 얼굴 말이야. 아파서 찡그리고 있는 것처럼 보이지 않아?"

"얼굴?"

모리카와도 화면 가까이 다가앉았다.

"잘 모르겠는데. 흠……, 그런가? 근데 그게 왜?"

"아니야, 아무것도."

다카마가 고개를 저었다.

"그냥 좀 신경이 쓰여서."

"싱거운 놈."

모리카와는 다시 영사기를 돌렸다. 영상 속의 고시엔 구장은 아세아 학원의 극적인 역전으로 들끓고 있었다. 다카마는 천천히 맥주를 마시며 그 장면을 보았다. 잔을 오래 쥐고 있었더니 맥주가 미지근해졌다.

'저때 다케시는 오른팔에 격심한 통증을 느끼고 있지 않았을까.'

멍하니 화면을 바라보며 다카마는 그렇게 생각했다. 아시하라도 그렇게 말한 적이 있었다. 다케시는 아주 가끔 오른팔이 저리는 듯한 통증을 느낀 것 같다고.

과연 다케시는 마구를 완성시켰을까. 완성시켰기 때문에 그 위력을 확신하고 던진 것일까.

'어쩌면……'

어쩌면 마구는 미처 완성되지 않았는지도 모른다. 미완성이었지만 마지막에 본 저 장면에서 될 대로 되라는 심정으로 한번 던져 봤을지도 모른다.

'그리고 그 결과……'

다카마가 떠올린 건 아시하라가 자신의 마구에 관해 했던 말이다. 그 역시 손가락에 장애가 있었고 그것 때문에 자신의 의지와는 상관없이 마구가 탄생했다고 했다. 그는 또 이런 말도 했다. 그것은 선심 쓰듯 툭 던져 준 신의 선물이었다고.

다케시의 저 공도 그런 것 아니었을까? 야구에 청춘을 걸었던 다케시에게 신이 내려 준 단 한 번의 선물.

하지만 이제는 그 누구도 진실을 알 수 없다.

영화는 마지막 장면을 향해 가고 있었다. 벤치 앞에 정렬한 선수들의 얼굴이 비쳤다.

다케시는 하늘을 올려다보고 있다.

하늘을 향한 그의 눈은 무엇을 보고 있을까.

그것 역시 이제는 아무도 알 수 없게 되었다.

4월 10일(일요일)

요즘 들어 형 생각이 자주 난다. 아마도 장남이 중학교 야구부에 들어갔기 때문일 것이다. 그 녀석이 유니폼을 입고 나타날 때마다 나는 가슴이 철렁 내려앉는다.

그 일이 있은 후 24년이 지났다.

형의 선택이 옳았는지에 대해서는 생각하지 않기로 했다. 형이 최선이라고 판단했다면 아마도 그것이 최선이었을 것이다. 동시에 나는 내가 한 행위에 대해서도 후회하지 않는다. 그때 나로서는 그것이 최선이었다.

어머니도 나이가 드셔서 이제는 셋째 손자를 돌보는 낙으로 하루하루를 보내신다. 그 녀석, 어찌나 개구쟁이인지 힘드실 텐데도 어머니는 늘 즐거운 얼굴을 하신다.

하지만 나는 알고 있다. 어머니가 문득 먼 곳을 바라보실 때가 있다는 걸. 그리고 그 눈이 무엇을 향해 있는지도. 나 역시 그럴 때가 있기 때문에 잘 안다.

시간이 얼마가 흐르건, 그것은 결코 우리들의 마음속에서 사라지지 않을 것이다. 영원히 지워지지 않을 것이다. 자신의 청춘과 목숨을 바쳐 우리들을 지키려 했던 사람이 있었다는 기억만은.

- 스다 유키의 일기에서

해설

학원 미스터리인 『방과후』(1985년)로 에도가와 란포상을 수상하며 당당하게 추리 문단에 데뷔한 히가시노 게이고는 스포츠에 혼신을 바치는 젊은 세대의 신선한 초상을 그려 내는 데에 탁월한 솜씨를 발휘하는 작가다.

수상 후 첫 번째 작품인 『졸업』(1986년)에서는 학생 검도 선수권 대회에서 2년 연속 우승한 대학생 '가가 교이치로'를 등장시켰고 『조인(鳥人)계획』(1989년)에서는 직업 스키 점프 선수들의 군상을 그려 냈다. 그리고 본 작품 『마구』는 고교 야구 선수가 연이어 살해당하는 기괴한 연속 살인 사건을 다룬 야구 미스터리의 수작(秀作)이다.

4월 10일 이른 아침, 제방길에서 가이요 고등학교 야구부 포수인 기타오카 아키라가 칼에 찔린 사체로 발견된다.

기괴하게도 그 옆에는 그의 애견 또한 칼에 찔려 죽어 있었다.

경찰은 즉시 수사를 개시했고, 기타오카와 같은 야구부원인 스다 다케시가 용의선상에 떠오른다. 스다 다케시는 고교 야구의 유명한 천재 투수로 그의 강속구를 제대로 받아 낼 수 있는 포수는 기타오카뿐이었다.

하지만 문제의 스다 다케시 역시 숲 속에서 칼에 찔린 사체로 발견된다. 그것도 오른팔이 잘린 채. 그리고 사체 옆 땅바닥에는 나뭇가지 같은 것으로 새긴 의미 불명의 문자가 남아 있었다. 그것은 '마구'라는 글자였다.

대체 마구란 무엇인가. 그리고 범인은 누구인가.

얼마 후 형사들은 이 두 살인 사건과 어느 전기 회사에서 일어난 폭파 미수 사건의 관련성을 추적하기 시작하는데…….

야구 미스터리 작품으로는 로버트 파커의 『실투』, 리처드 로젠의 『스트라이크 살인』, 폴 엥글먼의 『사구』, 윌리엄 터플리의 『표적이 된 빅 리거』 등의 서구 작품뿐 아니라 사노 요 (佐野洋), 미요시 도오루(三好徹), 도모노 로(伴野朗), 신구 마사하루(新宮正春) 등 여러 작가의 작품이 있어 그것 자체만으로는 결코 드물다고 할 수 없다.

그러나 『마구』처럼 고교 야구를 다룬 작품으로 범위를 좁히면 그 수가 많지 않다. 이 작품 직후에 발표되었고 역시 에도가와 란포상을 수상한 사카모토 고이치(坂本光一)의 『백색의

잔상』 정도를 꼽을 수 있을까. 그리고 감히 두 작품을 비교하자면 단연『마구』가 한 수 위라고 나는 생각한다.

본래부터 히가시노 게이고의 작품들은 청춘 추리 소설의 경향이 짙다.

작가는 고등학생 시절 처음으로 읽은 고미네 하지메(小峰 元)의 청춘 미스터리『아르키메데스는 손을 더럽히지 않는다』를 읽으며 추리 소설의 매력에 사로잡혔다고 한 적이 있다. 그런 첫 체험이 그의 미스터리에 영향을 준 것인지, 히가시노 게이고의 추리 소설은 고등학생이나 대학생, 또는 젊은 직장인이 활약하는 작품이 많다. 그리고『마구』의 매력은 수수께끼 풀이의 재미에도 물론 있지만, 뭐니 뭐니 해도 젊은 천재 투수 스다 다케시의 개성적인 초상을 선명하게 부각시킨 점에 있다고 할 수 있다. 스다 다케시에게서는 천재들에게서 흔히 볼 수 있는 다소 퉁명스럽고 길들여지지 않는, 어떻게 보면 오만불손하다고도 할 수 있는 태도가 엿보인다. 그리고 당하면 반드시 복수하고 마는 강한 집념과 어둡고 비정상적인 면도 있다. 고등학교 3학년 아마추어 선수임에도 프로를 지향하며 돈에 집착하기도 한다.

표면적으로는 왠지 불쾌한 녀석이라고 느껴질지 모르지만, 스토리가 전개됨에 따라 스다가 왜 그런 굴절된 성격을 갖게 되었는지가 명확하게 드러난다. 그리고 독자들은 스다 다케시의 마음속에 어찌할 수 없는 분노와 서글픔, 어머니에 대한 사랑이 함께 깃들어 있다는 것을 알게 된다.

스다는 일찍이 남편을 잃고 혼자서 힘들게 자신과 동생 유키를 키워 준 어머니에게 깊은 감사의 마음을 품고 있다. 그의 고등학생답지 않은 돈에 대한 집착도 실은 그런 마음에서 기인한 것이다. 『졸업』이라는 작품에서도 어머니가 증발한 후 경찰관인 아버지와 살아가는 가가 교이치로에게 공감을 보내는 작가의 마음이 느껴진다. 가난함에도 필사적으로 살아가려고 하는 인간에 대한 따스한 눈길이 이 작품의 깊이를 더해 준다. 『마구』의 두 번째 살인 사건, 즉 스다 다케시가 살해된 사건에서는 오른팔 절단이라는 잔혹한 설정이 나오기도 하는데, 그런 잔혹함을 완화하는 것도 역시 저자의 그와 같은 따뜻한 시선이며, 그것이 이 작품을 살리는 하나의 요소라고 할 수 있다.

그런데 이 작품의 수수께끼 풀이 부분에서는 두 번째 살인 사건에서 사용된 '마구'라는 다잉 메시지에 새로운 착상이 활용되고 있는 점에 주목했으면 한다.

다잉 메시지란 문자 그대로 죽는 순간 남기는 메시지로, 피해자가 죽기 직전에 마지막 남은 힘을 모두 쥐어짜 범죄 해결에 실마리가 될 만한 무언가를 메시지로 남기는 것을 말한다. 그런데 죽기 직전의 피해자에게는 메시지를 완벽하게 전달할 힘이 남아 있지 않다. 그래서 메시지의 내용은 불완전하고, 그것만으로는 전하려는 의미를 다 알 수 없다. 즉 다잉 메시지는 추리 소설에서는 '암호 트릭'의 하나로 사용되는 것이다. 그리고 그 수수께끼를 푸는 것이 곧 사건 해결로 이어지는 것이다.

다잉 메시지를 테마로 하는 미스터리 작품을 많이 남긴 사람으로 미국 본격 추리 소설의 거장 '엘러리 퀸'을 꼽을 수 있다. 그는 버너비 로스라는 또 하나의 필명으로 발표한 대표작 『X의 비극』(1932년)에서 명탐정 드루리 레인의 입을 통해 다잉 메시지에 관해 다음과 같이 말한다.

"이처럼 죽기 직전이라는 비할 데 없이 거룩하고 성스러운 순간, 인간 두뇌의 비약에는 한계가 없어지는 것입니다."

퀸은 장편 『샴쌍둥이의 비밀』과 단편 「백설탕」, 「GI 스토리」 등에서도 다잉 메시지를 다루었다. 그 밖에 새로운 시도로는 에드워드 호크의 『부서진 까마귀』(1969년) 정도를 들 수 있다.

다잉 메시지의 문제점은 무의미한 말장난으로 끝나는 경우가 많다는 것이다. 그런데 『마구』에서 사용된 다잉 메시지는 엄밀한 의미에서는 다잉 메시지가 아니라고 볼 수도 있지만 그 덕분에 지금까지 나온 다잉 메시지를 다룬 작품들 가운데 부자연스러운 느낌이 가장 적고, 또한 다잉 메시지 자체가 책의 제목이 될 만큼 주인공의 인생과 깊이 관련되어 있다는 점이 인상적이다.

또 하나, 『마구』라는 소설에서 감탄스러운 점은 두 건의 살인 사건만 등장하는 것이 아니라, 전기 회사 폭파 미수 사건과 그 사장에 대한 납치·협박 사건 등을 기획해 교묘하게 복선을 깔았으며 각 사건의 동기에 관해서도 명확하게 설명했다는 것이다.

독자로 하여금 공포를 느끼게 하는 불가해한 수수께끼가 하나하나 풀려 가는 서스펜스와 퍼즐 같은 재미에 추리 소설의 가장 큰 매력이 있다는 것은 말할 필요조차 없다.

그러나 동시에 미스터리가 '추리 소설'이라고 불리는 한, 단순히 퍼즐적인 흥미만으로는 그 존재가 성립할 수 없다. 거기에 등장인물의 인생 궤적이 새겨지고 결말 부분에 단순한 수수께끼 해결을 넘어서는 감동이 있어야만 퍼즐이 아닌 소설로서 인정받을 수 있는 것이다.

필립 반 도렌 스턴은 「막다른 골목의 시체 사건」이라는 평론에서 '탐정 소설은 문학과 아무 관련이 없다'는 주장에 의문을 표시하며, "오늘날 탐정 소설의 결점은 문학적 가치가 결여되어 있다는 것이다. 탐정 소설은 단순한 계산을 넘어서 좀더 높은 미학적 노력이 깃든 분야로 승화되어야 한다."고 밝혔다.

나는 미스터리가 기본적으로 엔터테인먼트라는 점을 부정하지 않는다. 다만 뛰어난 추리 소설은 수수께끼를 푸는 재미와 소설적인 매력을 동시에 갖춰야 한다고 생각한다. 그런 점에서 히가시노 게이고의 『마구』는 그 두 가지 요소를 멋지게 융합한 걸작임에 틀림없다.

"형은 언제나 혼자였어요."

소설의 결말 부분에서 나오는 유키의 이 중얼거림에는 오로지 혼자서 인생과 싸워 이기려 하다가 죽어 간 형 스다에 대한 애달픈 진혼의 기원이 담겨 있다.

작가 히가시노 게이고의 인간에 대한 애정이 아름답게 그려진 『마구』가 부디 널리 읽히기를 바란다.

곤다 만지(權田萬治. 평론가)